U0737269

名家散文典藏

彩插版

蒙田散文精选

（法）蒙田 著

龙凤莲 译

长江出版传媒 | 长江文艺出版社

图书在版编目（ＣＩＰ）数据

蒙田散文精选 / （法）蒙田著；龙凤莲译.-- 武汉：
长江文艺出版社， 2017.12
（名家散文典藏：彩插版）
ISBN 978-7-5354-9882-3

Ⅰ. ①蒙… Ⅱ. ①蒙… ②龙… Ⅲ. ①散文集－法国
－中世纪 Ⅳ. ①I565.63

中国版本图书馆 CIP 数据核字(2017)第 191590 号

责任编辑：黄海阔   责任校对：陈　琪
封面设计：龙　梅   责任印制：邱　莉　　王光兴

出版：　　长江出版传媒　　　长江文艺出版社
地址：武汉市雄楚大街 268 号　　　邮编：430070
发行：长江文艺出版社
电话：027—87679360
http://www.cjlap.com
印刷：今印印务有限公司

开本：640 毫米×970 毫米　　1/16　　印张：14.75　　插页：8 页
版次：2017 年 12 月第 1 版　　　2017 年 12 月第 1 次印刷
字数：190 千字

定价：29.80 元

版权所有，盗版必究（举报电话：027—87679308　　87679310）
（图书出现印装问题，本社负责调换）

目录

名家散文典藏　蒙田　散文精选

◆ 人类的品格 ◆

◆ 观念的风景 ◆

◆ 智慧之论 ◆

人类的品格

论良心

变幻莫测、纷纭复杂是战时局势的常态，仅从外在的表象，比如口音和穿着，我们根本无法分清敌友。再加上如果对方与我们一样恪守同样法律，遵守同一种习俗，呼吸同样的空气，我们就难免会混淆对方的立场。于是我非常担心自己会在一个陌生地方与敌方的军队遭遇，然后不得不被迫向他们交代自己的底细，就此落入生死未卜的境地。因为我曾亲身经历过这样的事：在那次不幸的遭遇中，我不但人马俱损，而且敌方的人还残忍地杀害了我精心培育过的一个年轻人——一名意大利宫廷侍从贵族，他那似锦的前程也随着他的生命一起消散了。在内战时期的一次旅途中，我与我的兄弟勃鲁斯领主遇见一位风度卓然的贵族，由于他非常善于掩饰自己的身份，所以我们在很长时间都不知道他是属于我们敌方阵营的人。

不过这位贵族在日常的生活中却显得不够镇定从容，他每次遇见人骑马从他的身边经过，或者穿越于国王统御的城市，他都会战战兢兢、惊慌失措。后来我终于了解了他的恐惧是出自于他内心的不安宁。因为这位年轻人认为，人们通过他的外貌特征以及他大氅上的十字架有可能识别出他内心的隐秘意图。良心竟有如此强大而奇妙的力量！使我们改变初衷、莫衷一是的可能是良心，使我们坚定不移、始终如一的也可能是良心。良心可以使我们忘却恩怨情仇，也可以使我们浴血奋战；当我们违背人类真善美的终极目标时，即使没有外在律法的审判，我们的良知也会鞭笞我们、追逐我们、对我们的罪恶进行惩罚：

　　　　它用一根无形的鞭子抽打我们，充当我们的法官。

　　　　　　　　　　　　　　　　　　　　——尤维纳利斯

　　这是一则家喻户晓的故事：一位叫做贝苏斯的帕奥尼人曾经犯了弑父罪，不过这桩罪行设计得滴水不漏，实施得也干净利落，因此很长时间内没有人知晓个中的细节。事隔多年后的某一天，当有人指责贝苏斯说他故意用竹竿把一窝小鸟从树上的鸟窝里戳下来统统弄死了，他在为自己反常行为进行辩护时却露了马脚。他申辩说自己做得很在理，因为这些小鸟成日叽叽喳喳，不停地指责他害死了自己的父亲。不为人知的罪恶虽已成为过去，但良心在不停地审判着他，使这个背上沉重赎罪包袱的人不由自主地泄露了深藏在自己内心深处的秘密。好在最终的惩罚会令他如释重负。

　　柏拉图认为，惩罚会紧紧追随在罪恶的后面；希西厄德对柏拉图的说法作了一个纠正：他说惩罚与罪恶是相伴而生的——惩罚与罪恶始终如影随形。谁在逃避惩罚，谁就正在受惩罚；谁犯了罪，惩罚也绝不会对他网开一面。给心怀恶意的人带来痛苦的正是他自己的恶意！

　　就犹如胡蜂一样，虽然它们刺伤了人，但是自己受害更深，因为它们从此失去了自己的刺和生命的力量。受罪恶伤害最多的人不是受害者，而是犯罪的人！

　　　　它们在伤人的同时削弱了自己的生命力量。

　　　　　　　　　　　　　　　　　　　　　　——维吉尔

　　斑蝥身上会分泌一种解毒素来中和自身的毒液，这是顺乎于自然界相克相生的规律的。所以，即使人们在作恶时会产生一种快感，但是在良心上也会适得其反，引起许多思绪和悔意，从而产生出一种对自己的憎恶感，而这种憎恶感不论在睡梦中还是在清醒时都会折磨着自己。

这样的罪人绝非少数，他们在睡梦中或在谵妄中自怨自艾、为自己的罪行辩护，不由自主地泄露了长期隐藏在内心的罪恶。

——卢克莱修

在梦中见到自己被斯基泰人剥掉了皮，并放在一口锅里烹煮时，阿波罗多罗斯喃喃自语道："你们的所有痛苦都是因我而起的。"伊壁鸠鲁说："恶人无处遁形，因为不管他们躲在哪儿——远离尘嚣、远赴绝域，内心都会不得安宁，良心会不停地审判和拷问他们。"

没有一个罪人能在自己内心的法庭上得到宽宥，这才是真正意义上的惩罚。

——尤维纳利斯

良心虽可使我们恐惧，但也可使我们坚定和自信。经过许多艰难险阻，而我的步伐始终不乱，就是因为我对自己的意图深有了解，自己人生的每一步都走得光明正大、无怨无悔。

人的内心是充满恐惧和忧虑还是满怀热情和希望，全凭良心对自己行为和内心的判断。

——奥维德

这类例子不胜枚举，我在下面将以同一个人的三则轶事作为例子。

有一次，当罗马人民指控西庇阿犯了一桩大罪时，西庇阿不但不祈求罗马人民的宽恕，也不屑向法官讨人情，反而坦率地直面他们道："噢！你们之所以今日能处于庙堂广厦之中来审判每个人，不过都是拜我所赐，现在竟要算计起我的性命来了。"

还有一次，罗马法庭又对西庇阿提起诉讼。这一次他同样没有为自己的行为作任何辩护，只是镇定而从容地说："来吧，我的公民们，让我们一同去向神灵们表达谢意，因为正是由于他们的帮助，才使我们在今天这样的日子攻克了迦太基人。"简洁地说完这几句话，他便大踏步向神庙走去。在场的所有民众都不由自主地追随在他的后面，包括那些先前起诉过和攻击过他的人。

应加图的要求，罗马法庭又一次传讯，要他对安蒂奥克省的一切开支作出明细说明，西庇阿不得不为此事再次来到元老院。到了那里，西庇阿从袍子底下抽出一本账册，声称自己把安蒂奥克省的一切收支都原原本本记在了这本账册上。但是他没有同意把这本账册转交给法院档案室保存，由于不愿意忍受人们无端地对他的人格和人品产生怀疑，所以他在元老院当着众人的面亲手把账册撕成碎片。李维说他生性慷慨豪爽，素以气度恢宏著称于世，所以像他这样心性甚高的人决不会自甘下流、低三下四地去为自己的品行辩护的。但凡了解他的人也都不会相信这颗饱经沧桑的灵魂会在任何方面弄虚作假的。

酷刑是一项危险的发明，因为它检验了人的耐性而不是检验人的品行。意志力坚强的人能够忍受酷刑，意志力羸弱的人无法忍受酷刑，然而二者都会在酷刑面前隐瞒真相。既然痛苦能够迫使我们供出事实真相，那么为了尽早逃脱它的折磨，痛苦又为什么不能迫使我们杜撰出谎言呢？同时，如果某个受到无端指责的人有毅力忍受酷刑的折磨，难道那些连杀人的意志力都有的罪人为了得到自由或保有美好的生命奖赏，反倒没有足够坚强的毅力去忍受这些折磨啦？

不过我宁愿相信这项发明的初衷只是为了检验人们的良心。因为对那些有罪的人来说，利用酷刑似乎可以令他们的内心更加软弱，从而供出自己的罪行，以此来解脱内心的负累；而对那些清白无辜的人而言，酷刑只会激起他们的愤慨，使内心更加顽强不屈、坚定不移。不过，这种方法应该慎用，因为使用它的后果充满不确定性和危险性。

> 为了躲过难忍的痛苦，什么话不可以说，什么事不可以做呢？痛苦会迫使无辜的人撒谎。
>
> ——普布利留斯·西鲁斯

审判者用酷刑折磨人是为了不让清白的人无辜地死去，而令他始料不及的结果是：它让意志力薄弱的清白者在受尽折磨后无辜地死去。这样的冤假错案屡见不鲜，无辜与有罪的受刑者嘴里都是些毫无诚意的假忏悔。这使我想到亚历山大审判菲洛特斯的情形以及菲洛特斯受折磨的整个经过。菲洛特斯的例子实在值得我们引以为戒。不过有人却说，对意志力软弱而非理性的人类来说，酷刑只是他们不计其数的发明中痛苦最少的一项。

依我之见，酷刑是人类最不人道、最无意义的发明！在刑法方面希腊和罗马的做法显得出奇的野蛮，即使在许多被希腊和罗马称为蛮族的国度，他们也会觉得如果仅仅是心存怀疑而没有最终确信某个人犯了罪行，那么折磨和杀害他就是一件非常残酷的事。如果你对事情的真相并不知晓，那么凭什么你可以无缘无故地折磨任何人呢？你不想让受害者无辜地死去，你却堂而皇之地让那些罪行尚未确定的人无辜受苦或死去，这种事还称得上公正吗？因为这种审讯往往会侮辱当事人人格、降低受审人的品格，等于在未执行死刑之前就对人的品行作出了侮辱性的判决。所以我们总可以见到那些生性高洁的人宁可不清不白地死去，也不愿自取其辱地为自己辩护或接受审讯。

我忘了这则轶事是从何处听来的，不过它倒如实地代表了我们良心的正义和公正。一支军队把周遭的村庄洗劫一空，于是一名村妇来到一位军队司令兼大法官面前控诉一名士兵，说他抢去了她仅剩下一点点的面糊，而这点面糊是喂自己那几个嗷嗷待哺的小孩儿的，不过这个村妇并没有提交有力的证据支持自己的控诉。这位将军首先告诫妇女要对自己说的话慎重想一想，若是诬告就要判罪，村妇坚持自己的指控不改口，于是司令便下令手下剖开那个士兵的肚子验证事实真相。结果罪证确凿，妇女的控诉完全是事实。

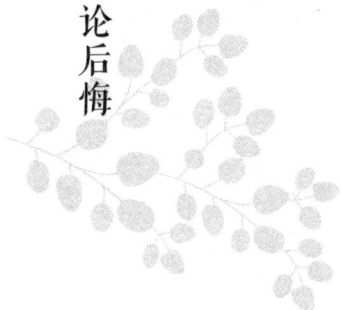

论后悔

一

　　其他的作家喜欢教训人，我却描述人，而且专门描绘他们中的一个。此人所受的教育算不上成功，倘若我可以重新造就他，我一定要把他塑造成另一番模样。不过既然现在木已成舟，那就顺其自然吧！我描绘的形象虽然变化无穷，一人千面，不过却是真实无虞。地球不过是一架永恒运动的秋千，世上万物都在不停地动荡摇晃。大地、高加索的山崖、埃及的金字塔也毫不例外。万物不仅因整个地球的摇晃而动荡，而且各自本身也在摇晃。所谓的恒定不过是一种较为温和缓慢的晃动而已。我把握不住我描绘的对象。他浑浑噩噩、踉踉跄跄地往前走，如同一个永不清醒的醉汉。我只能抓住此时此地我所关注的他。我不描绘他的整个一生，我要描述的是他生命轨迹的细微转变：不是从一个年龄段到另一个年龄段——或如他人所说的，从这个七年到下一个七年——的转变，而是从这一天到下一天，从这一分钟到下一分钟的转变。必须把我描述的事与时间结合起来，因为我很可能很快就变，不仅境遇在变，而且内心也在变。我将在这里记录形形色色变化多端的事件，以及各式各样游移不定、乃至互相矛盾的思想；或是因为我已成了另一个我，或是因为我通过另一种眼光、另一种环境捕捉我描绘的客体。总之，我很可能会反驳自己，但是，事实上，正如德马德斯所言，我绝不会违背事实。倘若我的思想能稳定下来，我就不用探索自己而只需总结自己便可以了，然而我的思想还始终处于学习和实验阶段。

我呈献于此的是普通而缺乏光彩的一生。这又何妨。道德哲学既适用于丰富辉煌的生活，也同样适宜于平常的家居生活，每个人都是整个人类状况的缩影。

作家们往往向公众展示自己特有的奇异之处，我是第一个向公众展示包罗万象的自我全貌的人：我作为米歇尔·蒙田，而不是作为文学研究者、诗人或法学家与他们交流。倘若世人抱怨我过多地谈论自己，我则要奇怪他们居然不像我一样只关心自己。

然而，像我这样一个我行我素的人，并非是想通过著述来在公众当中扬名，也并非是要以我相当柔弱的气质，在这个极其重视形式和技巧的世界里独树一种天然朴素、不加文饰的风气。在一般人的心目中，构建一部作品而不讲求手法和技巧，不是无异于造一堵高墙而不用石头、或诸如此类的建材吗？音乐作品的构思要靠技巧指引，而我的作品的构思则是兴之所至。在文学领域内，至少还没有人像我一样对自己的描述对象有如此透彻而全面的认识和理解，从这点来说，我是在世的最有学问的人；其次，从未有一个作家对其写作的题材钻研得如此深入，对题材的各部分剖析得如此细致入微；也没有人能比我更准确、更完全地达到作者为自己的作品定下的目标。为了使作品臻于完善，我只需赋予它忠实；而它的确是忠实的，忠实得真诚而纯粹。书中都是真话，虽然这些远非我想说的一切，却是我敢说的一切；而随着我的年事越高，敢说的就越多，因为，按照风俗习惯，人到老年就可以更自由地说长道短，更无顾忌地谈论自己了。这里不会发生我常常看见发生的事，即作者与作品之间的矛盾：一个谈吐如此高雅的人何以写出如此愚蠢的文章？或者，如此卓尔不凡的文章难道出自一个言谈如此贫乏者之手？其人言谈如此平庸，而其文字却如此超凡脱俗，他美妙绝伦的才华不是他自身所有而是从别人那儿借来的？不过，虽然一个有才华的人处处能显露其才华，包括他不熟悉的领域，而一个渊博的人却不一定事事都懂。

　　我的书正如我的人，风格和气质一以贯之。对别的作家，人们可以将他的人与他的作品截然分开地评价，对我的作品却不能够：阅读我的作品就是阅读我的人。谁要是仅仅想从我的书中获取知识而不是想了解我本人，那么他的损失要比我的损失大；倘若谁能真正地从阅读中理解我的为人处世，那么我就会得到心理上最大限度的满足。如果读者承认，即使聪明人也会认为我善于利用知识——设若我能算得上有知识的话，并诚心希望我能得到记忆力更多的帮助，那么我的欣喜将大大超过我所付出的辛劳了。

　　我的良心对自己的行为和心性颇感满意，虽不如天使和骏马一般的心安理得，但也很少后悔。我想说明的是：我只是像人那样地心安理得。同时我还要加上另一个说明（不是出于客套，而是出于对上帝纯真而与生俱来的遵从）：即我在说话时自己心中也没有数，也在疑问和探求，至于最终的结论，我只希望从大家共同的、正当的信仰中获得。所以我只是叙述，绝不教导人。

二

　　罪恶，真正的罪恶没有不伤害人、没有不受到公正评论的指责的。有人认为罪恶主要来源于愚蠢和蒙昧，我想他们有充分的理由这样认为，因为罪恶是多么明显地可憎和丑陋啊！很难想象有人明知它是罪恶而不憎恨它。恶意大多数分泌出毒汁，并最终为自己的毒素所瓦解；而罪恶却在心灵中留下悔恨，这悔恨如同身体里的一块溃疡，不断地绽开和流脓。理智虽可以化解其他的烦忧和苦恼，但对悔恨却束手无策，悔恨愈是经过理智的历练，便愈显得痛苦和沉重，因为悔恨发乎于心，正如人在发烧时感觉到的冷热要比正常人所感受到的冷热更难以让人承受一样。我所说的罪恶（每个人对罪恶的定义不同）不仅是理性在自省时发觉的不良行为，还包括公众舆论所谴责的行为。即使有人说公众舆论也可能是没有根据的谬见，但我认为，只要得到法律和习俗认可，受舆论谴责的行为便已与罪恶脱不开干系。

　　同理，没有一种善行不使心地高尚的人感到由衷的喜悦。当然，我们自己行了善举时内心也会不由自主地感到一种难以言喻的快乐，问心无愧时会感到一种圣洁的自豪。邪恶而大胆的灵魂也许能有恃无恐，但是那种怡然自得、称心如意的感觉，是他们永远体验不到的。能认为自己可以不受败坏世风的传染，能对自己说："即便一直审视自己灵魂的深处，也不会发现自己身上有什么值得自责的地方，我从未使任何人痛苦和破产，没有报复心和仇恨，从未煽动民众进行变革和骚乱，从不违背自己的诺言，而且，虽则当今世风日下，放纵甚或教唆他人胡作非为已成为司空见惯的事，但我从不侵占他人的家产和财物，我向来自食其力，无论在兵荒马乱的战争时期，还是在繁荣富足的和平时代，我也从未占有他人的劳动而不付报酬。"如若我能做到上述的一切，那将是一件何等的赏心乐事，而这种淳朴的快乐将是对善行的最珍贵、也是惟一最稳当的报偿。

如果我们企望别人的赞许来作为善行的补偿，那么我们的根据就太不牢靠和明确了。尤其在当今这种腐败而愚昧的年代更是如此，民众的赏识和赞许无异于奇耻大辱，你能根据谁的话来判别好坏呢？愿上帝保佑我，不做我每天耳濡目染的那种好人。"昔日的罪恶如今成了风尚。"① 我的一些朋友或出于主动或是在我的鼓励之下也曾直言不讳地批评过我、责备过我，我把他们的批评和责备当成是朋友的善意帮助；他们这种帮助无论是其对我的助益还是从其中包含的情意来看，都超过了朋友们对我的其他帮助，对一个具有良好教养的人当如是看待之。我也总是心存感激、彬彬有礼地洗耳恭听。不过，现在让我平心而论，我会认为在他们的言谈中有许多责备和褒扬源自于错误的标准；倘若我亦步亦趋地按照他们的建议行事的话，结局将不会令我感到满意。对我们这种大部分时间都离群索居、很少抛头露面的人而言，内心应该有一个自己的准则，我们可以依据这种准则的要求，努力自省自己的日常行为，自己判断自己到底是应该自得还是应该自责。我有我内心的法度和原则来审判自己，我经常求诸于我的内心，而很少听从别人的评判。诚然，我也可以按照别人的意见来制约、修正自己

---

① 原文为拉丁语。引自塞涅卡的《书简诗》。

的行为，但是我更愿意按照自己的方式来处理自己的一切。你自己是
否懦弱、是否残忍，或自己是否虔诚、是否正直，只有你自己知道；
别人无法透过那些支离破碎的表象来看透你的心，他们只能通过毫无
把握的臆测来揣度你；他们看到的是你的外表而不是你的本质。因此，
对于善意忠告自己的朋友们，你要做的只是微笑着倾听他们的意见并
衷心地感激他们，然后依旧坚持自己对自己的判断。"应当运用你自
己的判断力，"① "一个人的善恶意识对他而言真是生死攸关，若丢掉
这种意识，一切的一切免谈。"②

　　有人说，悔恨总是与罪过相伴而行，对那种在我心灵盘踞已久的、
在我心中深深扎根的罪过来说这话并不十分适用。我们能在悔恨中补
救那些在突发场合不经意犯下的罪过，但是，对那种深深扎根于那些
意志坚定者身上的、早已根深蒂固的罪恶，则是很难改正和补救的，
因为他们已经与心灵水乳交融在一起了。后悔乃是否定我们的初衷，
现在的自我反对往昔的自我，让自己对自己的行为产生怀疑，最终将
导致内心的混乱盲目和无所适从。你看，后悔甚至使此人否认自己过
往的美德：

　　　　为何童年时的念头与如今天渊之别？
　　　　为何一旦成年便失却少年丰泽的面庞？

　　　　　　　　　　　　　　　　　　　　——贺拉斯

三

　　如若谁在独处时生活也能保持井然有序，这便是毫无虚饰的人。
当众演戏并非难事，在人生舞台上扮演正人君子，在私下、在内心却
无所不为，这种人并不少见。设若一个人在自己私人领域内，依然能
像有人监督时那样循规蹈矩、内敛克制，这便是道德的极致了。因为

---

　　① 原文为拉丁语。语出西塞罗。
　　② 原文为拉丁语。语出西塞罗。

在家里无须检点、也无须做作，日常生活中的事情也不必向任何人负责，因此倘若谁能做到在家里和日常生活中也能出自内心的宽容、温和与克制，无疑，他便是一个真正有德操的人。比亚斯就曾这样描绘自己家里的可喜景象："慑于法律和舆论的一家之主在社会上如何行事，在自己的家里也照样行事。"尤利乌斯·德吕许斯对工匠们讲的那番话堪称金玉良言。为尤利乌斯·德吕许斯建造居所的工匠们对尤利乌斯·德吕许斯说，如果他愿意付他们三千埃居，他们就可将他的房舍建造得让任何人都无法窥视其内部景象。尤利乌斯·德吕许斯回工匠们道："我愿付你们六千埃居，请将我的房屋建造得让人们从任何方位都能够将里面看得一清二楚。"人们也怀着崇敬的心情谈论阿热齐拉斯的习惯，他在旅途中总是投宿教堂，为的是让自己的一举一动都置于民众和神明的监督之下。某人在社会上广为人们称赞，令人尊崇，而他的妻子及同仁却没发现他有何过人之处，受到自己的仆役们赞扬的人更是寥寥可数。

往往那些先知在自己的家乡反倒不被同乡人承认，史书上有不少这样的例子。下面我将谈到的这个例子就可以使大家小中见大。在我的故乡加斯科尼，人们不相信我的文章好到能印发刊行。反倒是离我故乡越远的地方，我的名气就越卓著，声望也越高。在吉耶纳①，我想发行自己的书还不得不出钱请印刷商；在别处，书商花钱来买我的书的出版权。熟悉导致蔑视和怠慢，同理，有远见卓识的人为了在死后能永垂不朽、名声大振，在世时他们宁可隐迹埋名。我投身社会没有更复杂的动因，除了从中得到乐趣和教益外我别无所求，我宁可公众不要赋予我不符实的荣誉。

民众怀着崇敬的心情将一位卸职归隐的官员送至他的家门，一旦失去自己的官职和头衔，他原先越是位高权重，他就跌得越惨。因为他在位时的呼风唤雨完全仰赖于权势的魅力。一旦回到日常生活中，他没有任何可以支撑自己面对平淡的勇气和智慧：他的家居生活索然无味，对人对事的判断力、鉴赏力和品位都乏善可陈，对自己的脾气

---

① 法国的一个省份，蒙田的故乡加斯科尼就在该省。

和情绪缺少控制力，一切都陷入盲目无序中。我们无需讶异一个在战场上叱咤风云、声名赫赫的人为何会在不同的场合表现得如此晦暗无聊，因为治理一个国家，统领一次战役都是仰仗于权势，而且通常持续的时间也不会非常长久。而在持家教子、钱财往来、交结朋友、表达深情挚爱这些看似微不足道的平常事中能始终如一地坚持公正平和、表里如一，才是一个人最难以达到的人格境界，这是人生高于一切外在浮华的坚实基石。因此，在我的心目中，一个人选择过隐居生活并不意味着他可以为所欲为地放纵自己，反而应该遵循与在公众目光中的生活同样的道德约束。亚里士多德曾说过：一个人如果在没有任何外在嘉奖的前提下依旧能够恪守道德，严于律己，那么他的德操要比在官位上能做到如此的人要更高。因为我们欲冲破重重困难去建立丰功伟绩，往往都是出于功利的考虑，倘若我们可以在外界对我们的德行无所犒劳的前提下依旧能弘扬道德，那么我们的行为本身就是对我们最好的嘉奖。其实，获得真正荣誉的最稳妥的法子便是坚定不移地凭自己的良心办事。故而，如果有人问我亚历山大大帝在政治舞台上的文韬武略、挥斥方遒与苏格拉底在平淡无奇、日复一日的日常生活中所体现出来的智慧和宽容哪个更伟大，那么我将毫不犹豫地将桂冠戴在后者的头上。我不难设想如果苏格拉底处于亚历山大大帝的位子时会怎样，不过，我却对亚历山大大帝处于苏格拉底的处境时的态度没有十足的把握。如果我们问亚历山大大帝他能做什么，他会说，"征服世界"；若问苏格拉底他能干什么，他会回答，"按照人的自然状态过人的生活"。对许多人而言，在公众目光中表演一个刚毅坚强的人并不难，难的是无论何时何地都忠实于自己的感觉和内心。所以经营好平常生活乃是需用尽平生智慧和意志力的艰巨任务。精神价值的高低不在于爬得有多高，而是看我们是否能在任何时间任何情境都能表里如一。

　　崇高的精神是有节制、有分寸的精神，而不是哗众取宠般的心高气傲、目空一切。当我们评判一个人时可以从其内在的本质来评价他——去除他们在公共舞台上夺目的光华，透过污浊的脏水中泛起的五光十色的泡沫、淤泥沉积的池底溅出的晶莹水花直窥浮华表象下的实质。也可以迷惑于他英姿飒爽的外表、雷厉风行的行为、夸夸其谈的言语、伪善虚饰的举止，得出一个与他的本质截然不同的判断。把魔鬼想象得张牙舞爪、狰狞可怖，将帖木儿想象得眉眼倒竖、鼻孔贲张，依据他的名字便将他的形象想象得无比高大，这是人最容易犯的通病。当我们设想依斯拉谟①的生活时，会以为他对自己的妻子和仆人们讲话时也是用格言和警句。我们或许很容易想象一个朴实的手艺人回到自己家里时的生活状态，但要我们设想一个在法庭上高高在上的庭长平素的家居生活，其困难不亚于设想一个总是在舞台上扮演体面角色的艺人在私人生活中的样子。凭我的观察，为数甚众的、处于高位的人一旦卸任，都不能顺利地融入平淡的日常生活。

心灵邪恶的人受了外界的激励偶尔也能做点好事，同理，一个心灵高尚的人在一定情境下也会突然做出一些与固有心性截然不同的坏事。所以，我们评价一个人时应该依据此人在正常的、心境趋于平静时的表现来判定他，或者是按照此人最接近自然状态的表现来给他下一个断语。天然的性格倾向可以通过教育和训练得到消长，但几乎无法将之最终克服和消灭。我年轻时也见有许多人试图通过与自己本性相违的教育来改变自己的天性，使它的某些方面得到加强和减弱。

> 当野兽长期远离森林困于笼中，
> 它们失却往日的凶猛变得异常温驯，
> 一旦一颗血腥溅入它们的巨口，
> 沉睡的野性与暴烈瞬间就被唤醒，
> 血的腥气令它鼻腔贲张、浑身发热，
> 在它面前连经验丰富的老驯兽人也会惨然变色。
>
> ——卢卡努

我们只能一定程度地掩盖和隐藏自己的天性，却不能将之连根拔

---

① 依斯拉谟（1466—1536），荷兰人文主义学者，伦理学家，讽刺作家，著有《格言集》。

除。我对拉丁语比其他语言更为精通，它可以算作是我的母语。在感情极端冲动时，这种几乎四十年未曾用过的语言就会冲口而出（这种情况在我的一生中曾碰到过好几回，其中一次是我看见自己的父亲好端端地突然仰面跌倒在我的身上，晕了过去），当时我发自肺腑的头几句话总是拉丁语。社会的习俗无法约束我们的本性，它总会在我们意想不到的时候冲决而出。

那些试图革新当今社会风气的人，如果说他们没有进一步深化和扩大社会本质的罪恶的话，充其量也只是让社会弊端暂时隐藏了起来，他们改造的只是社会生活的表面而鲜少深入地涉及其内部。由于改良可以在短期内收到"事半功倍"效果，于是人们便习惯热衷于表面的、即兴式的改良而放弃对其他善举的关注，所以人们完全有理由担忧社会罪恶会逐步加深和扩大。人们也通过这种妥协的方式而放过了那些更为本质而内在的罪恶。如果我们习惯于认真地审视自己的内心，我们就会发现自己身上有一种与生俱来的、本质而内在的思维方式，这种思维方式为了维持自己的完整性终身都在与教育及其他的外部强制力量相抗衡，而且这种抵抗力量终身都在顽强而固执地维护自身的纯洁性和存在性。对我而言，我很少受到外界的左右和侵扰，我的心绪总是安之若素，一如那些具有极大惯性的沉重物体。即使我的心有过一些动摇，那也仅仅是一些细小的涟漪，不足以影响人生的重大方向。而且，我也从不会真正沉溺于放纵和颓废，即使有时我看起来像那样，但我的内心一直都是由理性牵引的。我从不会走极端也不会陷于古怪的趣味，然而我的思想却可能在瞬间有质的转变。

四

我经常见到某些人在闭门思过时内心也充满污秽与罪恶：他们惩罚自己的方式是罪恶而扭曲的，他们的忏悔无异于加深自己已有的罪行，这是应该引以为戒的。有的人，罪恶已成为积习，堕落已成为他本质的一部分，因此即便自己日常的所思所想全是罪恶，他依旧麻木不仁、浑然不觉。另有些人虽然时常为自己过往所犯的罪恶而悔恨，不过一旦他们有新的机会沉湎于罪恶的快意中时，他们就会将一切置之脑后。在罪恶的快乐中容忍罪过而无力自拔。所以，看到有人为了微小的欢乐而犯大罪不是不可以设想的。正如那些从内心里认同诚实处事的人，有时也会为了眼前的一点蝇头小利而走向功利主义。对那些在法律上不构成犯罪的、人们偶尔为之的小罪过——比如顺手牵羊和小偷小摸——人们会为了暂时的小快乐而犯过错，而且在拈花惹草、眠花宿柳这样称得上真正罪过的行为上也莫不如是。诱惑是如此强烈，我们的道德力量无法与之抗衡。

有天我在阿玛尼亚克的一位亲戚的领地上见到一位众人皆唤之为"窃贼"的农夫。他是这样讲述自己的身世的：他从小以乞讨为生，可惜只靠别人偶尔的怜悯来过活是一件丝毫也没有保障的事情，所以他经常过得朝不保夕，于是想到当小偷。至少这样自己可以主动地规划自己的生活，而不是被动地等待别人的同情。仗着自己的小聪明及灵敏的身手，他一直平安无事地靠偷盗度过了青年时代。他常常大批量地偷盗别人地里的谷物和瓜果，而且他作案的地点又远离自己的居住地，那些失窃的人们从来没有想到偷窃自己庄稼的就是这个人，因为他们从来不敢想象一个人可以在一夜间将那么多的东西从那么远的地方挑回去。而且，他在偷盗时也非常讲究策略：即使偷盗，他也会择户而窃，他一般不会将别人害得无法应对基本生活的地步，而是分散和均摊自己给他们造成的损害。靠着自己的机巧和"远虑"，如今的他已经算得上是农民中的富翁了，年事已高的他现在不避讳将自己的秘密公诸于众。如今须发尽白的他开始忏悔自己的罪恶，为了与上帝达成和解，他每天都在为那些他曾经损害过的人做好事，他愿在自己风烛残年时尽力补偿自己的过错。不管他的陈述是真是假，但至少我们可以看出他对人生还是有自己始终如一的看法，说明他本身并不把偷盗行为视为理所当然的事，而且他非常痛恨自己在它面前呈现的懦弱。虽然人们会觉得他的悔过方式简单淳朴，但是积习已久的一个人能做到如此也是一件值得欣慰的事。任何时候，我们与罪恶分道扬镳都不要嫌太迟！

我向来不很在意他人对我的评价，我喜欢我行我素地按照自己的心意办事；我的一举一动都无需在良知和理性面前遮遮掩掩，我的每一个行动都得到自己心灵最默契的赞同，丝毫没有分裂和纷扰。我相信自己判断对错、善恶的能力，而且一经判定，我便会始终如一地忠实于自己的判断。从我有自觉的判断力开始，我始终忠诚于自己：以同样的倾向，同样的途径，同样的意志。对于那些一般性问题，我从小就站在我今天及以后要坚守的立场上了。

有些罪恶只是在特定情境下突发的，由于其几乎不可避免，让我们暂且撇开它们不谈。而有些罪恶却是经过人艰苦卓绝的内心挣扎而又屡错屡犯的，因为这些恶行宛然成为了我们性格的内在组成部分，或者成为我们的职业和营生而无法加以绝然地摒弃。人们会讶异：职业的罪恶何以会得到当事人理智和良知的赞同而如此长久地扎根在他内心深处呢？如果他还强称自己一贯与罪恶抗争，我们又有什么理由相信他在陷入绝境时不会与困扰自己的罪恶玉石俱焚呢？毕达哥拉斯学派认为："人走近神像领受神谕后，便有了一副新的灵魂。"设若这句话的意思不是说人去领受神示时他的内心必须比他平素更虔诚的话，我并不认同这种说法。因为，即使我们平素内心里充满着这样那样的罪恶，但是，当我们面对神灵时则必须要有一副全新的心灵——一颗力求达到至纯至净的心灵，否则，就是对神灵的亵渎。

在大多数方面，毕达哥拉斯学派都是与斯多葛主义的戒律背道而驰的。我们从毕达哥拉斯学派的推崇者身上看到他们日复一日地为自己已经犯下的罪行和过错内疚和忏悔，但在行动中却看不出有任何改过自新与过去决裂的表现，在他们看来，补偿罪过的惟一方式便是精神上的自悔，他们相信精神上的忏悔重于行动上的补救；而斯多葛主义则要求我们尽力在行动中改正自己身上已发现的不足和恶习，但不要我们为这些无可挽回的事情懊恼和悔恨。我认为假装虔敬是最易做到的——那些在口头上说自己虔敬而不按神示去规范和约束自己行为和生活的人就是如此。虔信的实质是深奥的、秘而不宣的，而其表现形式则可以是浮华和虚饰的。

五

对我而言，我也会对自己身上的某些气质和性格有所不满，我也曾企望神灵能够帮助我脱胎换骨，改变自己内心固有的软弱，但我知道这种心境还算不上是后悔。同样，为自己生来无法达到小加图的境界，无法如天使般纯洁而善良也算不上是悔恨。我的行为符合我自己的身份和地位，并且有恒长的准则。我凡事都尽己所能，对那些能力范围之外的事我谈不上后悔和内疚。就如人们的身体和精神不会因为羡慕别人而变得更强健和坚定一样，虽然我见过许多天分比我高、人品比我端正的人，但我的人品和天分并不会因为自己的见多识广而有多大的改观和提高。假如我们对自己行为的悔恨主要来自于对高于自己的行为和心灵的渴望，那么，我们会为自己最高尚最纯洁的行为感到懊恼，因为它无法达到自己内心为自己设定的目标。幸运的是，当我用老年人的历经世事的眼光去审视自己年少时的所作所为时，我觉得它们都是端方和合度的，在那个情境下，我已做了自己应该做的一切。我可以毫不夸张地说，如果世事可以重来，我还会一如既往地行事。我为自己能够一以贯之地坚持自己的观点感到由衷的高兴，这不是一个污点，而是我做人之根本。我不知那种肤浅的、虚饰的、表面的悔恨有何意义，因为我所认为的悔恨是：在上帝的逼视下的那种可以触动我的整个内心的、令我痛彻骨髓的痛苦。

至于经商，由于管理不善，我失去了许多次成功的机会。然而我并未为自己的不好结果而悔恨，因为我的决定在彼时彼境是端方而正义的。我拿主意时总是遵循稳妥而便捷的原则。我认为，自己的过去、现在的决断都是明智而审慎的，即使一千年以后遇到此情此境，我的应对之策依旧如此。我判断自己的行为是否合度的尺度不是依据当前的事态，而是依据在我必须作决断时的事态。

我们无法脱离时间之维而孤立地从理性角度判断某项决策是否合度，因为时间可以使物非人非，永恒并非是事物和环境存在的方式。我一生中遭遇的几次沉重的、与我生死攸关的失误都是因为机缘不巧，而并非是由于疏忽和缺乏智慧。外界和我们自身都有神秘莫测的一面，因此我们对于世间的一切都不可能有十足的把握。尤其是那些存在于人性中的秘而不宣的、隐而不显的心绪，有时会在最不设防的时候复苏、警醒。而且，还有永不停歇的时光在改变着一切的面目和实质，我们企图以诺言来跟一切的变幻抗衡。变幻原是永恒，我们唯有用永恒的诺言制约世事的变幻。不能永恒的，便不是诺言。世上有很多东西是可以挽回的，比如良知，比如体重。但不可挽回的东西更多，譬如旧梦，譬如岁月，譬如对一个人的感觉。如果我们的理智和感觉因为未能深入地洞察和预见那些神秘的东西而使我们的决断和行为有所闪失，我也不会过分地自责！因为我已经尽力而为了。我相信自己可以将这种过错归结为命运女神的意旨，所以我不会为之后悔。

　　雅典的人民没有采纳政治家福基翁给他们出的那个主意，不过事态的发展证明福基翁的想法不合时宜。于是人们便问他："福基翁，事情进展得如此顺利，你高兴吗？"他答道："我很高兴，不过我不后悔自己先前提了那样一个忠告。"我也是如此，如果我的朋友们有问题向我讨教，我总是坦率而无所保留地说出自己的真实看法。我并不担心事后事态的发展与自己的判断不符，也不怕自己会承担风险，因为世事总是在常中有变，事态的不可预料本是世之常情。我所要做的就是，在自己的能力范围之内，竭尽全力来预测事态，并将自己思考的结果坦然地告诉自己的朋友。拒绝帮助他们是我的错，然而，如果责怪我未能预知那些本来就神秘莫测的东西则是他们自己的错。

　　我自己也是如此，如果我有了过失或遭受了厄运，我只能埋怨自己，而决不会在他人身上去找寻原因。出于礼节性的谦让，或仅仅是想向别人了解我不知道的事实而外，我绝少采纳别人的意见。在那些只需运用自己的判断力的事情上，别人的意见和道理只能给我提供一个参考，却不能使我改变初衷。出于礼貌，我一般都会带着赞许的心情倾听朋友们的意见，但就我的记忆所及，我向来只相信自己的判断力。依己之见，别人的意见就如那些在自己面前飞舞的蠓虫和灰尘一样让人眼花缭乱、无所适从，所以，迄今为止，我只忠于自己的感觉和判断力。命运给予了我分所应当的一切，我不过分赏识自己的意见，

悔恨如同身体里的一块溃疡，不断地绽开和流脓。

也不十分欣赏别人的意见。我绝少给人劝诫，也几乎不用任何人的意见和建议。请教我的人不多，按我的想法实践的人更少，我记不得有哪件公共事务和私人事务是因为我的参与而改弦易辙或回到自己的正轨上去的。我奇怪天下竟然有那么多人宁可相信那些与自己命运丝毫也没有关联的人的意见，却不愿依靠自己的大脑来掌握自己的生命轨迹。由于我是一个既忠实于自己的职守，又忠实于自己内心安宁的人，所以，除了自己应尽的职责外，我不很乐意管别人的事；最好，别人也不要把自己的私事寄托在我的身上，因为，我愿意将自己职责外的时间都用于思考我自己。

当一切都成为往事，不管是好是坏，我很少为之后悔。因为一想到它们本该如此，我就不会过分责难自己。世界自有其意志和自身的运行轨道，不会为任何人的心愿而改变，既如此，对已经进入连亘不绝的历史洪流中的过往，进入了斯多葛主义的因果流程中的故事，悔恨又有什么用呢？万物有时，花开有序，过去和未来，永远不会颠倒。

另外，我决不会为自己年少轻狂时犯的青年人都会犯的过错而后悔。有个古人曾说：他要感谢年龄的增长让他自然而然地摆脱了情欲的困扰。我的看法与他何止天渊之别，我永远也不会感激岁月给我造成的无能。"上帝不会如此仇视自己的造物，竟至于将软弱无能列为这世间最美好的事物。"① 人一到了老年，身体的欲望就变得恬淡，我们的心灵对肉体的欲望产生一种彻底的餍足。老年的羸弱无力和郁郁寡欢让我们显得极其的懦弱和病态，我们再没有心力从事那些身强力壮时趋之若鹜的赏心乐事了，然而这种退化与人的德操没有任何实质性的联系。人至老年，我们惟一能做得到的是不让自己的理智和判断力跟着身体一起退化。即使在青春年少时，激情和快乐并未妨碍我从情欲中看到罪恶的影子，同样，现在老年的餍足也并没有让我觉得情欲比当初所感到的罪恶更甚。确切地说，如今我身处其外，我依然还像当初一样的眼光看待它。随着年事日高，我发现自己面对情欲的困扰时我的理智并不会显得比年轻时更坚强，当我调动身上一切力量与

---

① 昆体良语。原文为拉丁语。

之抗衡时，我的把持力甚至还有所弱化。在英姿勃发的年少时光，我为了自己精神的健康摒弃了肉体的欢愉，及至今日，为了保养自己已经不太强健的筋骨，我的理智已不允许我再去寻欢作乐。我决不会因为精神已退出战场而认为它比遇到强敌时的势均力敌更英勇。到了现在，我受到的肉体诱惑已经如强弩之末，挥手就能将它们赶尽杀绝，根本不用劳理智的大驾。倘若要我现在的意志力去与过往的情欲激流相对抗的话，我相信它将望风而逃。我现在只用意志和理智来评判我自己，但就在这个它擅长的领域，也不见它比过去更明晰。倘若我想勉强鞭笞它，得到的也将是一种残败的衰退。

六

靠生病来治愈疾病，这是何等可悲的治疗方法！要承担如此沉重的任务，必须要凭借健全的判断力。如果想通过伤害和打击迫使我就范，是决然达不到目的的，反叫我更不心甘情愿。这种法子只适于那些适合于鞭打才能觉醒和行动的人。我的理智和判断力只有在宽松自如的环境中才可以挥洒自如地发挥到极致。宁静欢愉时我的思维更加澄明清澈，它理解欢乐时比之其理解痛苦更加明朗和清晰。比之于疾病，我认为健康比疾病更能激励我保养自己的身体。当我知道自己还能享有健康时，我便可以有计划、有步骤地让自己的身体恢复和调整。倘若要我欣赏风烛残年的凄清和不幸，而贬斥意气风发的青春年华、摒弃精力充沛的地步，我一定会为自己混乱的理智和判断力感到无地自容的。如果人们只根据如今我的风华不再来评判我过往一生的生活，我一定会感到无比忌妒的。依我之见，人快乐的极致是幸福地活着，而不是如昂蒂斯泰纳斯①所言，是幸福地死去。我从不希望自己在行将就木时被别人拴上一个哲学家的尾巴，更不愿这个尾巴否定了我生命中最长、最美好、最健全的那段时光。倘若我有来生的话，我也一定要像今生一样再活一遍，我希望向人们展示一个始终如一的我：一

---

①　昂蒂斯泰纳斯（公元前444—前365），古希腊犬儒学派哲学家。

个从不悔恨过去，也从不害怕未来的自己。及至人生的暮年，我也从不对未来感到失望，而且我始终是一个表里如一的人。我最应该感激命运的是：我在生命的每一段时光都适逢其时，我按自然的秩序依次经历了人生的青苗、开花、结果，如今面临生命的枯萎，这很好，因为这一切都顺乎自然。我愿意心平气和地承受病痛的折磨，因为它们来得正当其时，正因为它们，使我可以更好地体验那段逝去的、漫长的美好青春和壮年岁月。我现在的智慧与年轻时期相比相差无几，不过相对而言，年轻时代的我更有建树、更有活力、更有情趣、更风雅、更活泼和单纯，而如今的我则显得有些迂腐、沉重、滞涩、好责怪人。不过，由于年事已高，我已经放弃了改造自己的念头。

我们的灵魂需要上帝的安抚，我们的良知需要通过加强理智而非削弱我们的欲望的途径来实现和自觉的改善。情欲本身既不苍白，也不黯淡，即使我们用老年浑浊昏花的眼光去看它依旧显得光彩夺目、充满诱惑。我们之所以欣赏克制和贞洁并非是为了华而不实的美好名声，而是为了品德自身的价值，为了遵从上帝的意旨。倘若我们是因为患了重伤风或腹泻而不得不克制欲望、保持贞洁，那么这种克制和贞洁没有任何自足的价值。倘若我们根本不知情欲为何物，或者我们没有亲自品尝过它的滋味，没有被它迷人的力量和魅力征服和折磨过，我们便没有资格自夸自己能鄙视和战胜它。而我知道情欲的魅力，所以我不妄称自己的理智能绝对地将它制服。我也认为，及至暮年，人在精神上易于感染到的毛病和疾患比年轻时更加顽固、更加令人厌恶。我年轻时就有这样的看法，及至须发尽白、有了些声望的今日，我的看法依旧如此。人们常常将性格乖张、脾性暴烈、吹毛求疵视为睿智。其实，与年少时的冒失轻狂相比，我们并没有摆脱恶习的魔力，只是将一种较轻微的恶习置换成了大的恶习而已。除了愚钝和自以为是的傲慢、令人生厌的喋喋不休、易怒难伺候、性情古怪孤僻、患得患失、迷信、过分吝啬和计较钱财外，我觉得与年轻人相比较，老年人身上还有太多的忌妒和羡艳、不公正和恶意。老年人在心灵上刻下的岁月痕迹要比在脸上刻下的皱纹要更深更多。在垂暮之年不发出酸腐气息和霉臭味的人几乎没有，如若有的话也只是凤毛麟角。人的肉体和精神是同时成长、同时达到顶峰并渐渐衰退的。

　　看看苏格拉底在风烛残年时所作的几次判决及那些箴言，我敢说，年届七十的他绝非是想有意敷衍塞责，只不过是他原本灵活的思维随着岁月的流逝而变得迟钝了，素来条分缕析的头脑渐渐迷糊了。

　　在我熟知的人当中，每天我都可以见证他们的思维发生多大的变化！衰老是一场无法抵御的疾患，它渐渐地深入人心，侵蚀人们的心智和体力。我们必须要有完全的毅力、持之以恒的自省，再加上十二分的小心才能防止它在我们的心灵和肉体刻下更深更丑陋的皱纹，使那些自身本然的缺陷不至于蔓延和恶化。不过，尽管我小心了又小心，尽管我步步为营，它依旧把我逼向一个更加不堪的境地。我在奋力与自然的力量相抗衡，虽不知它将会把我驱逐到何等的地步，但倘若我头脑里很清楚：自己是从什么地方跌落的，一生若能做到如此，则我愿已足。

论浮夸

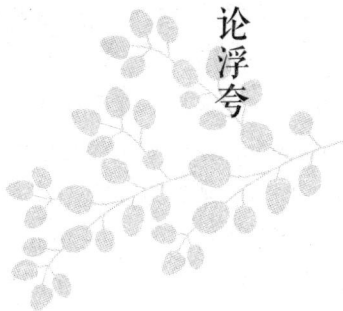

从前，一位雄辩家声称他的职业可以使微不足道的东西变得众人瞩目。这可真是一位会给小脚做大鞋的鞋匠！倘若他到斯巴达谋生，不但填不饱肚子反倒会挨鞭子。斯巴达君王阿尔吉姆问修昔底德，他与伯里克利交手哪个会赢？我想，斯巴达君王听了修昔底德的回答准会大吃一惊。修昔底德回答阿尔吉姆道："这个嘛，是很难验证的！因为你把他打倒之后，他凭借自己的三寸不烂之舌，让那些无法亲临现场的人都认为他把你战胜了不就行了吗?"有人给那些其貌不扬的女人戴上华贵雅致的面纱，用厚厚的脂粉将她们伪装起来，使我们无法窥见其真实面目。不过，这倒对别人没有什么大的损失，因为在相貌本身就极其容易为岁月的风霜所改变，即使美若天仙的美人，一旦迟暮，一样回归朴实平淡。但是，前面的那个例子却不同，谎言和浮夸不是欺骗我们的眼睛，而是我们的心灵和判断力，他们的夸夸其谈歪曲和篡改了事物的本质而不仅仅是表象。之所以斯巴达、克里特这些国家国力强盛、秩序安定，就是因为他们非常鄙视和排斥雄辩家的缘故。

阿里斯托曾给雄辩术下了一个简明的定义，他说所谓的雄辩术就是：说服人的艺术。而苏格拉底、柏拉图则将雄辩术贬斥为骗人术、拍马术。有人在纯学术的领域假意贬斥它，却在日常的生活、训示、命令中无时无刻不在实践它。

　　伊斯兰教的信徒禁止以雄辩术教导孩子，因为它除了混淆视听外一无所用。

　　雄辩术一度在雅典风行一时，直到雅典人发现它无处不在的危害后才开始想办法将它摒除出去。他们矫枉过正地将那些气势恢宏的开场白、结束语连为一体的、能够打动人心的正文也一同删去。

　　雄辩术是一件为控制和操纵那些没有深刻的洞见，没有坚定的立场，没有成型的人格的芸芸众生而发明的工具，一剂为畸形病态国家所开的不但无法疗治最初的病症反而会引发并发症的毒药。在雅典、罗德岛、罗马这类的地方，不但人们浅薄无知、浮夸轻信，而且生活放诞不拘、肆意妄为；这些地方政治局势也变幻不定、战乱频仍，所以那些雄辩家便对它们趋之若鹜、纷至沓来。的确，在这些如此讲究语言艺术的国度，如果不懂得论辩术和修辞学，如果在日常生活和政治生活中不能够轻则布局谋篇、重则皇皇大论的话，不说青云直上、飞黄腾达，甚至连个安身立命之所都没有。罗马政坛上的风云人物，比如庞培、恺撒、克拉苏、卢库卢斯、兰图卢斯、梅特卢斯哪个不是能言善辩、精于雄辩术的，他们之所以能够身居高位，与其说是仰仗战场上的冲锋陷阵、舍生忘死的拼杀，还不如说是仰赖自己那滔滔不绝的口才恰当。在这些地方，即使在太平盛世，战争的烽火也会甚嚣尘上。为了支持克·法庇乌斯和帕·德基乌斯家族的人在元老院充任执政官，沃卢姆尼乌斯在当众发表演讲时说："他们生来就是该从事战争这个行业的，是建功立业的好苗子；不但在沙场上战斗，而且打起口水战来也不比在真枪实弹的战役中逊色。他们诡诈精明、富于谋略、高瞻远瞩、气度非凡、禀赋卓异，天生就是当执政官的料子。"

　　罗马的政局越飘摇，内战越频仍，雄辩术在这里就越是风行：宛如未经开垦的荒野，杂草总是垦殖的田地更茂盛。由此看来，雄辩术在那些由君主直接执政的国度反倒不是那么流行，因为他们无须什么事都要像在罗马一样为自己辩护。在马其顿和波斯这两个国力强盛的国家，能数得出来的雄辩家简直是凤毛麟角。虽然，在君主制国家的君王也不可避免地会受到一些奸佞之徒的谄媚奉承话语的蛊惑和摆布，但是，在一般的政治生活中，臣民们并没有太多的机会操练嘴皮子，所以雄辩和狡辩就不容易在那里蔚然成风。

　　不久前我认识了一位意大利人，他曾经担任过已故的红衣大主教的膳食主管，并一直服侍红衣大主教到他过世为止。我让他给我谈谈他从事的差事，他便利用这个难得的卖弄机会向我滔滔不绝地大谈了一通他的烹饪学问。他当时那副一本正经、活灵活现的样子在不了解真实情况的人看来就跟在讲坛上布道一般庄严。他事无巨细地向我介绍人的消化器官的功能，以及每时每刻人食欲的变化：饥饿时、第二顿、第三顿之后，我们应该用什么主食和点心来满足它的需求，又有什么妙招可以驱除胃口的一蹶不振；讲到如何配制的调料汁味道鲜美；讲到不同的季节我们应该怎样做沙拉，哪种沙拉可以生吃，哪些却必须要加热味道才好；如何拼盘菜品看起来才会刺激食欲，如何装点冷盘才赏心悦目。接着又头头是道地聊了一通上菜的顺序，一切平常小事在他眼里都大有讲究。

　　　知道如何剁鸡，如何切兔子，
　　　学问当然不简单！

　　　　　　　　　　　　　　　　——尤维利乌斯

　　在阐述这一切时不忘加上丰富华丽的辞藻，甚至用上了谈论治国和要事的口吻和字眼。他的一席话让我想起了自己的一位老相识：

　　　咸了！烧焦了！太淡了！正好啊！
　　　下次就照这个做！
　　　尽管我才疏学浅，我也一无保留地教授他们。
　　　最后，德美亚，我什么都教给他们了。
　　　我甚至教他们像我一样拿起碗碟当镜子照。

　　　　　　　　　　　　　　　　——泰伦提乌斯

　　不过，从马其顿归来的艾米尼乌斯·保卢斯为希腊人筹备了一场宴会，在那场宴会上连希腊人也盛赞其地道。但我要说的是，他赞扬的是艾米尼乌斯·保卢斯的口才，而不是指宴会的菜品和组织策划。

　　我不知道别人是否与我有相似的遭遇：当我们花钱请来的建筑师在施工前向我们大谈那些壁柱、浮雕、三角墙、挑梁、科林斯柱、爱奥尼亚式柱子等这些美妙堂皇的行话时，我们感觉自己未来的家居与阿波里东宫相比也毫不逊色。可是，等到竣工之后，发现它不比邻人随便请的泥瓦匠修建的房屋漂亮舒适到哪儿去。

　　当你听人说起替代、隐喻、讽喻这类文学上使用的名词时，你不是觉得它们离你的生活很遥远吗？可是，这些方法在你日常的闺房里，你对自己的女仆们的发号施令里、你的训斥规劝的话语中却随处可见。

　　虽然我们国家设立的官位和官阶与罗马元老院设立的官职毫无共通之处，而且我们的官员也没有元老们那么大的权限，但我们却习惯于用罗马人的那套高级头衔来互相称呼，似乎劣酒换上一只昂贵的酒瓶后自身的本质就变得高贵了一般。这都是愚己愚人的事。下面将要谈到的故事也与上述例子有异曲同工之妙：古人看谁顺眼就将好几个高贵至极的头衔同时加在一两个要人头上，使他们光耀了好几百年，在我们这个风雨飘摇的时代，这样荒谬无稽的事情也屡见不鲜，它们正好见证了我们国度的绝顶荒唐。柏拉图被人们封为神圣，四海之内，鲜有人持有异议；而意大利人自称自己聪明理智，自认为自己的智商比别的民族都要高明，这样说也绝非夸大其词、毫无道理。不过，不久前他们却心甘情愿将自己这个荣誉拱手让给了阿雷迪诺。阿雷迪诺除了能言善辩、俏皮诙谐之外，几乎乏善可陈，当然他自吹自擂的本事与那些自以为是的意大利人相比，简直难分彼此。还有那个"大"字，人们无端地把这个字奉送给那些君王，其实他们无论从哪一方面来讲都并不见得比很多人强。

论
痛
苦

有人对我说，好吧！你的这些例子更多地适宜说明死亡，可贫穷和痛苦又是怎么一回事呢？亚里士提波、希罗尼姆及大多数的哲学家称痛苦为人世之最大不幸；而今一些人虽口头不承认，但实际上对痛苦无不避之唯恐不及。波赛多尼奥斯①身患重病，当庞培前去听取老师的教诲时适逢波赛多尼奥斯被病痛折磨得痛苦万分，庞培对自己选择了这样的拜访时机而深感抱歉。但波赛多尼奥斯对他说："但愿我的病痛不致妨碍我讲授哲学！"于是他强打精神忍痛讲了起来，竭力无视痛苦给他造成的不便。但是，病痛本身并没有因为波赛多尼奥斯对自己威力的蔑视而有所减弱，相反更加变本加厉地对他大施威风。他暂时停下讲课，喊道："痛苦啊！倘若我从不把你当成不幸，你的努力岂非徒劳？"这件事后来被人们传为佳话，可是，这样做作地蔑视死亡真的有说明意义吗？他只不过是嘴犟而已，倘若他的肉体真的没有感到痛苦的威力，那他又何须停下自己的哲学讲学来讲这样一句不相干的话呢？

其他事或许我们可以凭借主观臆造，波赛多尼奥斯感受到的痛苦绝不是平空想象的。痛苦的确定无疑可通过我们的感官为证。

---

① 波赛多尼奥斯（公元前 135—前 51），古希腊斯多葛派哲学家。

　　如果感官欺骗我们，整个理性王国就会崩溃。

——卢克莱修

　　难道凭借精神的力量能让我们的皮肉相信鞭子搂上去是在挠痒吗？能让我们的味觉相信笋子和芦荟的味道是纪龙德沙砾地区所产的葡萄酒的味道吗？我们不妨借皮浪的那头小猪为例，它确实没有意识到死亡的威力，不过，如果我们用棍子抽它，它一定会知道疼痛的滋味。天底下所有苍生无不惧怕痛苦，我们人类自然难以超越这个普遍的天性。仿佛沉默无语的树木受到伤害也会颤抖，而死亡只是通过推理才被感知的，因为死亡的瞬间我们感觉不到痛苦：

　　死亡从不属于我们，它只属于过去和将来！

——拉博埃西

　　等待死亡的过程要比死亡本身更让人难以忍受。

——奥维德

　　许多人与其说是自己的生命遭到威胁，不如说他们早已如同行尸走肉。事实上，我们惧怕的与其说是死亡，不如说是害怕死前一般都会经受的痛苦。

　　然而，我不赞成一位基督教圣父所言的："人只有死后才有痛苦。"[①] 我的想法更为现实，我认为人在死前和死后均与痛苦无关。经验告诉我，人之所以无法忍受痛苦，是因为受不了对死亡的想象。他们本能地将痛苦与死亡联系在一起，因此，一想到痛苦就必然联想到死亡，于是心灵变得极其虚弱。尽管理性告诫我们要少安毋躁，但我们却总为子虚乌有的痛苦和威胁忧心如焚；理性提醒我们不要为不可预料和控制的事辗转反侧，但绝少有人不为那些不可避免的突发事件

――――――――――

　　① 原文为拉丁语。圣奥古斯丁语。

失魂落魄。

如果我们肯定自己经受的痛苦绝不致严重到危及生命的地步，那么我们悬起的心才可以稍事休息。就如牙痛和痛风症，虽然来势汹汹，但我们从来不会畏惧它们，因为它们无法导致生命最后的终结。然而，我们也可以反过来说：我们之所以害怕死亡，只是因为惧怕痛苦。如果我们不惧怕饥寒、失眠、流血的痛苦，那为什么我们要惧怕死亡。

因此，我们应当把所有的心智用于应对痛苦。出于本能，我一直把痛苦当成生存之大不幸。我对痛苦绝无好感，我也尽己所能地规避它。因此，感谢上帝，直到今日我与痛苦尚未有多少交往。但是，如果努力避让，依然无法规避的痛苦，我趋向于耐性忍受。即使肉体疼痛难忍，我们也要力图让心灵和理性坚韧不屈。

如果不是这样，那么所谓刚毅、勇敢、力量、宽大、坚韧如何体现自身的价值呢？如果我们的内在精神和德操竟无法与之抗衡，那么它们的力量如何才能得以显现呢？"勇敢渴望与痛苦遭遇。"① 如果我们从未经历过风餐露宿、血雨腥风，从未品尝过茹毛饮血、衣食无着，甚至我们从未经受过虚妄无聊、空虚寂寞，我们如何才能够证明自己在战胜这一切后，依然可以卓然独立，依然可以对生命充满敬意和欢欣？一个理性的人除了要尽力减少痛苦，更重要的是在痛苦中能够安之若素。"的确，欢愉和快活，嬉笑与玩乐常常是轻浮的表征，生命只能停留在这个境界的人绝少能够有真的幸福；那些遭遇重重痛苦打击而又能超越于这些痛苦的人才算获得了真正的福祉。"② 因此，很难让我们的祖先相信，靠投机取巧的诡计获胜胜于凭借遵循诚实的战争规则所获取的胜利：

　　　勇敢付出虽代价高昂，但结果更如意。

　　　　　　　　　　　　　　　　　　　　——卢卡努

---

① 塞涅卡语。原文为拉丁语。
② 西塞罗语。原文为拉丁语。

更令我们聊以自慰的是：持续时间长的往往是那些较微弱的痛苦，而剧烈的痛苦，往往难以为继。"痛苦愈烈，时间愈短；时间愈久，痛苦愈微。"① 痛苦若超过了界限，我们就会用麻木来搪塞它，或者用死亡来抗拒它。如果你不能战胜它，它便会战胜你。"应铭记于心，死亡不过是大痛苦的终结；断断续续的小痛苦无需我们过多劳神，只有那些能从很大限度折磨我们但又不致夺去我们性命的痛苦才是我们可以控制的。对于所有痛苦，我们应该能忍受则忍受，不能忍受时也可以使出最后的杀手锏——结束我们的生命，与适时地退出悲剧的舞台别无二致。"②

我们之所以不能忍受痛苦，是因为我们没有给予心灵足够重视，不习惯从心灵获得安慰和主要的满足，而它却是我们状态和行为的惟一至高无上的主宰。身体只是一种自在的存在方式；而心灵却是自由而多姿，它让身体的每一部分听命于自己的意旨。任何理性的规定都不能控制心灵的运行轨迹，所以我们需要对心灵进行细致入微的研究和探索，激活它的强大生命力。如果可能的话，心灵甚至会开导我们以痛苦和不幸为乐；在心灵的各种存在形态中，平和宁静乃是其存在的完美状态。只有心灵处在这样既不盲目进取、也不消极无为的雍容沉着、不为外界的纷扰而波动的状态，我们才能在任何境遇下泰然处之。

在心灵那里一切存在都拥有平等的价值：想象与梦幻既然可以使我们的痛苦和不幸得到一定程度的缓解，那么有什么理由判定它们不如那些具体可感的物质那样真实呢？

不难看到，自然的痛苦和快感源自于本能，思想则加重了痛苦和快感的程度。动物们很少运用自己的思维力量，因此它们身体的感受是本能而自由的。因此，正如我们所见的那样：绝大多数的动物在面对外界威胁时几乎都具有相似程度的反应：既不过分也无不及。如果我们的心灵和思想不去插手感官的自然判断，那么我们的肢体对外界的反应就会自然而真切、平稳而适度，绝无虚饰。倘若我们的思想和

---

① 西塞罗语。原文为拉丁语。
② 西塞罗语。原文为拉丁语。

想象力一定要在本能的王国有所作为，我认为它应当将自己的方向指向如何设法让我们在短暂的人生过得更加幸福。

柏拉图担心我们过分沉陷于身体的痛苦和快乐，因为这样会导致心灵对肉体产生过分的依赖。我个人则认为，这样反倒会导致灵魂和躯体的背离和割裂。

我们内心隐藏的软弱也会活灵活现。谁不向痛苦屈服，痛苦就向谁屈服；妥协和退缩，会招致彻底的毁灭；所以为了生命自身渴望生存的意志，我们应当直面一切痛苦。

有时，痛苦的程度取决于我们在心灵中给它预设一个什么样的位置，正如宝石的光华取决于我们为它铺设什么样的衬布。下面再举几个例子谈谈如我般柔弱的人是如何用意志克服痛苦的。圣·奥古斯丁有句明哲之言："痛苦之所以支配我们，是因为我们无条件地向它举起双手的缘故。"在战斗中身中十箭，也不如挨外科医生一刀来得痛苦。医生和上帝都认为女人分娩的痛苦是剧烈的，常人也如是认为，但有些种族却满不在乎地觉得生育的痛苦微不足道。我们暂且不谈斯巴达妇女，就看看那些与我们的步兵随军出征的瑞士妇女们①，我们就会发现她们与我们法国上流社会的妇女有多大的不同。你昨天还看见她们怀着身孕，今天她们的脖子上就挂着孩子随丈夫小跑行军了。还有那些散居在我们中间丑陋的埃及妇女，刚生完孩子到了河边给自己和婴儿洗澡了。有很多妇女为了给丈夫留下完美的形象，怀孕和生育都要避人耳目。古罗马贵族撒比努斯的妻子就是这样，为了不让自己的丈夫发现自己的秘密，在怀孕和分娩时都独自承受，在无人帮助的情况下产下了一对双胞胎。斯巴达人对被羞辱的畏惧更甚于对被惩罚的害怕，所以，当你听到斯巴达的一位小男孩偷了一只狐狸后为了不致让别人发现，宁可一声不吭地忍受那只狐狸在他的披风里咬他这种事也丝毫不必讶异。还有一个人在祭祀仪式上烧香，香火落入他的

---

① 瑞士是一个多山国家，一度也很贫穷。在其历史中的很长一段时间，它都向外国输送雇佣军，这些瑞士军人以勇敢和忠诚获得雇主的信赖和尊敬，而这些雇佣军在打仗时常常携带自己的家眷。

衣袖里，为了不扰乱神圣的祭礼，他居然面色平静地让火一直烧到了自己的骨头。在斯巴达人必须经受的意志力教育中，为了锤炼他们英勇的品性，从七岁起他们就要接受一种鞭打训练。斯巴达的军事训练规则要求他们即便是被打死也要面不改色心不跳地承受鞭打的考验。西塞罗就曾亲眼目睹过斯巴达人如何顽强而倔强地互相撕咬搏斗，即使昏厥在地上他们的精神依旧不愿认输。"人的本性只可能被暂时隐藏、却从不曾被征服，因为它是不可战胜的。安逸、享乐、游手好闲、好吃懒做削弱和毒害我们的心灵，成见和恶习麻痹和腐蚀我们的灵魂，然而这一切都是人的本性。"① 众人皆知的、关于左撇子穆西尤斯的故事让我们看到一个人的意志力可以在多大的程度上无视肉体的痛苦：他混进军营里企图弑君，当功败垂成后被国王波赛纳逮捕时，他把自己的爱国立场向国王和盘托出。除了为自己的祖国辩护外，他还声称在自己的军队里像他这样想杀死国王的罗马人还有很多。为了表明自己是一个对自己的信念始终如一的人，他叫人为他准备一只火盆，面不改色地看着自己的胳膊在烈火上被烧烤得嗞嗞冒油，吓得国王赶紧命人将火盆撤走。有人在开刀时竟然安详地读着日常习惯看的书籍。还有人在受刑时不时地揶揄和嘲弄刽子手，充满蔑视地顶住了恼羞成怒的刽子手对他施加的酷刑折磨，他当然是一位当之无愧的哲学家。当人们用刀剪来切割恺撒手下一位勇士的伤口时，那个人始终都面带微笑。"哪一位斗士呻吟和失容过？哪一个站着时胆小如鼠，倒下后畏畏缩缩？哪一个倒下后，死前还要回头顾盼？"② 这样的例子在女人的身上也并非罕见：你或许听说过，有一位巴黎妇女，为了让自己长出更加细嫩的肌肤，竟然自己动手将身上的皮剥掉了。还有些人为了让自己的声音悦耳或浑厚，使自己的牙齿整齐美观，居然把自然健康的牙齿拔掉。只要能使自己的容貌有所改观，她们便无所不为、肆无忌惮：

　　　　她们只想拔除出卖自己年龄的白发，

---

① 西塞罗语。原文为拉丁文。
② 西塞罗语。原文为拉丁文。

消除败坏自己面容的皱纹。

——提布卢斯

我亲眼看见过许多女人，出于对苍白的病态美的欣赏，居然吞食沙子和烟灰，企图用这种方法折磨自己，直到脾胃的功能完全紊乱为止。为了塑造苗条的身姿，有些西班牙女郎不惜吃尽苦头，用专门的工具将自己的腰部束缚得死死的；绳索深深地嵌入皮肉，随时有窒息的危险。

如今，在许多国家我们经常看到人们为了发一个所谓的毒誓而故意将利器刺进自己至亲的躯体。我们的国王①就亲眼见过这样的事例，在我们法国这种事也非稀疏离奇。我自己也见过一位类似的青年女子，为了表示自己誓言的真诚及履行誓言的决心，她毫不犹豫地从自己的发髻上取下簪子，用它在自己的胳膊上狠扎了四五下，直扎得皮肤鲜血淋漓。土耳其人为了向自己钟爱的女人表达爱意，心甘情愿在自己身上捅刀子；为了让那些伤痕成为爱情的永久见证，他们便用烧红的铁条来烙烧流血的伤口；不过，令人啼笑皆非的是：未及这些伤口结好疤痕，他们便已经移情别恋了。

令人匪夷所思的是：无论我们什么时候需要身体为我们的誓言作见证，即使是微不足道的见证，我们都会不顾我们至亲的身体的痛苦，肆意地伤害它、作践它。在笃信基督教的国家，这样的例子也屡见不鲜。继我们的主耶稣之后，不断有虔诚的信徒愿意背负十字架以示对主的忠诚。据可靠的史料记载：圣路易②一生只着布衣，及至垂暮之年，他的忏悔神甫才允许他脱掉苦行者的衣着。此外，作为苦修的功课，每到星期五他就让神甫用五根细铁链抽打他的肩膀。吉耶纳公爵领地的最后的一位领主是纪扰姆，因为他的女儿将他的领地拱手送给了法国和英国王室。在纪扰姆公爵生命的最后十年时光里，为了以苦

---

① 在此指亨利三世。他在当法国国王之前曾是波兰王。据史学家记载，在他离开波兰以前，波兰王室侍卫长曾在自己的胳膊上深深地划了一刀以示对他的忠诚。

② 圣路易（1214—1270），即路易九世，法国卡佩王朝国王，1226—1270年在位。

行来赎罪，他天天在自己的教士服下面背上厚厚的护胸甲。为了在自己的脖子上套上绳索，任自己的仆人在圣墓前鞭打自己，昂儒伯爵富尔克一路徒步走到了耶路撒冷。每年的耶稣受难日，在世界各地，我们不是总可以见到许许多多信徒互相厮杀，直至皮开肉绽吗？对信仰的虔诚比任何别的动因更能刺激人们蔑视痛苦。

　　马克西姆在埋葬自己做执政官的儿子小加图时异常冷静；保卢斯虽然在几天内痛失两名爱子，依旧表现出非凡的镇定，丝毫也看不出内心有何哀伤。世间最令人痛苦的可能是老年丧子了，为此我曾讥讽过当今的一位人物①，说他在情感方面有些过于做作了。按常理，他的三个儿子在同一天内殉难对他来说本应该是一个难以承受的打击，可他却将之视为神对自己的额外恩赐。不过，后来当我失去一个尚在母亲怀里吸奶的孩子时，竟也似乎没有痛苦，至少可以说没有太多悲伤。除却丧子之痛以外，其他令人揪心的痛苦可谓不计其数；或许这些痛苦曾经到来过，不过我对之却从未有过知觉。即便是遇到那些常人眼中的大变故，我依旧一如故我、漠然处之。"痛苦的威力并不取决于它自身，而是取决于人对它的态度。"②

　　客观事物自身没有什么好坏，只是我们赋予了它们美丑、善恶、真假的不同情感色彩。客观事物有自己存在的界限，而我们对之所持的态度可以千差万别、漫无节制。如果亚历山大和恺撒想搅乱天下，谁还指望在他们的手下过上安宁的日子？泰雷神父常说，那些戎马一生、跻身行武的英雄们一旦过上平民生活，就会百无聊赖，觉得自己连马夫都不如。

　　执政官小加图为了确保西班牙几座城市的安全，只好禁止那里的居民佩戴武器。一些人由于无法忍受这个条款便自杀了："真是不开化的民族，竟然认为没有武器便无法生活。"③ 我们知道，多少人宁可

---

　　①　指特朗侯爵。在蒙克拉博战役中，他的三个儿子同在 1587 年 7 月 29 日这一天殉难。蒙田是侯爵其中一个儿子的朋友。

　　②　西塞罗语。原文为拉丁语。

　　③　李维语。原文为拉丁文。

忍受荒郊野外，也不愿待在宁静而温馨的家园；又有多少人宁可过风流下贱的风尘生活，也不愿混迹于温文尔雅的上流社会。最近在米兰逝世的红衣主教巴罗梅，他正当盛年、出身高贵、家境富有，本可以像所有那些纨绔子弟一样过得花天酒地、纸醉金迷，可他的所作所为却与意大利年轻显贵们的行为大异其趣。他对自己的要求却相当苛刻，方方面面都要求自己严肃克己：无论春夏秋冬，他始终都穿着同一件袍子，睡在同一张草褥子上；除了严谨地完成自己分内的职责外，他几乎把所有的时间都放在了孜孜不倦地研究教义上面，而且看书时他总是笔直地跪在地上。他的一日三餐只是少得可怜的凉水和面包。我还知道，有些人戴了绿帽子，却不介意从妻子的姘夫那里获得好处和晋升。而同是这件事，却叫别的人避之唯恐不及。如果说视觉不是所有感官中最必不可少的，但至少是最令人愉悦的，但有人①却因为它们无利于精神的成长而把它们剜掉；我认为在人身上最有用、最令人心旷神怡的器官是生殖器；可是，出于种种原因，许多人却认为它不可爱而对它充满深仇大恨，而另有些人却因为它太过可爱而惧怕和摒弃它。

男人大多觉得多子便多福，我与几个朋友却觉得没有孩子才是幸福。

有人问泰勒斯②为何不结婚，他会回答说自己仅仅是不想留下后代而已。

我们的个人看法无疑都是主观的，无利无害的事物为了我们的种种目的居然被烙上了道德的印记。倘若我们能从整个宇宙的运行机制来看待所谓的痛苦，甚至从我们整个生命旅程来重新审视它，痛苦将会回归至其本然的面目。只有顺其自然的生活才是合乎理性的生活。因为钻石的价值并非取决于交换，勇敢的价值也非取决于困难，虔诚的价值也不在于苦行。

---

① 指古希腊哲学家德谟克里特（约公元前460—前360），他认为真正的幸福不在于感官享受，而在于心境宁静。

② 泰勒斯（约公元前624—前547），据说他是古希腊第一个哲学家，朴素唯物论者。

论残忍

一

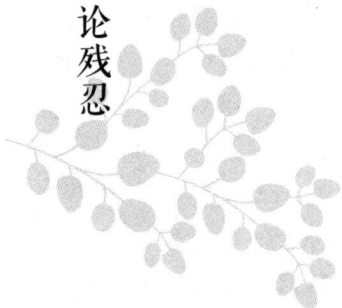

从内心天然滋生出来的善意固然高贵，然而我觉得这种善意仍无法与后天修得的德行相媲美。浑然天成的善良与懂得自我克制的德操乃是美好人性的两个方面。出于自然的善良与出于自我克制的德操都可以导向美好的行为。但是与禀性善良、性情温和宽容、依照理性办事相比，在德操中自有一种无法言喻的高贵和奋进。

有的人禀性温厚宽容，从不会觉得自己受了侮辱，这自然是一件值得称道的好事；然而有些天性易怒的人在遭受凌辱后便会出自本能地勃然大怒，不过他能够在理性的劝导下将自己的怒火强行压制下去，经过一番痛苦的自我克制，理智终于战胜了本然的天性，这岂非更值得为人称道？对于前者，我们喜欢他浑然天成的温柔性情；对于后者，我们钦佩他的毅力。前者的行为是善良的行为，而后者的行为是有德操的行为。因为德操这个词是与遭遇到的困难成正比的，德操的获得不可能不经过激烈的思想交锋去成就的。正如我们可以称颂上帝是善良的、强大的、慷慨而公正的；但我们从不会称颂我们的上帝是有德操的，因为上帝是生而完美无缺的，他的一切奇迹和他的一切作为都是完善的，没有经过任何内心的争斗便已趋近完美。

在哲学家当中，包括斯多葛主义者以及伊壁鸠鲁派——我特意用上"还有"这个词——有人嘲笑阿尔凯西劳斯说，有许多人从他的学派改信了伊壁鸠鲁学派，却几乎没有什么人反其道而行之，从伊壁鸠鲁派转而信奉他的学说。可阿尔凯西劳斯只用一句话就堵住了那个人的嘴，他说："我相信你说的都是事实！可是你也应当知道公鸡可以变成阉鸡，可是阉鸡却不能变回最初的公鸡。"虽然他回答得非常机智巧妙，不过我个人觉得：无论从信条的坚定性与严格性来看，伊壁鸠鲁派都绝不输于斯多葛派。为了打倒伊壁鸠鲁派，斯多葛派中的好战黩武者总是摆出一副自鸣得意的样子，而且为了搞垮对方，他们还有意歪曲伊壁鸠鲁的原话，借用语法和修辞等手段篡改伊壁鸠鲁著作的原意，把那些伊壁鸠鲁行为与思维中从未有过的卑劣事件强加在他身上，不惜把伊壁鸠鲁从没想过的事也栽赃到他身上。"那些被人诬为沉溺于肉欲的人，反倒是热爱荣誉和正义的人，他们尊重和实践一切德行。"① 不过，我也见过一个从伊壁鸠鲁派改而信奉斯多葛主义的较为真诚者，他声称自己放弃成为伊壁鸠鲁的信徒有诸多原因，不过其中最重要的一个原因是考虑到通往伊壁鸠鲁派的道路对他而言实在是高不可攀。

让我再接着往下说，在斯多葛派和伊壁鸠鲁派的哲学家当中，有许多人都认为一个人仅仅做到心平气和、循规蹈矩、乐于行善是不够的。这些人觉得低声下气地顺应命运安排而不作任何抗争，在生活中低眉顺眼从不涉及痛苦的选择和两难的判断都是不够的，他们认为真正激荡的生命还应该寻找考验自己心灵和意志的机会。他们自觉地追寻苦痛、困难和轻蔑，然后再用自己的意志力把它们打垮，使斗志保持不懈的战斗状态。"因为他们认为德操只有在斗争中才会更趋坚定。"

属于第三学派的伊帕米农德斯也是一个注重修行德操的人，他拒绝接受命运通过合法的途径交到他手中的财富。据说他为了锤炼自己的德操，宁可抛却自己的财富和舒适的家居环境，不介意忍受贫困的苦行生活，而且越到山穷水尽的地步，他便越加矢志不渝。而我觉得

---

① 语出西塞罗。原文为拉丁语。

苏格拉底对强加在自己身上的考验更加严厉，他用妻子的凶悍来考验自己的耐性：这种考验简直比上刀山下火海还要严苛。

<h2 style="text-align:center">二</h2>

　　罗马的护民官萨特奈纳斯企图强制元老院通过一项有利于平民但不尽合理的法规，以期免除自己即将遭遇到的极刑。在整个罗马元老院中也唯有米泰勒斯一人以他的坚定的道德力量，独自抵制来自萨特奈纳斯方的压力。虽然他最后寡不敌众，遭到了来自萨特奈纳斯的压制和报复，不过在他被押往刑场的最后关头，他还是初衷未改，始终如一地坚守自己的立场，他对那个押解自己的人说："做坏事既卑劣又易行，无需冒险而能成就好事也稀松平常，只有冒着巨大的危险和困难而又矢志不移，才算得上是一位真正有德操者的本分。"

　　从米泰勒斯的这席话中我们得出一个启示，那就是德操绝不是一蹴而就、浑然天成的。成就德操需要一种自主的选择，一种矢志不移的坚守；那种只因本性善良而无违本心的善行，那种没有涉及自觉的抉择而轻松完成的功德，绝算不上是真正的德操。通往德操的路绝不是一条平坦的康庄大道，而是一条充满艰辛困苦、遍布荆棘和阻碍的道路。要完成德操，我们要么必须克服外界的艰难，如米泰勒斯一样，命运骤然断送了他的生命和前程；要么必须克服内在的阻碍，但它又不会让那些内心坚定的人始终生活在忧思和彷徨之中，反倒会使他们的内心臻于一种平和与宁静。

　　如行云流水般我自然而然地推进了自己的论证。不过，行文到此，我突生奇想：据我所知，苏格拉底的灵魂是世所公认的最完美的灵魂。不过，在我看来他的言行举止还远远算不上有德操，因为我很难想象这位哲人会滋生丝毫做坏事的念头。我也很难想象他在施行善举会有任何的坚守和抉择，而且他天性善良，无需任何克制便可成就善行。我知道他的理智强大无比，有着统御一切的意志力，任何邪念在他的心中都不会有萌芽、生存的机会。像他这样天生充满善意的人，我看不出高尚的德操在他身上还会有什么作为。德操只有在那些具有天生人格或性格缺陷的人身上才会跨着豪迈的步伐一往无前，即使在恶行与德操的争斗中人们的内心从来不会感到轻盈自在，但是他们在坚守善意的过程中会对痛苦甘之如饴；如果说当德操与邪恶的欲念争斗时人格力量展现出的光华最为绚烂，那么我们也可以说，在成就德操的过程中绝不可能没有罪恶的参与。德操在罪恶的衬托下益加显得珍贵。如果真是那样的话，伊壁鸠鲁派宣扬的那种堂而皇之、无所顾忌地拥抱情欲的享乐主义教条也就有了最终的合理根源，因为如果一个人从未与邪恶和情欲做正面的交锋，他就绝不可能成就真正的德操。如果我们从未亲身尝试过耻辱、狂热、贫穷、死亡、痛苦以及情欲的折磨，如果我们一遭遇耻辱、狂热、贫穷、死亡、痛苦以及情欲便无法坚守自己的立场，如果我们只能在享乐主义的怀抱中娇生惯养、玩乐嬉闹，成为享乐主义者把玩的对象，那么我们便注定与善行和德操擦肩而过。虽然我认为完美的德操必须通过自主的选择和矢志不移的坚守才能达成，但是我绝不认为那些忍受了风湿痛而不怨天尤人就必然拥有了德操。倘若德操必须有艰苦和困难作为陪衬，那么伊壁鸠鲁主义者的行为是否够得上有德操呢？我们知道：斯多葛主义者不但蔑视痛苦，而且还以痛苦为乐，他们中的有些人甚至把痼疾当为挠痒。对那些以苦为乐的人而言，达成德操也许无需涉及太多的痛苦。

除了一般的斯多葛主义者以外，我觉得还有一些人在这条道路上走得更远。就拿小加图为例吧，当我看到他死时将自己的五脏六腑撕扯得七零八落，我不认为他在做这件事时灵魂没有丝毫惶惑和恐惧，我也不认为他坚持要以这样惨烈的方式结束自己生命的目的仅是为了恪守斯多葛派沉着、冷静、没有激情的教义。我一向认为小加图的生命中充满着青春的朝气，倘若不是为了更为崇高而高远的目的他决不会宁愿以自己的生命为代价的。我毫无疑虑地相信：他在这次高尚的行动中感到快乐和陶醉超过他一生中所有其他的行动："他欣喜自己找到了脱离生命投入死亡的最为高尚的动机。"[1] 我对此深信不疑，以致我怀疑如果被剥夺这个建立丰功伟绩的机会，他恐怕也将生不如死。

---

[1] 语出西塞罗。原文为拉丁文。

即使后来命运给他机会去为公众谋求利益，他恐怕也不愿意人们剥夺他为古罗马的民主自由而死的决心。从某种程度上来说，我的确相信，他感谢命运造就了恺撒这个独裁者，他感谢命运让他生在一个将历来的自由传统踩在脚下的所谓暴君统治的时代，从而让高尚而严苛的考验成就了他无与伦比的德操。在小加图的这种惨烈的行为中我看到，当灵魂认识到自己的行为中隐含的高尚和自豪时，自有一种无法言喻的愉悦和快乐。

　　　　一心赴死的念头令她①更为骄傲。

　　　　　　　　　　　　　　　　　　　　　　——贺拉斯

　　有些庸俗而缺乏气概的人会认为他想通过如此惨烈的死亡方式企求什么荣耀，我觉得只要动一下这样的念头都太卑下了！对于那些拥有像小加图这样慷慨、高傲和坚强的内心的人而言，他不可能将自己的死当成达到自己荣誉顶峰的一个手段，他所求的只是这件事本身的壮烈感，他只想通过这样惨烈的方式来表达自己对独裁统治的憎恶。心灵无疑对这种事有更深入的洞察力，它不但很完美，而且善于了解世间最幽微的奥妙。

　　出于对小加图人格的了解，我可以对他作出如下断言：除了小加图以外，这种高尚行为是绝难以在其他人身上体现出来的，也惟有像他这样充满力量的生命才会如此壮丽地结束。他还理智地告诫自己的儿子和与他为伴的元老院官员说：每个人都有自己命定的道路，都有自己应该完成的事业。"他的严肃禀性与生俱来，再加之于顽强的意志力，所以他能矢志不移地坚持自己处世为人的原则，宁死也不愿与暴君共谋。"②

　　死与生其实都体现了一种相同的人格。我们不能企望异乎寻常的死能让别人对自己另眼相看。我总是以一个人活着时的品格来解释他

---

　　①　指埃及艳后克莉奥帕特拉。
　　②　语出西塞罗。原文为拉丁文。

死亡的原因。如果有人跟我说某人死时很有气概而活着时却很懦弱，我就会认为他可能误会了那个人死亡的真正原因。

凭借心灵的力量，他从容赴死。是否我们因此就可以断言小加图在内心深处从未对自己的决定感到过惶惑呢？但凡在那些头脑里真正有点哲学思想的人中间，有谁会认为那些突遇灾祸、不得不在监牢中苦度时日的人，即使像苏格拉底这样性格坚毅、灵魂高尚的人，在饱尝铁窗之苦时内心从来没有动摇和挣扎过呢？即便如此，却没有人能够否认苏格拉底的死既崇高又坚定（他素来如此）！

三

苏格拉底的死实在令人扼腕叹息！而阿里斯提普安慰那些为之惋惜的人说："但愿神让我也能有这样的死。"

这两位贤人的死见证了德操的强大威力，以至于引来了一大批的追随者和模仿者，不过我十分怀疑这些人中是否有人得到了德操的真谛。古人习惯于德操，德操似乎已经不再外在于他们的生命，所以他们也用不着对之孜孜以求，更无需涉入过多的理智思索，便能使灵魂保持一种与人固有的缺陷两相抗争的状态，此时德操已经与他们的心灵合而为一，德操也幻化为了他们自然的天性。他们天性温和宽厚，又加之艺术哲学的长期涵化，最终孕育出这样坚定的心灵。而那些缺乏判断力和洞察力的人往往找不到通往德操的道路，一当邪念开始萌动，他们的灵魂便不由自主地向地狱沉沦。

有两种灵魂值得尊敬：一种是以高尚的德操教育自己，在罪恶还未萌生时就让丑恶的种子离开其得以萌芽的土地，通过坚忍不拔的决心，将所有的诱惑都摒除在生活之外；另一种是将自己暴露在欲望的刺激之下，任凭情欲在自己身上展露威力，然后又借用顽强的意志力去克服它、征服它，一般而言，人们可能觉得前者比后者更美好；不过我认为后者又比凭借天性的随和温良、出自本能地厌恶荒唐和纵欲的生活更值得称道，这点我相信大家能与我达成共识。因为第一种人只能说是天真纯朴，而算不上有德操，因为这种人自始至终没有机会自主地选择自己的道路、没有机会选择自己为善还是为恶，所以也就无从谈起始终如一的坚守自己的立场和对自己的原则和底线矢志不移的坚定。不做坏事并不意味会做好事，在为善和为恶之间还有一条中间道路，那就是无所作为。而走在这条中间道路上的人往往性情冷漠、自私自利，再加上这种做人的方式近乎于缺陷和软弱，所以我竟不知道该怎样评述他们才好。所谓的善良和德操在他们的眼里都根本不值一提。我还看到，有许多在我们年轻时难以修炼的德行，如贞洁、简朴、节制等，及至我们的暮年时期，无需我们刻意克服就能自然而然地达成。那些对具体的形势没有判断力的人，以及那些没有远见的人常常显得无所畏惧（如果我的措辞还算恰当的话），他们常常盲目地蔑视死亡、在危机中显得悠然自得，因为只有那些不能洞察真正危险的人才会有这样的愚勇。盲目与愚蠢偶尔也会产生道德的效果，就像我们时常见到某些本来应该得到惩罚的行为却得到了大家的交口称赞一样。

　　一名意大利贵族在我面前说了如下的一席话来评价欧洲的国民：意大利人思维敏捷，对形势极富于洞察力，他们在危险和意外事件发生之前很早就对它们有了较为准确的预见。当那些平常人对危机茫然无知时，意大利人可能就已经想好了应对策略；当大家还没有意识到危险时，他们就已经安排好了善后事宜，所以什么时候见到他们都是一副镇定自如的样子。而法国人和西班牙人在这个方面简直与意大利人不可同日而语：他们目光短浅，只有当局势相当明了或者危险已经用眼睛可以看见，用手可以触摸得到的时候，他们才会惊慌失措，开始忙乱起来。而德国人和瑞士人甚至比法国人和西班牙人还要粗鲁和迟钝，他们就算是挨了打也不知道自己错在哪里了。他的这一番话可能仅仅是在说笑，不过有一点是真的：就是在战争中，往往是那些初出茅庐的新兵才会无视危险奋不顾身地浴血奋战，当他们吃过一两次亏后就会在头脑里面多转几个圈。

　　　渴望那些不属于自己的荣誉，希望一战成名。然而并没有想到在这第一次战斗中他们可能会客死异乡。

　　　　　　　　　　　　　　　　　　　　　　　　　　　——维吉尔

因而，我们不能孤立地根据一个行为来推测行为者本人的动机，一个有着不良意图的人也很可能做出符合美德和德操的事情，此时美德和德操在他的手里都被降格为了手段。当人们判断某一个人是否拥有兰心慧质时，应该全面地考虑各种因素，只有全面地了解做这件事的人的人格，我们才能对之定论。

四

接下来我想就自己生活的方方面面来谈一谈。我的朋友们总称赞我这个人做事谨慎沉稳，其实我把自己的这些良好的品格归结为自己的运气好；还有人觉得我的勇敢和耐心值得称道，我也觉得不过是我个人与生俱来的判断力帮了我的大忙；我认为他们对我的评价要么是好过了我本人，要么就是对我过分地贬抑；他们有时言过其实，有时又刻意中伤。我现在已经将成为有德操的人视为自己的目标，这是通往德操的第一步，不过我现在还不能说德操已经与自己化为了一体，因为我还需要介入顽强的克制力才能抑制内心突如其来的欲念，因此目前我还没有达到德操的第二阶段——即与德操浑然一体。如果说我有德操的话，那也是一种偶然或天赋的德操；或者说得确切一点，我的德操只是自然无违本性的行为。倘若我像某些人一样生性浮躁暴烈，我的行为恐怕就不堪设想了。我有一种感觉：倘若我的情欲稍为激烈，我是决不会狠下心来去抑制它们的，因为我不适应对一件事情反复斟酌或进行激烈的思想交锋。因此，我之所以没有沾染太多的恶习，不过只是因为上天对我特别的眷顾而已。

> 我天性善良，只有为数不多的微瑕，如一张美丽的脸庞上撒着几颗零星的小瘢疵。
>
> ——贺拉斯

　　我之所以能有这样的品性，与其说靠我的理性还不如说靠我的运气。因为我出生在一个历来以温和贤明著称的家族，而且我还有一位慈祥善良的父亲给我无微不至的关爱。我不知自己身上良好的禀赋是来自自己父亲的言传身教还是他把自己身上最好的脾性遗传给了我，抑或是他为我苦心设计的教育方式塑造了我的人格，总之，不管是哪个因素起了作用，我都要感谢上苍对我的格外的眷顾，给我一个开明和睦的家庭环境，给我一个慈爱的父亲；总之，我的禀性如果算得上好的话，那也是出自于天性而非出自于德操。

　　我诞生的时辰是落在公正友爱的天秤宫，还是受到阴森可怖的天蝎宫的挟制，抑或受制于沉稳老练的摩羯宫？

　　　　　　　　　　　　　　　　　　　　　　——贺拉斯

　　无论如何，我对自己的大部分恶习都厌恶之至。有人问安提西尼道：什么才是学习人生的最好途径？安提西尼简单明了地答道："只想那些光明正大的事情。"我非常赞同他的这句话。我之所以厌恶罪恶，也不过是我从褴褓时就拥有的一种本能和性格，因为这种看法与我的天性不谋而合，我一直固执地坚守着它，任何时刻都不容许自己偏离这条轨道，即使在意念中也从没有逾越过这个边界。倘若我可以在意念中放纵自己，让自己的思绪摆脱天性的善意与良知，那么我就保不定自己最终会从行为上逾越德操的边界，做出一些我天性憎恶的事情。

　　在必要的情况下，我也会说一些不中听的话；不过，在大多数情况下，我会克制和约束自己的言辞和行为。在大多数情况下，我说话的欲念远远不及我的理智强烈，在很多时候，我宁可做到，也不愿在事前就向别人承诺。

　　阿里斯提普对欲念和财富的出格见解令世人侧目，以至于整个哲学界都群起而攻之。暴君狄奥尼修斯皇帝为了考察阿里斯提普的个人生活作风，派人给他送去三位仪态万方的美女要他从中挑选一位最为中意者，阿里斯提普对来人说他三个都要。狄奥尼修斯皇帝问他为什么，阿里斯提普回答他说：如果他选了其中一名而怠慢了其他两名，就会给帕里斯带来厄运；但是把她们领到家里以后，连手指也没动一下就把她们送了回去。出外旅行时有一位仆人一路跟着他，因为旅途过于劳顿，仆人背不动那些银钱，阿里斯提普便吩咐仆人把背不动的钱都扔了。

而众所周知，伊壁鸠鲁派的教义是一种非宗教般克己自律的享乐主义，这种教义宣扬的是如何在现世中活得自在安逸。虽然阿里斯提普也自称是一位伊壁鸠鲁主义者，然而我们考察阿里斯提普的生活，却发现他在日常生活中是非常克己自律和勤奋节俭的。他在一封信中对自己的朋友说：他只用黑面包和清水果腹。很难说阿里斯提普是不是一个与生俱来的好人，不过，他在现实世界里也确实在尽力做到严格自律、节俭克己。

在我年轻时代也曾有过几次放荡行为，蒙上苍的眷顾，好在这些行为的后果都不是很严重。更幸运自己的判断力并没有因为受到这些行为的影响而有所削弱，我在内心已对这些荒唐的往事进行过不同程度的内省和自责！通常情况下，我责备自己远比责备别人要严厉得多，因为我向来习惯于从自己的身上找寻原因。到目前为止，我的行为力求顺乎自然和本心，我也不肯将自然而然产生的欲望归为所谓的恶习，我只是刻意地排拒那些违背真诚、善良和美德的行为和思想，力图使自己不受这些恶习的玷污；因为恶习与恶习大多数都是互相浸染，互相强化的，所以一旦我发现自己沾染了一种恶习，就会尽量将之隔离、孤立，不让其他的恶习乘虚而入。

　　　　我从不放纵我的恶习。

　　　　　　　　　　　　　　　　　　——尤维纳利斯

五

我们在行动时，往往只有一种德操在起主导作用（以人的情绪状况为例来进一步说明这个问题：人在发怒时，虽然其他的各种情绪都在或多或少地起着作用，然而怒气毕竟占有主要位置）。不过斯多葛主义者对此却另有说法，他们认为那些贤明的人在行动时，他们的所有的德操都会参与进来产生作用，倘若他们所说的是事实的话，我们也可顺理成章地推知那些坏人在做坏事时他们的所有恶习也将同时发作。任何事情绝不是像我们想象的那么简单，或者是我不明白他们的原意，总之这些说法与我的经验是不相符合的。

这些微妙之处只可意会不可言传，即便在哲学著作中也往往对之讳莫如深。

圣人们也会沾染恶习！小心谨慎地防止自己沾染的恶习也可能找上我，虽然我避之唯恐不及。

如逍遥学派一般，亚里士多德也认为人的本质是不定的，他认为一个谨慎公正的人也可能是一个贪酒纵欲的人。

有的人说苏格拉底的面孔带有恶相，苏格拉底是这样回答他的：他说自己的天性确有这样的倾向，不过他通过后来的学问和努力纠正了自己的本性。

熟悉哲学家斯蒂尔博的人说：斯蒂尔博生来是个贪酒好色的人，不过他通过学习渐渐跟自己的最初性情疏远了。

而我的情况则与他们截然相反，倘若我身上有什么优点，那都是与生俱来的。我的善意和良知既不是来自法律和知识，也不是来自于其他的学习途径。我心灵之简单纯洁，是一种先天的自然和谐，我从不强求自己违逆自己的本心和天性，更不愿做作虚伪。在属于人类的一切罪恶当中，我最痛恨的莫过于残忍。不论从情感还是理智上，我都格外地排拒伪善和凶残，我总把它看做是罪恶之首。我的心灵是如此的柔弱，即使看到别人杀鸡也会郁郁不乐，也不能泰然自若地看到兔子在我的狼犬嘴里吱叫，虽然我觉得打猎是一件赏心乐事。

对那些与欲念为敌的人而言，他们觉得欲望就是恶；因为当欲念恶性发作时，我们的整个身心都会受制于它，理智彻底失却了自己的威力；他们甚至还以他们与女人私通时的失控状态为例来证明自己的观点之正确性。

当肉体感到欢愉的时候，当维纳斯准备在她的领域撒布种子的时候。

——卢克莱修

沉醉于肉欲的人已经失却了理性判断的维度，身体的餍足使我们将一切都置之度外。感情和欲望的事不能用理性来解决，因为在此情此境，理智也完全沉浸在欲念之中了。

然而事情也绝非像我们想象的那样绝对。倘若当事人意志力非常顽强，他也有足够的理性在热情如火时像一位旁观者一般来冷眼审视自己，并即时地把自己的心思从欲念转移到其他地方，不过这就要求当事人的心灵时刻保持警惕。我知道如何驾驭欲望的烈焰，我也知道如何调控追求乐趣的步骤，因为我熟悉这个领域；我并不觉得维纳斯是位无所顾忌、庸俗随便的女神，世间有如此多的洁身自好、忠贞不屈的人可以为我作证。纳瓦尔王后写的《七日谈》故事集是一部非常唯美纯情的作品，其中有一篇讲到这样一则故事：一位绅士与自己思慕已久的情妇在毫无拘束和完全自由的环境下，遵照诺言仅限于接吻和抚摩，度过了好几个晚上。人们大多以为这简直是个奇迹，而我不这样看，而且要我做这样的事我也觉得不是非常困难。

让我举狩猎为例吧！我相信这个例子是很能说明问题。经过长时间的搜索无果后，猎物突然在我们最意想不到的地方跳出来（突然出现愈仓促、愈意外，我觉得就愈少乐趣，因为我们的理智对之猝不及防，完全没有余暇兴奋起来）。欲望和乐曲一样，最高境界是余音袅袅。最完美的不是餍足，而是遗憾。正如最好的爱情，必然有遗憾。那遗憾化作余音袅袅，长留心上。最完美的情爱，不必呼天抢地，只是相顾无言的默契和坚守。在狩猎中奔跑追逐，喊声震天，喜爱这类游戏的人不会轻易地想到其他。不会想到万物有时序，一切皆有时序。事物都有生、老、病、死。炽烈的欲望总在不知不觉中变成死灰。有一天，我们把它拿出来，才知道它最鲜活的日子已经永远过去。诗人笔下的狄安娜也总是战胜丘比特的火把和金箭。

谁不是在追逐的欢乐中忘了爱情的残酷折磨？

————贺拉斯

六

让我们回到开始的议题，我对别人的痛苦很容易动恻隐之心。有时我甚至会不顾自己所处的场合，情不自禁地在人前流下眼泪。再没有比眼泪更容易引出我的眼泪，不论是真实的、虚假的或做作的都一样令我悲悯。

我并不会为死去的人感到悲伤，他们能够早逝反倒令我心生羡慕；但是我很为那些饱受病痛折磨的垂死者难过。出于饥饿，野蛮人会烤死人的肉充饥，这并不使我反感，反倒是那些以折磨和迫害活人为乐的人才真正使我气愤。我觉得依法处死是对他们最恰当的惩罚，无论他们以什么理由这样做，我都没法正视和认同这类事。为了表明恺撒的宽大，有人说了下面的一番话："纵使他复仇也是相当温和的。海盗把他抓了去进行勒索，恺撒以自己镇定从容的气魄让这些野蛮人向他投降。事后他虽然还是按照自己先前的威胁把他们送上了十字架，不过他是先把他们掐死以后再钉上十字架的。他的秘书菲莱蒙企图毒死他，恺撒也仅是赐他一死而已。"把冒犯过自己的人处死竟可以作为宽大的例子，以此可以想见这些罗马君王的暴虐程度到了何种地步。平时施行的暴政，又是如何的刻毒和恐怖。这位拉丁作家的名字不提也罢。

忍受过折磨和酷刑后的灵魂即使在上帝的国度也是不可平静的，作为一名基督徒，我希望所有的人经过尘世的炼狱后都能在天国获得福祉。所以对我而言，即使在执法方面，凡是超过简单一死的做法我都将之视为残忍。

就在不久以前，一名被囚禁的士兵从他的塔楼上远远看到广场上人群开始聚拢起来，在人群的中央有几个人正在竖绞刑架，他想那个绞刑架肯定是为他才竖立的，在绝望之余他用一颗从生锈的马车箱上拆下来的旧钉子往自己的脖子上狠狠捅了几下。看到这样还不足以结束自己的生命，又在肚子上戳了一下，接着他便昏了过去。一名看守进来看见他倒在地上，只好把他唤醒并对他宣读了法官的判决：砍头。他听了这个判决后感觉非常称心，他诚挚地感谢法官没有让他上绞刑架，然后心情平静地喝了他原来死也不愿喝的送别酒。他对这个判决感到非常满意，认为法官对他简直是意想不到的温和。他还说，因为广场上的这些布置，使他胆战心惊……他之所以决心自杀只不过是害怕自己会受到更加残酷的刑罚，他完全是为了逃避一个更令他难受的刑罚才走出这一步的。

我想说的是，这些严厉手段只应该用来对付罪人的尸体而不该用来对付有生命的活人。用一种干脆利落的方式结束罪人的生命后，不要急着把这些尸体埋葬，因为把这些罪人们的尸体肢解和煮烧，同样可以警戒普通人，使普通老百姓循规蹈矩。就像让活人上绞架，实际上对平常人起不到什么威慑作用。

> 怎么！他们竟然不顾廉耻，把国王烧成了半熟，还把剔肉见骨、浑身血污的尸体在地上拽！
>
> ——恩尼乌斯

当我在罗马的时候，有一天，我亲自经历了民众如何处罚一个叫做卡泰纳的著名盗贼的全过程。当他被掐死时，围观者个个面无表情，一副麻木不仁的样子。可是当大家在肢解卡泰纳的尸体时，屠夫动上一刀，他们便发出一声呻吟、一声叫喊，仿佛这堆腐肉与他们每个人的神经紧紧相连似的。

我个人认为这些不人道的极端行为应该施行于失却了生命的肉体，而不应当施行于活体。在这个方面阿尔塔薛西斯作出了很好的表率作用，他率先致力于废除那些古波斯严酷的律法。依照他的立法，王公贵族犯法，无需按照惯例接受鞭刑，而只是让他们脱下衣服，让衣服代他们受过；无需按惯例拔去头发，而是摘掉高帽来替代。

埃及人非常虔诚，他们常常画几头猪的图像向神们表达了自己的诚意。用图画向自己信奉的神表达虔敬，实在是大胆的创新。

我生活的这个时代内乱频仍，残酷而丑恶的罪行真是罄竹难书。翻遍了从古至今的历史，我还真找不出自己每天耳闻目睹的这些穷凶极恶的事。尽管如此，我绝没有麻木到对之见怪不怪的地步。要不是亲眼所见，我真难以想象世间竟有如此冷酷麻木的人，他们草菅人命仅仅是为了取乐；他们成日所做的不过是绞尽脑汁去发明新的酷刑、新的死法，用斧子砍下别人的四肢而已。而且他们这样做的目的既不是出于仇恨，也不出于利害关系，仅仅为的是逗乐，只不过想看看别人在临死前恐怖的表情，惊慌失措的动作，听听那些令常人难以忍受的呻吟和叫喊而已。这些行为简直是残忍到了极致。"一个人杀另一个人，不是出于怒火，也不是出于害怕，而是仅仅瞧着他如何死去。"①

<h1 style="text-align:center">七</h1>

　　野兽从没有冒犯过我们，而且它们在我们面前也毫无防御能力。所以要我看着人家追杀一头无辜的野兽而内心不生怜悯之心，这在我确实无法办到；当麋鹿被猎人追逐得筋疲力尽，感到没有生路时，就会跪在那些追逐它的人面前，用眼泪向他们苦苦哀求，这种情况我也曾亲身经历过。

　　　　它浑身血迹，筋疲力尽，一声声哀鸣仿佛是在求饶。

　　　　　　　　　　　　　　　　　　　　——维吉尔

　　我最难以忍受的就是这样一种惨绝人寰的情景。
　　每当我捕捉到活物，总是把它放回它旷野里的家。毕达哥拉斯从渔夫和捕鸟人手里买下他们的猎物，也是这样做的。

　　　　我相信刀剑初次染上的总是动物的血。

　　　　　　　　　　　　　　　　　　　　——奥维德

---

　　① 塞涅卡语。原文为拉丁文。

每当我捕捉到活物，总是把它放回他旷野里的家。

滥杀动物的天性见证了人性残酷的一面。

罗马人觉得看人残杀野兽的表演还不过瘾，进而要看人杀人、格斗士杀害格斗士的表演。我觉得残忍是与人性相伴而生的一种非人的本能。看到动物们和睦相处、相亲相爱，没有人会感到快意；看到动物彼此为敌、相互残杀，没有人会不兴高采烈。

在《圣经》中神也嘱咐我们要厚待动物，因为我们的主让动物们与我们居住在一起，就是为了让我们相亲相爱，共同服侍我们的主，为主服务，动物与人类同属主的家庭。为了使我对动物的同情不致遭到人们的嘲笑，我便引用神学著作来为自己撑腰，我个人认为神学要我们对动物表示尊重和爱护是很有道理的。毕达哥拉斯还借用了埃及人的灵魂转生说来劝诫人爱护和珍惜动物，他的观点后来为许多国家所采纳，尤其是我们的德鲁兹派的僧侣们。

　　灵魂是永不寂灭的！它在离开第一个居所后，就开始找寻新的归属，找到托身后便再一次安居下来。

——奥维德

相信灵魂永生不死，是我们高卢人的祖先信奉的教义。他们相信灵魂可以不断地从一个身子转托到另一个身子，他们还把灵魂的这种游动无常说成是神的正义之体现：依据灵魂迁谪说，比如一个最初寄托在亚历山大身上的灵魂，上帝也许会根据他此世的功德再把它迁到另一个更坏或更好的人身上去。

　　上帝把不同性质的灵魂附着在不同的动物身上，残忍的灵魂附着在熊的身上，贪婪的灵魂附着在狼的身上，奸诈的灵魂依附在狐狸身上。在经历千百次变形、在千回百转的历练过后，再经过忘却的洗涤，上帝又把这些灵魂召回到人的身上。

——克劳迪乌斯

如果某个灵魂是勇敢的，上帝便将它附着在狮子的身上；倘若某个灵魂是懒惰的，上帝便将之寄托在猪的身上；至于怯懦胆小的灵魂，上帝则将之寄托在麋鹿或者兔子的身上；设若是狡猾的灵魂，上帝便毫不犹豫地将之寄托在狐狸的身上；如此类推，几经岁月的轮回，经过忘却的洗礼，返璞归真后的灵魂又重新回到某一个人的身上。

现身说法，因为我记得，在特洛伊战争时期，我是潘托俄斯的儿子欧福耳玻斯。

——奥维德

至于我们与动物之间亲密无间的关系，可说的内容还很多：我暂且只谈那些最古老和最荣光的国度，比如埃及，这些国家的人不但把动物视同家人，还给它们一个近乎于神的高贵地位，他们通常把动物视作神灵或把它们看做是诸神的伴侣或亲信。动物得到了比人还要高贵的尊敬和崇拜。有的民族不信上帝也不信神，反倒只认这些动物；那些稚拙的原始先民或野蛮人常常把动物看做神物，希望他们崇拜的动物能给他们带来福祉和好运。

埃及人崇拜鳄鱼，把胡狼、河马等动物视为神灵。有的民族看到白鹅吞蛇，就会怀着宗教般的敬畏。这里神猴的金像光彩夺目，那里的一条普通河豚受到人们的顶礼膜拜，甚至一条看家狗在某些人眼里也充满了神性的光辉。

——尤维纳利斯

我认为普鲁塔克对埃及人信仰动物神的见解不很确切，虽然他的本意是想为埃及人根深蒂固的信仰找出一种别开生面的阐释。普鲁塔克认为：埃及人之所以崇拜鳄鱼、胡狼、河马和某种神鸟，只不过是因为他们崇拜这些动物身上具备的特殊禀赋，比如牛的坚韧耐劳，猫的神秘和灵性等等。

虽则我们不能对世间万物一视同仁地表达出自己的善意，不过我们还是可以在自己的能力范围之内做一些力所能及的事情，这既是人之为人的内在诉求，也是作为万物灵长的一种无法推却的义务。人类不但应该对有生命有情感的动物心存仁爱之心，而且对一草一木都应怀有爱惜之情。人与人相处讲求的是真诚和信任，对动物我们则需要对它们表现出同情和爱护。我们依赖世间万物才得以生存，世间万物一样对人类充满了深情厚意。生物与我们之间有交往，就有相互依赖。为了这些与我们生死与共的动物朋友，我愿意违背自己的一贯作风，无所顾忌地说出自己天性中的稚拙温情。我的那条狗即使在我不方便时跟我嬉戏，我也不忍心拒绝它的好意。

在土耳其，有专门收留和照顾无家可归的动物的慈善机构和为它们疗治病痛的动物医院。在古罗马，人们则把鹅当成主人来侍候，因为鹅的警惕性曾使罗马免遭一场浩劫。① 雅典人也曾下令，凡是那些参加过巴特农神庙建造工程的驴和骡都必须统统放生，任其到处食草，任何人不得阻拦和捕杀。

阿格里真托人习惯厚葬他们喜爱的动物。那些屡建奇功的马匹，甚至只是那些供自己孩子们取乐的狗和禽鸟等等，都将受到主人的礼遇。他们在这件事上表现得非常奢华，从许多他们为动物们建造的纪念碑便可见一斑。

埃及人把狼、熊、鳄鱼、狗和猫埋葬在圣地，还在尸体上涂香料，为它们披麻戴孝、厚办丧事。

有个叫做赛门的人有几匹在奥林匹克运动会上为他赢得赛马奖的良驹，在这些马死后也得到了他的厚葬。老赞蒂珀斯把他的狗安葬在一个海岬上，海岬才因此得名。普鲁塔克说，倘若为了贪图小利而把一头为他干了一辈子活的老黄牛卖给屠宰场，他一定会感到良心不安的。

---

① 据普鲁塔克记载：日耳曼人曾在夜间偷袭古罗马城邦，不幸被城里的鹅警觉，它们发出的叫声惊醒了守卫城池的士兵，在兵士们奋勇抵抗后，罗马城终得以保全。

论节制

人类之手并不高明，原本美好自然的东西一经人类之手，就会变得丑陋。要是我们将德行尊崇如圣旨，这德行也会成为恶行。有人说，德行也不能过了头，把德行死抱着不放，这德行也不成为德行了。例如有人耻笑德行这样说：

> 行善积德过了头，常人就成了个疯子，君子也会变成小人。
>
> ——贺拉斯

这正是哲理的奥妙。行善怎么都不为过，行侠仗义也不必有限度。有圣言云："水至清则无鱼，人至察则无徒。"

我亲眼见过一个大人物，为了彰显自己的虔诚，最后反倒坏了自己信奉的宗教的名声。

我喜欢平和中庸的人，过分的苛求，则令人难以忍受，也让人难以想象，真不知该如何形容他。依我之见，无论是波萨尼亚斯的母亲，还是独裁者波斯图谬斯，与其说他们是尊重德行，不如说是莫名其妙。波萨尼亚斯的母亲是第一个下命令，带头处死自己的儿子的人；波斯图谬斯的儿子凭着年轻气盛，先于自己的部队，杀气腾腾地扑向敌人，却被他的父亲因军法处以极刑。这种德行可谓是既野蛮不讲人情，代价又高，我是坚决不提倡，也不愿意效仿的。

脱靶的射手同射不到的射手一样，都不算命中。突然遇到强光和从光亮处猛地走进阴影一样，都会令人眼睛一时无法适应而看不见东西。在柏拉图的《对话集》里，加里克莱曾说，过分的超脱有害无益，他劝人不可以超脱为神圣而试图跨越人之常情的界限。适度的超脱是应该的，中庸而得体，但如若超脱到终究要弄得人性情扭曲，染上恶癖，藐视宗教和法律，讨厌社交礼仪，厌恶人间享乐，无法担任公职管理公务，不愿助人，就只配招人唾骂了。加里克莱说得不错，过分的超脱反过来束缚了我们天生的坦诚，各种令人生厌的玄妙哲理会让人们偏离正道而且让人难以理喻。

我爱我的妻子是理所当然的，但神学对此仍然要加以约束和节制。记得在圣·多马著作中，曾谴责近亲结婚，他的主要理由是：对近亲结婚的妻子的疼爱会有不能节制的危险。假如丈夫的爱，再添上亲情，便成了额外深的情感，这种情感无疑会使丈夫在情感的面前无法作出理智的判断。

神学、哲学这些规范男人品行的学问涉及到人们生活中所有的细节。没有任何个人空间，所有的私密行为没有不被洞察和评判的。批评神学哲学对人的生活干涉过多的人实在太无知了。女人们可以坦然自若地讲她们以前同男孩子如何嬉戏玩耍，可要她们讲讲和丈夫之间的亲密，都会羞羞答答。如果还有人对妻子过分迷恋的话，我要代她们对她们的丈夫说上几句话：假如他们在床第之欢中不加节制的话，他们从中获得的乐趣是上天所不容的；他们还有可能干出其他的事情来，如放荡不羁、纵欲无度等。我们由于一时的冲动而做出的轻浮举动，对我们的妻子来说不仅失礼，而且有害。妻子们对我们的需要总是相当关照和宽容的。我在这件事上只按照自然而简单的要求行事。

婚姻是件庄严而虔诚的事。所以婚姻给我们带来的肉体上的乐趣应该是有节制的、稳重的并且带有几分虔诚的；应该是较为诚恳而审慎的。婚姻的主要目的是繁衍后代，有人就提出疑问：假如我们没有生儿育女的目的，假如我们的妻子过了生育年龄或者已经怀了孕，那么难道不允许我们和我们的妻子同房吗？柏拉图认为，这样做无异于行凶杀人。有些民族，尤其是穆斯林，十分忌讳与怀孕的妇女同房，也有些民族反对与在经期中的女子同房。芝比亚同自己的丈夫同房总是为了生儿育女，等她怀孕以后，在整个怀孕期间就任丈夫寻花问柳，等孩子生产完毕后，才同意同他再同房一次。这才是值得称道的婚姻的典范啊。

下面这个故事是柏拉图引自某个穷困潦倒、好色的诗人的：有一天，天神朱庇急不可耐地撩拨他的妻子，等不及上床就将她掀翻在地，强烈的快感使他全然忘却了刚刚在天宫同其他神祇一起作出的决定，还得意洋洋地说这次同他以前背着她的父母第一次初尝禁果时一样痛快。

波斯的王公贵族们召开宴会总会盛情地邀请他们的后妃陪同，但是一旦他们真正地开怀畅饮，酣畅淋漓时，他们一定会将后妃们送回后宫，不让她们看到自己因暴食狂饮而失态。同时，他们会招来无需如此尊重的下等女人作陪。

乐趣不是所有人都可以享受到的，赏赐也不会给所有的人。伊巴密浓达派手下把一名浪荡青年抓了起来，佩洛庇达请求伊巴密浓达，看在他的分上，这次就饶恕这个青年，伊巴密浓达对请求不予理睬，却把因为同样请求释放浪子的佩洛庇达家的女孩向他求情而宽恕了他，并说是看在朋友的分上而不是看在将领分上这样做的。

索福克勒斯在军政长官署里同伯里克亚一处交谈，适逢一个帅气的小伙子经过。索福克勒斯赞叹道：“啊，好帅气的年轻人！”伯里克亚对他说：“这对别人没什么，对一位军政长官却不妥。他不仅双手要干净，两眼要无邪。”

罗马皇帝埃利乌斯·维鲁斯的皇后抱怨他随便宠幸别的女人。埃利乌斯回答说，他这样做是真正出于对皇后的尊敬。婚姻代表着荣誉与尊严，绝对容不得狎昵和淫乱。以前，人们欣赏和推崇一位不愿依从丈夫的纵欲而决然选择离开丈夫的妻子。总之在我们看来，求欢取乐是可以的，但一旦过分，就是荒淫无度，则应该受到谴责。

然而，人类难道不可悲吗？人的天性注定了他们难以自始至终享受单一的乐趣和简单生活的愉悦。不仅如此，他们还会煞费苦心地用言语去诋毁它。这样只会使自己更加可悲可怜。倘若人们不这样做，人类本可以生活得更好些的。

　　我们是人为的把我们的命运弄得更悲惨。

——普罗佩斯

　　人的智慧在另一个角度来看，实际上是愚蠢的，它几乎是别出心裁地减少和冲淡着我们生活中原有的乐趣。同时，它也向我们提供种种假象，而且是以某种让人神不知鬼不觉的方式，轻易地美化和掩饰丑恶，使我们对之渐渐麻痹，习以为常。假如我是首脑人物的话，我就会设法采取别的更为妥当的做法。我相信这样做很有意义，或许我有能力将这种智慧加以限制。

　　给我们治病的医生们好像集体策划过的，他们的治病办法给我们带来了更多的折磨、痛苦和处罚。仿佛除此之外，他们找不出任何办法和药物来调理我们的身体和心灵。但他们极富创造性地创立了一系列制造痛苦的治疗手段：造成的痛苦可谓是令人发指，例如剥夺睡眠、禁食、皮肉痛苦、放逐和隔离、长期的关押、笞杖等等。某个叫加里奥的人曾遭受的那种痛苦和惩罚，但愿再也别重演了。加里奥先被放逐到莱斯博斯岛，罗马接到报告说他在莱斯博斯岛过得逍遥自在，很是惬意，给他施加的处罚反倒变成了好处。于是，他们改变了主意，将他召了回来，叫他回家与老婆在一起，还下令让他只许在家，不可离开家半步，以剥夺他的行动自由为惩罚来叫他痛苦。对那些挨了饿能够恢复更加健康灵活的人，还有吃鱼比吃肉还香的人来说，饿饭和只给鱼吃的医治办法早已是家常便饭，不新鲜了。同样，还有一种方子是，对于吃药吃得太多的人，药剂是起不了什么作用的，味苦难吃但常常这样的药剂能产生好的效果，让用惯大黄的土著人用大黄是浪费，胃病得用伤胃的方子来治。这里的一条普遍规律就是叫做以毒才能攻毒，凡事都用它的克星来整治。

　　这一记载倒是同古代的一则记载有些相似。那时，在几乎所有的宗教里，人们用屠杀和杀戮来祭祀，这是普遍被接受的做法。我们的祖先，阿穆拉在攻占希腊科林斯城时，曾杀死了六百名希腊青年，以祭奠其父的亡灵，用这些活生生的青年来为死者做祭奠。现今新发现的新大陆，同我们的旧大陆相比，还是块未经历文明的处女地。在那里，这种做法几乎处处盛行。他们的偶像全都浸透人血，这样骇人听闻的事情屡见不鲜。他们将人活活焚烧，烧到一半又从火中将人取出，挖心剖肚。还有的人，甚至妇女，被他们活剥，他们用这些剥下的血淋淋的人皮做成人皮衣服或者面具。这里也不乏坚贞不屈的例子。那批可怜的被选为祭祀的老人、妇女和儿童，提早几天主动要求奉献自己作牺牲，并同欢送他们的人一起唱着歌跳着舞走上屠宰场。墨西哥国王的使臣们曾向费尔南德·科尔泰宣称他们的王国是何等的伟大，说他们有三十位封臣，每位封臣手下都有十万精兵；他住的是人间最美、最坚不可摧的国度；还说他每年用来供奉神祇的祭祀品都不下五万人。所以他们说他同几个强大的邻国作战不仅仅为了锻炼本国的青年，更主要的是为了战俘，掳来祭祀人口。而在另外一个城，就曾为了欢迎上述那位科尔泰，一次杀了五十人作祭品。这个故事我还未讲完。有的民族被他打败之后，派使节向他求和。使节们向他献上三件贡品，说道：“上帝啊，这里五人是给您送来的祭品。假如你是嗜血如命的暴虐天神，那就请你吃了他们，我们再给你多送些来；如果你是仁慈博爱的天神，就请你收下乳香和羽毛；倘若你是人，就请你收下鸟儿和果物。”

论恐惧

我心惊肉跳，毛骨悚然，
一句话也说不出来。

——维吉尔

大家认为我侧重研究人的本性，其实不然，对于人为什么恐惧，我所知甚微。然而这却是一种奇特的情感。医学上认为，没有任何情感会比恐惧更令人们手足无措。许多人因恐惧而失魂落魄，就算最沉着冷静的人，面对恐惧也难以坦然自若。且不谈那些凡夫俗子，他们总被各种各样的恐惧所困扰，有时害怕老祖宗裹着白尸布从坟墓中走出来，有时又担心撞见鬼，就是那些血气方刚的战士们，按说他们应该胆大得很，但是他们有时不也草木皆兵，或者是把羊群当成胸甲骑兵，把芦苇和竹子当成执矛骑士，把朋友当成敌人，把白十字架当成红十字架吗？

德·波旁先生攻打罗马时，听到警报吓得丢了魂，守卫圣皮埃尔镇的一位旗兵，竟然握着旗子，从一处倒塌的墙洞里冲向城外，直奔着敌人跑去，他自己还当做是朝城里撤退呢；波旁先生那一边反误以为是城里前来迎战的人，立即下令，排兵布阵，准备反击；那旗兵一见这阵势，敌方的军队井然有序，便不寒而栗，等他好容易回过神来，立即转过身，又从原来那个洞口钻进城里，接着健步如飞的，一口气朝田野跑出三百多步。当圣皮埃尔镇被比尔伯爵和迪勒先生攻克时，朱伊尔将军的步兵连同样遭遇了厄运，战败的他们被恐惧吓得魂飞魄散，纷纷从一个个炮眼里往城外跳，反被攻城者消灭。而且在这次战斗中，有一位贵族吓得屁滚尿流，他试图从一个缺口处逃跑，虽然身上只有一处受伤，竟然跌倒在地，当场毙命。这种活活被吓死的事例倒算是少有。

有时，恐惧的不止一个，而是一群人。在日耳曼库斯和德国人的一次交战中，两支大部队都惊慌失措，落荒而逃。殊不知一支部队逃离的地方正是另一支部队的目的地。

有时，恐惧仿佛给我们的脚跟插上翅膀，例如上面讲到的两个例子；有时又仿佛是给我们的双脚钉上钉子，使我们呆若木鸡，动弹不得。以泰奥菲皇帝为例，他率领大军同亚加雷纳人的军队对垒。一次战役中，他的军队吃了败仗，泰奥菲皇帝大惊失色，吓得目瞪口呆，站在那儿浑身麻木，两腿发软，连逃跑都不会了，"害怕得连逃命都不知道了"。直到他手下的主将马尼埃尔对他是又拖又拽，而他还仿佛在梦中一样，马尼埃尔将军拔出宝剑，指着他说："你再不走，我就杀了你；我宁肯杀了你，也不让你被敌军俘虏而丧权辱国啊！"泰奥菲皇帝这才如梦初醒。

有时恐惧在使我们丧失了捍卫责任与荣誉的勇气之后，反过来又让我们变得无所畏惧，从而显示出他不可阻挡的威力。桑普罗尼奥斯执政罗马时，曾在与汉尼拔的一场战役中大败。上万名步兵惊慌失措，夺路而逃，可根本无法逃命。士兵们忽然鼓起了勇气，破釜沉舟，于慌乱中冲入敌人的主力部队，奋力拼杀，突围而出，杀死的迦太基人不计其数，战役以胜利告终，而战士们也凭借胜利的荣光，洗刷了他们逃跑的耻辱。这是我最怕见到的恐惧。

因此，恐惧的威力超过其他任何情感。

还有什么比庞培的朋友们在他的船上目睹一场大屠杀更恐惧和痛苦呢？然而，他们被恐惧攫住了，不能动弹，直到埃及帆船靠近他们时，他们才重新振作起来，忘掉了痛苦，奋力指挥水手们划桨逃跑，一直逃到开罗，才稍稍镇定，刚刚躲过劫难的他们回想起刚才的损失，不禁悲伤得失声痛哭。而刚才，是那威力胜于一切的情感——恐惧，挡住了他们的眼泪和哀伤。

> 当时恐惧从我心中掳走了全部勇气。
>
> ——西塞罗

那些在战斗中受伤的人，就算伤势严重，浑身是伤，第二天仍然会被送往战场。但是对那些把敌人想象得十分可怕的胆小鬼，就免了罢，别让他们去面对敌人。那些老是担心财产缩水、被流放的人，总是生活在忧虑之中，食之无味，夜不能寝；可是那些流亡者、农奴却往往活得跟别人一样开心。不少人因为忍受不了恐惧甚至走上绝路，他们宁可去上吊、投河、跳崖，却再也不能忍受恐惧的折磨。由此可见，恐惧比死亡还可怕。

希腊人认为还有一种恐惧，不是理性所致，没有明显的理由，而是来自上天。整个民族，整支部队被这种恐惧俘虏。迦太基就曾被这种恐惧笼罩，全国上上下下一片恐慌，四处是恐怖的叫喊声。居民们仿佛听到了警报，都从屋里跑出来，互相搏斗，互相伤害，互相残杀，乱得就好像敌人前来攻城了。直到用祷告和献祭平息了上帝的愤怒，这种混乱的局面才得以缓解。希腊人把这叫做"潘引起的惊惧"。

论坚毅

勇敢和坚毅并不是说我们不回避任何麻烦和不测，对生活中的麻烦和不测的突然降临浑然不觉。相反，我们要提倡对事情合理的预测和判断，能规避不测的发生是最值得赞扬的。坚毅，主要是指能够忍受不可避免的不测。例如凭借身体的灵活性或者手中的武器，避开别人的突然袭击，都是好办法。

古时候，许多好战的民族将逃跑作为他们的主要策略，"三十六计，走为上"。殊不知，这种逃避敌人的做法比与敌人正面作战更危险。

土耳其人就比较喜欢这样做。

柏拉图笔下的苏格拉底曾嘲讽拉凯斯狭隘的对英勇的认识，即在对敌作战中坚守阵地。苏格拉底认为："难道把阵地让给敌人，再反击他们，就是懦弱吗？"他还引用荷马对埃涅阿斯的逃跑战术的赞同，对自己的理论予以佐证。后来，拉凯斯对自己的观点也有所修正，承认斯基泰人和骑兵曾采取的逃跑的战略对战争来说是有积极意义的。同时，苏格拉底也列举斯巴达的步兵利用后退，最后获取战争胜利的例子：这个民族是少有的骁勇善战，在攻克步拉城的那场战役中，他们怎么都冲不破波斯部队固若金汤的阵势。于是，他们干脆后退，制造退兵罢阵的假象，诱得波斯人得意洋洋，乘胜追击。后退的部队忽然发起进攻，迅速打破和瓦解波斯部队的方阵。就这样，斯巴达人取得了胜利。

还有斯基泰人，据说当大流士皇帝率军去征服他们时，斯基泰国王总是不战而后退，大流士皇帝极为不悦，强烈谴责他们的逃避行为。对此，斯基泰国王安达蒂斯回答说，他之所以后退，既不是畏惧大流士，也不是畏惧他们的大军，他们后退是因为他们民族的生活方式决定的，他们既无耕地，也无城池和家园，要为之战斗，根本不必担心敌人从中捞到什么好处。他们之所以愿意留在故土，是因为那里有他们先祖的墓地，他们想亲近自己的祖先，在那里他们能沟通交流。

然而，如果在战争中使用大炮，这种武器的运用越来越频繁，一旦被炮瞄准，想躲开都来不及。炮弹的威力之大，速度之快，让人躲都没法躲。但还是有人试图通过举手投降或低头来躲避炮弹，这种行为只能招致同伴们的嗤笑。

查理五世入侵普罗旺斯时，居阿斯特侯爵在一座风车的掩护下，去侦察阿尔城。他一离开风车，就被正在竞技场上视察的德·博纳瓦尔和塞内夏尔·德·阿热诺阿两位大人瞧见。两位大人立即示意炮兵指挥官德·维利埃，德·维利埃立即用轻型长炮瞄准侯爵。侯爵见到开火，便飞身扑倒，可还未倒地，便中弹身亡。几年前，洛朗一世——卡特琳·德·梅第奇王后的父亲，弗朗索瓦二世的外祖父——在攻克意大利的要塞蒙多尔夫，即维卡利亚一带，就曾遭遇过这种惊险。他远远看见正瞄准他的一门大炮正在点火，便赶紧趴下，结果本瞄准他的腹部的子弹仅仅从他的头顶擦过。说实话，我不认为是他那趴在地上的行为使他逃过了一劫，就在一霎间，怎么可能判断得出对方到底瞄准的是哪里，是朝上还是朝下？大家都认为，能躲过炮弹那纯粹是侥幸，这次躲过了，下次可难说。跟枪炮作对，是飞蛾投灯，自取灭亡。

如果枪声是从我意想不到的地方传来，这种突如其来的震响保不住也会让我吓得发颤。这种情况并不鲜见，我在比我勇敢的人身上也见到过。

斯多葛派认为他们哲学家的心灵也不能够抵挡突如其来的事件。例如，智者听到晴天霹雳，或者亲历突如其来的灾祸，同样也会大惊失色，惊慌失措，魂飞魄散，这只是源于人的本性。而对于其他的痛苦，只要哲学家的理智尚还健全，他们的判断能力尚属正常，他们都能谈笑自若，镇定应付。而对于那些非哲人来说，当他们遭遇前一种情况时，他们的反应与智者是一样的。而遭遇第二种情况，情形就截然不同了。因为痛苦对于常人来说，不仅仅是表面的，更会渗透到心灵深处并慢慢腐蚀人的意志、毒害人的心灵。这种人的判断力往往因为痛苦而丧失，意志也渐渐向痛苦妥协。让我们看看这位斯多葛哲人的心境：

> 他的心坚定不移，他的泪兀自流淌。

> ——维吉尔

　　而逍遥学派哲学家并不排斥烦恼，但他们有能力抑制。

论功利与诚实

人都难免在不经意间说些蠢话，可悲的是竟有人刻意要如此！此人殚精竭虑，仅为说句大傻话！①

一

这句话与我无关。我的傻话都是不经意脱口而出的，这与它们的价值相符。这样很好。随说随忘，不用花费一丝一毫的气力。我通常只按话语本身的价值来决定该花费多大的心思在它上面。当我把自己的所思所想诉诸纸上时，就如见到一位心仪很久的新朋友。这是我的真实感受，下面将陈述我的原因：

背信弃义的行为谁人不憎恨呢？迪拜尔就曾因放弃使用背信弃义的手段而蒙受了巨大的损失。有人从德国写信告诉迪拜尔，如果他愿意，那个人可以下毒将阿尔米尼乌斯——阿尔米尼乌斯是罗马人的劲敌，此人在瓦卢斯当政时期曾卑鄙地虐待过罗马人，而且他还是阻挡

---

① 原文为拉丁文，这本是古罗马喜剧诗人泰伦提乌斯的一部喜剧《自己的刽子手》中的话，在此蒙田对其原文略作了修改。

迪拜尔在那一带扩大其统治的惟一障碍——干掉。迪拜尔回答说："罗马人向来光明磊落，在复仇时他们宁可凭借勇气明刀明枪地向敌人开战，也绝不屑使用投机取巧的机谋和暗招。"① 他选择正大光明而拒绝了功利主义。也许你会说："此人是个伪君子。"从某个角度上我也同意你的话，在热衷于军事及政治的人当中，狡计和虚伪乃是这类人习以为常的事。仇恨美德者也可以满嘴仁义道德，正如有些道德说教者常常也是卑鄙无耻之徒。也许他们自身并不认同美德，但当他们为形势所迫必须要借用仁义道德来伪装自己时他们是绝不会犹豫的。

二

我们所处的环境——不管是社会还是家庭——都充满了缺陷，但万物都有其自身存在的目的。宇宙万物无不各得其所，甚至无用这个概念本身也是有用的。那些植根于我们体内的恶劣品性，诸如野心、忌妒、羡慕、报复、迷信、绝望等，总是牢牢地将我们掌控在它们的威力之下，与我们如影随形，甚至我们还可以看到它们在牲畜身上肆虐的迹象；是的，我们看到人类身上总是不经意地流露出残忍的痕迹，这种恶劣品性与人性表面的善和谐地栖身于我们的体内；是的，当我们貌似在同情别人的不幸时，难道没有因为看到别人正在受苦而感到一丝不易察觉的快意么？连幼小的孩童都有幸灾乐祸的内心体验：

> 当狂风在茫茫大海上掀起波澜，
> 在陆地上看别人受颠簸多美妙。
>
> ——卢克莱修

倘若谁消除了自身这些病态的种子，那么他就破坏了自身的内在和谐和自身赖以存在的根本条件。同理，在我们的政府里总存在着一些机构，那些机构卑鄙而腐败，罪恶是其运行的基本准则，但它们是

---

① 引自罗马历史学家塔西陀的著作《年鉴》第二卷第八十三章。

这个社会得以存在和运转的必要之恶，它们之间的依存关系犹如毒汁之于毒蛇。虽说这些机构有其自身存在的合理性——因为它们维系着整个社会的和谐和存在，但我们也不应为其表象迷惑而良莠不分，让其必要性掩盖其罪恶的实质。这种游戏只适合那些性格坚毅、有胆量的人物把玩，因为他们刚毅的个性决定了他们不会因为自己的行为与世所认同的公正和良知背道而驰而稍感不安，他们有气魄将残忍和暴行视若自己对祖国所作的最大奉献。至于像我这样性情柔弱的人而言，罪恶的压力将是无形的，所以我只适合承担一些比较轻松、风险不大的职责。谋求公共利益所需的背信弃义、残忍无情、指鹿为马、自相残杀这类艰巨任务还是留给那些对命令更顺从、实施起来更有手腕的人去实践吧。

的确，在司法界，我常常见到各级官员凭借自身的特权，通过欺诈和威吓、惩罚和利诱等等卑劣的手段迫使那些嫌疑犯"坦白"所谓犯罪事实，他们运用欺骗和恐吓逼迫那些可怜的人们背叛自己的同伙。在我心目中，他们在被威逼和利诱下所犯的背叛罪大于他们先前所犯的所有过错，这种一错再错实令我感到愤怒。倘若人们给我机会，我一定会对历来的司法条文，乃至柏拉图——他也赞成这种非人的审讯手段——进行逐一的批判。我认为这种丝毫不讲信义的司法对自身的危害远远大于对那些无辜的受害者。不久以前，我曾说过我不大可能为了什么人而背弃自己的君主，更不会为君主而背叛任何人，若不如此，我会对自己的软弱万分痛恨的。不仅我自己不愿主动去实施欺骗，我也痛恨那些企望借我之力去施行欺骗的人。哪怕只是利用我的片言只语或者是零星的文字材料去辅助他的欺骗行为都将为我所鄙。

在政局动荡、群雄割据的今日，我曾几次出面在各诸侯之间斡旋。① 我竭力让人们对我的个人人格和立场有一个深入的了解，而不

---

① 蒙田沉着、宽容和诚实的性格使他成为一名天生的谈判者。1572 年他参加了吉斯公爵与纳瓦尔国王之间的谈判；1584 年，他又斡旋于吉耶纳的司法长官马蒂尼翁元帅与新教重要人物迪波莱西·莫尔内之间，以期化干戈为玉帛，达到恢复和平的目的。

仅仅将我看成一个可以为任何人效力而没有自己观点的说客。以游说斡旋为业者大多趋向于在对手面前掩盖自己对某事件的真实看法，极力营造一种让对方相信自己在这个问题上持有折中意见的表象，似乎他们的意见与对方非常相近。而我则会在谈判时旗帜鲜明地向对手阐明自己的态度和立场。我的立场就是宁可有负于谈判，也绝不可违背自己的良心。虽然我只是一个谈判新手，然而至今我经手的谈判都进行得很顺利（当然，运气在其中起到了重要的作用），以至于在我所了解的那些斡旋于诸侯之间的使者中，鲜有人像我这样得到大家的信赖和厚待的。我与生俱来的坦率的待人接物方式，使我可以在短暂的几次交往中便深入人心、取得信任。纯朴与真诚在任何时代总是相宜的。

三

而且，勤勉工作而不谋私利者的直率不易遭受别人的记恨和厌恶，伊佩里德回答雅典人埋怨他说话尖锐粗暴的那句话——"先生们，不要计较我的直言不讳，而应考虑我这样做是否为了一己私利，是否能把事情办得更好"——正好可以用在我身上。我爽直的言谈以其气势使别人从不怀疑我向他们隐瞒了什么。该说的话，不管多么让人难以接受，不管听起来多么尖锐辛辣，我都要说出来。即使当事人不在场，我也不会说得更难听。我的坦率爽直有一种单纯而漫不经意的表现形式。我做事情的时候只想到做，并不考虑长远的后果和计划，每个行动都有其独立的作用，能有所成则我愿已足！

此外，我对达官贵人们也没有过分的爱与憎，我仅以平民百姓的正当感情来对待君王，这种感情不受一己私利的激发和转移。这一点，我对自己相当满意。我的意志也不受个人恩怨的束缚，对公共的正义事业，我也只抱着一种温和的态度，绝不头脑发热；我生性不轻易对外界作过深的、内心的介入和承诺；愤怒和仇恨若超过了正当的界限，就会变质为毫无理性的狂热，如此的感情绝不会有利于那些在理性上忠于职守的人；一切正当而合理的意图自然而然是温和而公正的，否则就会嬗变成图谋不轨、离经叛道。这就是为什么我能无所顾虑地抬起头，心地坦然地走遍天下。

　　说实话，我并不怕承认，如果必要的话，我并不会忌讳学那位老妇人，一手将蜡烛献给圣徒米歇尔，另一手将蜡烛献给她的蛇，① 我会随着正义的党派赴汤蹈火——假如我能。② 如果必要的话让蒙田庄园与其他市政建筑一起坍塌，化为一堆瓦砾也在所不惜，但是设若无此必要，我将感激命运女神让它安然无恙，而且如果可能的话，我将穷我之心智保护它毫发无伤。那位决然站在正义一派那方的阿提库斯，在大局动荡难料、世事纷纭莫测的情势下，不是凭借自己的温和节制拯救了自己吗？

　　对于一个像他那样不参与政事的人而言，做到置身事外般的温和节制比较容易。在类似的公共事务上，我觉得只要不要毛遂自荐、主动参与是最明智不过的了。然而，一旦我们处于时局动乱、社会分裂的当头，依然坚持明哲保身、没有一个始终如一的立场，思想摇摆不定、情感冷漠麻木的话，我就觉得此种行为既不光彩也不诚实。"这并非走中庸之道，而是还没有上道，就像那些见风使舵的投机者一样，他们隔岸观火以便适时地站到幸运者一方。"

　　这种事不关己的做法在处理邻国之间的纠纷中还不为过。叙拉古的暴君耶隆在野蛮人反对希腊人的战争中就曾隔岸观火：他在德尔斐设立了一个使团并让使团备好厚礼，然后依据窥探、观望和推测所得的结论，好将自己的礼物适时地送到幸运女神支持的一方手上。倘若在个人和家庭的事务上也奉行此道，那便是一种背叛行为了，在这个领域内我们应当鲜明地表明自己的立场。不过，我认为对那些既没有职务在身又没有特殊使命的人而言，不掺和的做法倒是值得原谅的（虽然我本人并不希冀着这种谅解）；因为按照法律的规定，战争并非是谁不想招惹谁就可以置身事外的。无论如何，迫不得已地卷入纠纷

---

　　① 据一则民间故事记载，一位老妇人为了得到敌友双方的支持，她便一手将自己的蜡烛献给圣徒米歇尔，另一手却将蜡烛献给了她的敌人苍龙。
　　② 一种民间的表达方式，蒙田在这里的意思是即便为了"正义的党派"，他也是不会放弃自我而为之赴汤蹈火的。

的人也不妨有节制、有分寸地行事，那么即使有风暴从他头顶上空刮过而不会给他们带去灾难。当初我们希望那时尚在人世的奥尔良主教摩尔维利埃大人如此行事，不是很有道理吗？在当今那些勇于承担历史命运的行动者之中，我熟悉的一些人，他们的作风是如此公正，处事是如此温和，以至于无论上苍为我们安排了多么不公正的命运，不管时局如何波澜跌宕、世事如何变幻莫测，他们终能坚守自己的基本立场而岿然不动。我一向认为，帝王之间有仇怨是他们自己的事，我嘲笑那些乐于介入与他们的职责和身份地位极不相称的是非之中的人们。因为他们与某位王侯之间并没有存在着任何值得他们拿自己的生命和荣誉做赌注去拼命的个人恩怨。如我们仅仅是不喜欢某位大人物，我们最得体的行为就是尽可能地尊敬他。尤其是在从古至今的法律中一直规定，谁为了自己的个人企图而扰乱了国家的安宁，那么那些捍卫国家的人就有权利——甚至有这份荣幸——奋起反击。

不应将追求个人利益和权利、欲望时所滋生的尖酸刻毒妄称为责任感（可我们每天都在重复着这样卑劣的事），当然也不应将阴森狡诈、背信弃义的行为称为勇敢。有太多的人把自己的残暴和邪恶称之为热心，其实他们热心的仅仅是他们的个人私利而非他们宣扬的事业。他们鼓动战争并非因为战争可以带来正义和和平，而是在战争中及战争后他们可以获得巨额的财富和权力。

即使我们置身于敌对的人们之间也丝毫不妨碍我们光明磊落、恰如其分地处理事务；在这种情况下，即使你无法完全做到一视同仁，平等地对待有矛盾的各方（因为你与他们之间的情分存在着差异厚薄），但你至少应尽可能地克制自己，尽量有分寸有节制地对待他们，这样你就不会因为过分地依赖一方而被迫违背自己的原则来迎合他们了；同时你应当依据平素双方与你的情分给他们适度的服务，做到在浑水中自如游弋而不利用他们的困境浑水摸鱼。

另一种截然不同的处事方式是：竭尽全力地效力于其中一方或另一方。但是这种行事方式既不能算审慎，更谈不上有良心。你在这件事上为甲方而背弃了乙方（而乙方也曾给予过你同等的礼遇），难道甲方不担忧有朝一日你同样会为别的什么事情而背弃他们吗？于是他们会把你看成小人，出于权宜之计，虽然他们还从表面上捧着你，利用你的背信弃义、见风使舵来为他们成就事业，但他们在使用你时却时时提防着你，利用完你的价值时他们必将藐视你，势必弃你如敝帚。

我对一个人讲的话没有一句不能原封不动地转述给其他人听，顶多陈述时语气有点变化。我只陈述那些众人皆知的、无关宏旨的，再不就是对听话的所有人均有好处的事。没有任何功利的盘算能够激发我说谎的热情。对于别人出于对我人格的信任而向我吐露的事，我会深藏在内心深处；因为替那些帝王将相保守秘密是一桩危险而又麻烦的事，所以我会设法少知道一些他们的秘密。尤其对那些我根本没有必要知悉的秘密，我常常愿与它们的主人做个交易：请他们尽量少地向我吐露他们的秘密，但要大胆地相信我告诉他们的事情。出人意料的是，人们出于信任告诉我的事情远比我想知道的要多。

坦率的言谈能够打开对方的心扉，就像真挚的爱情和香醇的美酒一样让人们把心底的话儿自然地流露出来。

里奇马克国王问菲力比代斯："在我的财产中，你最中意的是什么？"菲力比代斯非常明智地回答："什么都可以，只要不是你的秘密。"一般而言，假如有人向我们倾诉而又在某些细节或本质上对我们有所隐瞒（不告诉我们整个事件的底细，或向我们隐瞒了事件的实质意义），我们中的绝大部分人无疑都会觉得受了侮辱。对我而言，我反倒期望别人让我尽可能少地涉入事件的本身，尽量少地让我涉足于别人的事。我不愿让那些不必要的、形形色色的事妨碍我言谈的自由，如果我不得不为那些秘密而斟字酌句，那么我在与人交谈时就不会感到轻松愉悦。如果我无法摆脱自己被别人当成是欺骗的工具，我的底线是涉及我的方面不要违背自己的良心。从个人的意愿角度而言，我是绝对不愿意自己是那种热心、忠诚得可以为主人而出卖他人的奴才。谁若是不忠实于自己，谁就可以对主人不忠实。

然而，君主们向来不接受那些无法对他们全力以赴的人，他们厌恶有保留、有底线的效力方式。这条规律千古以来概莫能外。但我还是要在效力之前开诚布公地向他们中明自己可以向他们效力的最大限度，因为，即使是做奴隶，我也只应该做理性的奴隶，何况连这一点

我也不是毫无保留的。自然，君王们没有理由要求一个自由人像他们
自己生养的孩子或买来的奴隶一样，再不就像那些被命运捉弄不得不
与他们生死与共的人们一样对他们百依百顺、言听计从，完全失却自
我地隶属于他们，不计任何代价地为他们效命。所以，我个人认为社
会法律为我消除了很大的麻烦，它为我指定了自己效劳的对象，为我
规定了主人，任何其他的职责和权威都将退而求其次并以它为最终的
依据。因此，即便我在情感上另有所向，但只要是社会法律规定我的
任务我会毫不犹豫地立即执行。情感和意愿只向自己发令，而行动则
必须接受社会的调遣。

　　我的这套处事方式显然与时代风尚有些格格不入。它除了对我自
己富有意义以外不会对整个社会产生什么实质的影响，也可能无法与
时下的风气相抗衡；因为即使是那些心地纯洁无瑕、德操高尚的人们
一旦坐在谈判桌上恐怕也难免会口出诳语，在讨价还价中没有人能保
证绝无虚言。因此，公共事务绝不会合我的性情。不过，只要是我的
职责要求于我的，我一定全力以赴，并且尽量以自己独特的方式、独
特的步调来完成。我从小就受这种思想的熏陶，它们在我身上已经根
深蒂固了。因为我不是一个好大喜功的人，故而我很早就开始远离了
社会事务，避免去过问，很少接受，更从不主动去追求；然而我之所
以没有被公务缠身，并非自己明智得可以将划桨者烂熟于心的以退为
进的方法运用自如，与其将之归功于我的决心，还不如将之归功于我
的幸运。因为世上也有与我的兴趣并不相悖而且利于我发挥一己长处
和能力的途径，如果过往命运召唤我通过这些途径去参与公共社会生
活，去谋求社会地位和名誉，我想我也会毫不犹豫地违背理智的逻辑
而听命于命运的。

　　有些人对我这些声明不以为然或不屑一顾。他们说，我所谓的坦
率、真诚和单纯不过是障人耳目的手段和权宜之策，我所谓的善良不
过是谨小慎微，我所谓的顺其自然不过是一种掩藏野心的机巧谋略，
我所谓的幸运不过是合乎情理，这些人的指责非但没有有损我的荣誉，
反倒是让我觉得颜面有光。他们确实高估了我的机智和精明了。然而，
在他们的学派中没有一条准则能体现如此合乎自然的运动，能在风云

变幻的时局中、在纷纭繁复的世事中保持这种始终如一、恒长不变的自由和宽容，而且这种境界是他们即使费尽心力穷其一生都无法企及的。谁若在密切观察窥测我的行为处事之后依旧不心服口服地承认我的说法，那么我便认输了。在追求一己私利及在承担的事务上动心机这样的路子绝对是多重的、不平坦的、充满挫折和不测的；但真理的道路是惟一的、单纯的。我也常常见到一些人在各种事上都做出一副潇洒随意的姿态，但是往往是成事不足、败事有余。仿佛伊索寓言中的那头驴子，为了与狗争宠，竟然欢蹦着将自己的良知前蹄搭在主人的肩上，结果，狗的讨好得到了主人的爱抚，而可怜的驴子却挨了加倍的鞭子。"最自然的举止与我们最相宜。"① 我并不会单纯得否认那些骗术在世道上的魔力，毕竟坑蒙拐骗的行径不止一次地为人类帮过大忙，而且正在并将继续维系和支撑着人们从事的大部分行当。世上有些恶行是合法的，正如有些善良的、可以理解的行为却被宣判为有悖法律一样的道理。

四

存在于自然界的、四海皆通的法，与另一种法——专门为服从于文明的需要及国家的统治而设立的法——有着天渊之别，显然前一种法更高尚，更具有普遍的合理性。"我们并不能看清法律与司法的真实面目，我们只对它的影子和表象有些模糊印象。"② 因此，古代印度哲人丹达米斯在了解了苏格拉底、毕达哥拉斯、第欧根尼的生平故事后认为，这些哲学家在很多方面的洞察力都有过人之处，唯独在当他们面对世俗法制上显得过分妥协，他们觉得为了对法律的尊重、为了支持法律的绝对权威，在某些场合真正的道德也不得不暂时放下自己

---

① 原文为拉丁语。见古罗马伟大政治家和演说家西塞罗的作品《论职责》第一卷第三十一章。

② 原文为拉丁语。见古罗马伟大政治家和演说家西塞罗的作品《论职责》第三卷第十七章。

的身段臣服于它。甚至有好几件违背道德的事件不仅得到了他们的支持，更确切地说是在他们的恣惠下才最终得以实现的。"有些罪行是经由元老院的批准和众议院的法令正式许可的。"① 我愿意听取大众的说法，严格地将功利目的与诚实的美德区别对待。就如某些不光彩和肮脏的行为一样，其实这些本能的行为本身不仅有用而且必要。

让我们依旧引与背弃有关的行为为例。两个觊觎着承袭特拉斯王位的人明争暗斗起来。罗马大帝禁止他们诉诸武力。其中一位觊觎者谎称自己要设宴与对方达成和解，却暗中安排手下在对方赴宴时将其杀害。罗马的民众要求统治者惩治这种不道义的恶行，但苦于没有有效而合理的途径。于是，这种不依靠宣战、不凭借冒险便无法合理解决的事罗马人最后设法通过暗算将其解决了。用诚实正派的方式无法办到的事情，他们凭借阴谋和暗招达成了，因为在他们的眼里这是维持社会公平的必要之恶。一个人非常擅长于这套机谋，他总有法子用甜言蜜语和承诺保证把那位谋杀者引入自己设立的圈套，然后他再以其人之道还治其人之身，将他五花大绑地解送到罗马。一个叛徒出卖另一个叛徒时往往要使用非常手段，因为那些擅长于玩弄阴谋者总是满腹疑虑，他们的丰富经验使得别人很难让他们在惯常的伎俩上上钩。上述令人心情沉重的例子就是一个明证。

在我们的政治圈子和其他争权夺利的领域有不少人将庞波尼乌斯·弗拉克乌斯这套法子看成是稀松平常的事，我无法评价他们的是非。不过，对我自己而言，我愿意在任何情境下选择遵守诺言和信义，因为这种方式是与我的自身的其他部分和谐统一的。那些旨在获取功利目的的手段有其用武之地，最适合用在公共领域，也只有在这一前提我才可能说服自己这些机谋有自身存在的合理性。但是，设若有人命我担当起法官和辩护律师的职责，我会毫不犹豫地告诉他："我对此一窍不通。"或者，假如有人任命我担负工兵队长，我会说："我的天职要我承担比这更与我匹配的角色。"同样，谁要是想派我去干撒谎和出卖别人的勾当，或违背自己的原则和誓言做某件重要的差使，

---

① 原文为拉丁语。引自塞涅卡的作品。

更不要说去谋杀或下毒，我会说："假如我偷了谁，窃了谁，毋宁罚我去干苦役。"

一个诚实的人有权像拉栖迪蒙人①在被安提帕特罗斯打败后即将签订条约时那样说："你们可以让我们干任何繁重的、甚至是严重危害身体的活儿，不过，倘若你们想让我们干那些卑鄙龌龊、背信弃义的勾当，那是绝无可能的。"在就职时，埃及历代法老和国王都要求他们的司法人员郑重宣誓：无论是什么人（即便是法老和国王本人）命令他们干那些不名誉、有违正义的事，他们都应坚守自己的良知。我想我们平常人也应该对自己发一个这样的誓言。背信弃义的行为在任何时代都是显而易见的恶行，也必然会遭到来自道德和不道德两方面人员的唾弃和谴责的。被你背弃的人会憎恨你的忘恩负义，指使你这样做的人则鄙视你低下的人格，而且他们也会预防着将来你会对他们来同样的一手。更严重的是：一旦你做了背信弃义的事，那它将会永久地驻留在你的心中，成为你一生挥之不去的阴霾，成为你的负担和心病。你在政治生涯抑或在仕途中越是飞黄腾达，你的心魔就越难根治；在外在的世界里越成功，你的良心债就越重。连那些最初利用你干这些无耻勾当的人也会想办法惩治你，甚至想方设法地想除掉你。这种狗咬狗的情形我们已经司空见惯，没什么新鲜的。而且从恩怨角度上来讲，那些背信弃义者的确应该亲自品尝被别人背弃的滋味，这看起来相当的公正。背信弃义之举在某些情况下是可以原谅的，那就是，也仅仅是，当它被用来惩罚背信弃义行为的时候。

有许多从别人的背弃行为中获益的人最后反倒开始排斥和惩治那些听命于他们，顺从听命于他们的意旨干了背信弃义勾当的人。谁人不知皮留斯的医生被法布利西乌斯惩罚的轶事呢？② 这样的事很常见：某人指使他人干了不义之举，而后又以其人之道还治其人之身，因为

---

① 指斯巴达人。

② 皮留斯的医生向法布利西乌斯献计说自己可以利用职务之便将皮留斯毒死，法布利西乌斯没有听从这个无耻之徒的毒计，反倒向皮留斯告发了这个昧良心的家伙。

他开始后悔自己给予那个听命于自己的人过多的权力和信任，让他得
知了过多的秘密。同时也开始从心底里鄙视他对自己奴颜婢膝的顺从
态度。当然在我看来：虽然那个为自己目的指使别人干罪恶勾当的人
罪过更大，但是那个想从辅助主子作恶中捞取好处的盲目跟从者确也
是罪有应得。

　　俄罗斯大公爵雅罗佩尔克想出卖波兰国王波列斯拉夫，他想为俄
罗斯人提供一个可以重重伤害国王的机会，或者干脆干掉他，于是他
收买了一位匈牙利宫廷侍卫。那位侍卫以从容高贵的姿态请求波兰王
宫的接见，他的一番热心殷勤使得波兰国王相信他是真心诚意想效忠
于自己的，于是国王任命他担任了枢密院的官员并将他视为自己的心
腹。于是，他便滥用国王赋予自己的信任，乘国王离开本国的那个时
机将波兰的一个富庶而繁华的城市威斯林查出卖给了俄国人。俄国人
将那座本来繁华安宁的城市洗劫一空，建筑物及其他的城镇设施无不
被他们毁损殆尽。他在俄国人劫掠该城的当头有预谋地将城中那些名
门望族召集在一起进行了有计划的杀戮，城池中其他的平民百姓也鲜
有逃过这场浩劫的。雅罗佩尔克凭借别人之手痛痛快快地出了一口恶
气，平息了自己的仇怨（他的心头之恨不是无来由的，因为波列斯拉
夫也曾如此这般地向他下过杀手）。虽然他对自己的复仇有过短暂的
满足，但是，当他的心境平和下来时，他突然意识到那个侍卫官的叛
卖行为是多么的可耻。一旦他没有被复仇的火焰迷糊双眼时，他便开
始以清晰的理智和明澈的眼光重新审视整个背叛事件，他将其定位为
一种十足的、赤裸裸的丑行。于是他开始憎恨自己居然利用了这样一
个人，干了一桩如此罪大恶极的罪恶。他在于心不安时又犯了一桩罪
过：他命人割去那位匈牙利侍卫官的舌头和身上见不得人的部位，还
挖去了他那双不会择主而仕的眼睛。

　　安提葛那也收买了阿尔吉拉斯彼得的士兵出卖他们的队长——自
己的仇敌尤梅尼斯，但是一旦自己的仇怨了结了之后，他便恬不知耻
地以正义女神在人间的执行者而自居，开始惩治那些曾经为自己的复
仇事件推波助澜的人们。他把那帮士兵们移交给省总督处置时还不忘
嘱咐他：不管用何种手段，一定要结果了这帮背信弃义之徒，而且要

让他们不得好死。结果那群士兵在死前遭到了非人的折磨，而且没有一位还能活着呼吸马其顿新鲜的空气。那些被他收买的人愈是对他鞠躬尽瘁，他便愈加认为他们心狠手辣，理应将他们从世界上清除出去。

一名奴隶因为告发了他的主人苏尔皮基乌斯的藏身之地，依据苏拉所立的奴隶获取自由的有关条款，那位奴隶将获得自由；但是，按照社会公理的要求，他既然已是自由人，就应对自己的行为负责；于是他被人们从塔尔塔雅推下悬崖。① 有些叛徒在被处以绞刑时脖子上还挂着放酬金的钱袋。这种做法既符合各民族特有的、第二位的道义，又与普遍的、首位的道义不谋而合。穆罕默德二世想除掉自己的兄长，因为他忌妒他的统治地位。按照他们民族的一贯做法，他收买了自己哥哥手下的一名军官，这名军官一下子灌了自己的主子过量的水，致使他窒息而亡。事后，伪善的穆罕默德为了在众人面前赎罪，就将自己的帮凶交给亡兄的母亲（他们是同父异母兄弟）处置了。那位悲伤的母亲当着穆罕默德的面将谋害自己亲生儿子的人开膛破肚，将手在那冒着鲜血和热气的胸膛里扒拉，把他的心掏出来扔给了狗吃。法兰克国王克洛维收买了卡那克尔的三名仆人，但是在他们出卖了他们的主人后他便命人将他们吊死了。

当一个人从恶行中得到好处后，能为自己所犯的罪行找到替罪羊借以掩饰自己的罪恶，为自己的罪行穿上一件正义和良知的外衣，这未尝不是一件一举两得的事。即便是那些一钱不值的卑鄙小人，在做了这样一件舒心事后，也会求得心理的平衡。

而且，一旦干了幕后指使别人背叛自己的主人这样的事，那些主谋者除了从心底里厌恶那些背叛者的丑行外，他们还担心背叛者不能将他们之间的交易守口如瓶，也害怕随着时光的荏苒，那些背叛者从良心的自省中将所有的罪过推给自己，因此在那些杀人工具完成使命

---

① 塔尔塔雅本是罗马卡庇托利城堡总督之女，相传她把城堡出卖给了萨宾人，后来她反被萨宾人杀死并埋葬在卡庇托利的一座山丘上，那座山丘上有一块被称之为塔尔塔雅的巨石，从那时起到罗马帝国时期，凡是犯了背叛罪行的人都将被从这块岩石上推下悬崖去。

之后，主谋者绝少没有将他们灭口的。

<h1 style="text-align:center">五</h1>

　　倘若你受命运的垂青，为你的恶行得到了相宜的犒劳，但是你应当知道从你成为背叛者那天开始，不但你会变成众矢之的，同时你的指使者也开始算计你的性命。即使有时候你的恶行正是满足了这个千奇百怪的社会的需要，甚至是在完成一桩神圣的使命。如果你的指使者内心并不认同背信弃义的丑行的话，他将会更快地除掉你。因为通过你的手，让他看见了一颗没有良知、忘恩负义的邪恶之心。然而他们照样利用你，因为你这样的人在世上的确有许多用武之地，有多少残忍而不能见光的事情找不到像你这样卑鄙而无耻的人去干呢！正如人们总是利用那些无可救药的人去执行死刑。罗马的法律规定不能处死处女，于是，为了按正常程序处决赛亚努斯①的女儿，人们就令那些惟命是从的刽子手在勒死她之前先强暴了她。那个刽子手——从他的身体到他的灵魂——无一拥有自由意志，整个儿沦为了社会需要的奴隶。

　　阿缪拉一世为了重重地惩治那些怂恿和支持自己的儿子弑父篡位的臣子，便令那些与臣子们最亲近的人亲手将他们处死。其中有些人宁愿为别人承担起莫须有的罪名，也不愿自己亲手犯下杀父罪行，我认为这些人的胸襟是坦荡的。我年轻的时候见过，当某些要塞被敌人攻破时，一些卑劣之徒便满口答应用他们伙伴和朋友的生命来保全自己的性命，我认为这些行尸走肉比那些被他们背叛和出卖的人更加可悲。据说，立陶宛的国王乌依托尔德曾经制定了一条法律，规定那些犯了死罪的人们亲手将自己处死，因为要一个没有任何过失的第三者来承担这样一项任务是很不公正的。

　　当然，在政治生活乃至日常生活中，君王们也会遇到急剧而难以

---

　　①　赛亚努斯（公元前20—公元30），古罗马皇帝提比略的近卫队长，曾屡次企图篡夺政权。

预料的变故，使得君王们违背自己的誓言和信义，使得他们无法尽忠职守。在这种情况下，君王们应当将自己进退维谷的境遇当成是命运女神对自己的一记鞭笞。为了服从另一种更普遍、更强大的理性，他不得不牺牲自己的小我，君王们此时的背信弃义纯属形势所迫，不是吗？这的确是对一个人最大的考验。因此，当人们问我如何应对这样的遭遇时，我说："我也无能为力，如果形势确实将他逼迫得左右为难、进退维谷的话（'我指的是，他并没有杜撰什么理由来为自己的背信弃义开脱①'），那么我愿相信他确实是不得已而为之。"但如果他在这样做时，丝毫也未感到内疚和痛苦，这就表明他的良心有问题。

假如某个人自认为自己的良心极其的敏感脆弱，觉得世上没有任何病症值得用如此猛烈的药物来医治的话，我会对他格外敬重。他若宁可放弃自己的生命也不肯违背自己的誓言的话，我会认为他死得其所，死得体面而高贵。毕竟人们在命运面前并非是万能的。因此，我们常常需要上苍的指引和保护，犹如船舶向未知的大海抛下它最重的主锚——命运之于我们犹如绝对之命令，我们没有选择，唯有服从。既然这种人将自己的信义看得比自己的生命更重，甚至比芸芸众生的安危更可贵，那么，我们还有什么理由不让他达成自己的心愿呢？当他在无助时将双手交叉在胸前，虔诚地祈祷主来帮助他，仁慈的上帝能为他指引的道路恐怕也只有这一条最通畅了。

上述列举的都是一些极端情境下的例子，但也是我们置身的这个世界的一个丑陋的侧面。一旦我们被卷入到这样的处境中，我们就知道自己除了向命运让步外别无他途，因此我们在平素更应该谨慎而适度地处理事务，以尽可能地避免遭受这样的考验。我认为背信弃义的行为唯有为了实现一个集团或整个社会的功利目的时，才是可以考虑的，而其他任何个人的功利盘算都不值得我们付出良知的代价。

---

① 引自西塞罗的著作《论职责》。

六

　　提摩勒翁流着眼泪为自己不同凡响的行为①辩护，他回忆道：当他诛杀暴君时他也是满含着手足之情的。因为自己并不憎恨自己的兄弟，只是出于对公众利益的考虑他才放弃了自己一贯光明磊落的行事方式，这是他一生都要为之痛心的。替人们铲除暴君固然功不可没，但是作为执行者的他而言却呈现出如此沉重的两面性，以至于罗马元老院——拜提摩勒翁所赐，他才得以从暴君的奴役中解脱出来——也无法圆满地对他的行为做一个令人们心服口服的判断。正当这时，叙拉古人们前来请求科林斯人的援助，要求元老院给他们指派一位骁勇善战的将领去协助他们恢复自己城邦的自由和尊严，把一直奴役着叙拉古的那些暴君统统清除出他们的疆域。元老院终于找到了一条决定提摩勒翁的行为是否是正义的途径了：他们将提摩勒翁推荐给叙拉古的人们，并告诫提摩勒翁，他在叙拉古使命完成的好坏将是上苍对他先前行为的最终评判——如果任务能够圆满完成，那么元老院会将他视为科林斯城邦的解放者来尊重；倘若任务进行得不顺利，那么元老院将会把他视为弑兄的凶手从严发落。这个决定显得有些怪异，然而，鉴于弑杀亲兄这类罪行的危害和影响的深远性，这样的决定也是情有可原的。元老院通过其他重要事件和第三者的评判来处理如此棘手的任务，的确很高妙。由于提摩勒翁在叙拉古的征战中表现得果断英勇、视死如归，这就使得他的那桩悬而未决的官司迅速明朗化；因为他一路都势如破竹，一切在他人眼中的艰难险阻在他这里都烟消云散，仿佛无数神明站在他的一边为他扬起幸运之帆。

　　假如罗马元老院曾经做过什么可以让人谅解的判决的话，上述的例子无疑是一个明证。不过，罗马元老院借口增加国库的收入而下的

---

　　①　提摩勒翁（约公元前410—前337），古希腊军事家和政治家，曾协助科林斯人杀死暴君——他的兄弟，后率军解放了叙拉古，后来又凭借自己的英勇保卫了西西里。

卑鄙的结论则会令万民唾弃——我在下面将要谈到——这个结论的赤裸裸的功利目的完全无法为其合理性辩解。事情的缘由是这样的：当时某些城邦在得到元老院的命令和准许后通过缴纳赎金的方式从苏拉手里重新获得了自由，后来罗马元老院在重新审核此事时却出尔反尔，判定那些先前曾经缴纳赎金的城邦应该像其他的城邦一样向元老院缴纳人头税，这样，那些城邦所付出的金钱的心力就统统白费了。在内战时期常常发生这种尔虞我诈的丑行，譬如有些人一旦身居高位就会不念旧情地将那些曾经信赖过他们的人置于死地。法官可以朝令夕改，但所有的痛苦都必须由那些无能为力的人去承受；师傅鞭打自己的弟子，因为他听从了自己的话；带路人鞭打那些跟随他们的人，仅仅因为他们跟从着他的脚步。这种所谓的公正多么令人寒心！哲学上有些论断既是谬误又软弱无力。比如有个所谓的哲人曾经给我举过一个例子：为了阐明个人功利应该高于誓言和信义，但他的论说并未因为添加了具体的事例而更具有说服力。强盗抓住了你，仅仅让你发个誓说要给他们一笔钱便将你放了。有人说，因为他已经逃脱了强盗的手掌，所以他根本就没有必要将自己在被迫情况下所发下的誓言视之为誓言，我认为这种看法不对。如果你可以将誓言分成在特定情境下的誓言和平常状态的誓言，你就很可能会在想逃避某个誓言的时候找个什么借口，让别人认为你在发誓时受了什么人的逼迫。如此一来，你就会在内心松懈下来，认为每一个誓言都有存在的具体情境，这些条件一变，所有的誓言就不再具有任何的约束力。因此，你因恐惧而许诺的东西，在恐惧解除后，你仍应当谨守之。即便你只是在恐惧的逼迫下并不情愿地作了一个口头的承诺，你也应该严格地兑现自己的诺言。至于我而言，假如我在某些场合轻率地向什么人许下了超过自己甘愿允诺的东西，虽会有些后悔，也动过想收回承诺的念头，但我绝对会感到良心不安。"守信者何需别人强按头"，① 只有当我们向别人允诺的事情本身是极不正义或者罪恶的时候，我们才有权原谅自己的食言，因为道德的权利优先于责任的权利。

---

① 原文为拉丁语。出自西塞罗的《论职责》。

　　过去我曾把伊巴密浓达①排在杰出人物之首，我现在也一样如此认为。他把重视个人的职责提到怎样的高度呀！即便在捍卫自己的国家不受外敌侵略这样的伟业中，他从不会将手下败将处死，他会为那些未经过正式的法律程序便处死暴君及其宠臣和同伙的行为而感到于心不安。他认为，一个人不管他对待自己城邦的公民及亲友是如何仁慈，如果他在打仗时对敌人阵营中的敌人和朋友能够冷血到残忍的地步，就只能说明他本质上是一个凶恶之徒。伊巴密浓达真是一位情感丰富的英雄！他把人世间最严酷最残暴的一面与善良、人道乃至于哲学中最深沉的、最细腻的人类情感都水乳交融地结合在一起了。这个在痛苦、死亡、贫穷面前具有如此粗犷、豪迈、不屈不挠的勇气的人，是与生俱来的性格使然，还是后天的修养使他的人格臻于如此的温柔和仁厚呢？虽然在战争的血雨腥风中他是一位令人望而生畏的英雄，他向来所向披靡，对他人来说不可战胜的城邦对他而言攻无不克。但是在这样一场生死攸关的战役中，只要碰到自己的朋友和客人他总是退避三舍。在狰狞而残酷的战争中，他始终如一地用自己的宽容和温厚将杀戮牢牢地控制住。正如在一匹脱缰野马浑身发热、口吐狂热的白沫、四蹄横空而起的时候为它套上嚼嘴的人才是最优秀的骑手一样，伊巴密浓达的力量便体现在他可以举重若轻地掌控战争的步调和大局。能在遵循弱肉强食的战场中显示出宽容和克制，真是一个奇迹。有个人②对马麦丁人③说：约定俗成的法律能否实行全在手执武器的人身上这种说法并不是放之四海而皆准的。另一个人④对护民官说：公正而宽容的时代与战争的时代是截然不同的两码事；然而，正在这时还有一个人⑤却说，兵戎相见的场面不仅使人们彻底淡忘了法律与礼貌的价值，也使人们忘却文明的价值而沦落为野兽。他不是也曾在出征之

------

　　①　伊巴密浓达（公元前 418—前 362），古希腊底比斯城邦的著名政治家和军事家。
　　②　指庞培。
　　③　指公元前 3 世纪的意大利雇佣兵。
　　④　指古罗马独裁者恺撒。
　　⑤　指古罗马政治家、军事家马略。

坦率的言谈能够打开对方的心扉，就像真挚的爱情和香醇的美酒一样让人们把心底的话儿流露出来。

前必向缪斯女神祭献，祈求她用自己的温和与欢乐柔化战神的狂暴和残忍吗？

有伊巴密浓达这样的先驱做表率，我们可以企望自己：即使在血雨腥风的战场，即使面对的都是你死我活般生死攸关的敌人，我们的行为依然可以见证善与恶；公共利益不应要求所有人牺牲自己的人格来成就它；"即使在剧烈动荡的社会中，仍然应该谨记个人的权利；"①"任何权势都不允许侵犯友情的权益"；②"对一个正派人而言，即使是为了效忠国王、公共事务和法律，也绝不应该无所不为；对国家的义务决不是在任何情况下都高于其他义务，居民们恪守孝道也同时有利于国家利益。"③ 上述的古训几乎符合任何时代。无须让刀剑把我们的心肠磨砺得如铁石般坚硬，我们有强健坚实的肩膀就已足够；我们的笔只要蘸着墨水就可以写字，无需一定要蘸着鲜血。虽然为公共利益或尽忠职守而将友情、爱情、亲情、义务和诺言弃之不顾需要大无畏的气魄，是一种难能可贵的美德，但是——虽然我们可以谅解——这种气魄绝不能与伊巴密浓达的气魄相提并论。

另有一位狂妄之徒④曾用下述丧失人性的话语来激励自己的士兵们，令我十分的憎恶：

> 在刀光剑影中，
> 别让任何思绪牵动你的孝心，
> 哪怕在敌人的队伍里看见了你的父亲，
> 你们也要毫不犹豫地举起剑，劈向那可敬的面容。⑤
>
> ——卢卡努

---

① 原文为拉丁语。此句引自古罗马史学家提图斯·李维的《罗马史》。

② 原文为拉丁语。引自古罗马诗人奥维德的诗句。

③ 原文为拉丁语。引自西塞罗的话。

④ 指古罗马独裁者恺撒。

⑤ 原文为拉丁语。引自古罗马诗人卢卡努（公元39 65）的长诗《法萨卢斯之战》第七章中恺撒在出征前给士兵们的训令。

千万别听那些天性凶残、六亲不认、嗜血成性之徒宣扬的这种所谓的勇敢和理智，最勇敢的心总是饱含着情感。抛却那些超乎寻常的、不可企及的"勇敢"，我们要取法的是最有人情味的行为。世间有多少事因时而异、因人而异啊！在庞培与西纳的内战期间，在一次双方交战中，庞培手下的一名士兵无意间杀死自己的亲兄弟，当即便因悔恨痛惜而自刎；数年以后，在那同一个民族的另一次内战中，另一位士兵却因杀害了自己的亲弟兄向元帅邀功求赏。

人们很难根据一个行为是否带有明显的功利性来判断其是否是光明正大抑或是卑鄙龌龊的；也很难根据一个行为是否有用来要求别人接受和效法它。

　　　　并非所有善事、好事都适合所有人。①

倘若要让我们选出对人类社会最必需和最有用的行为，无疑大多数人都会认为是婚姻；然而，尽管如此，那些有信仰的圣徒们却把这个人类最高尚的行为排除在自己的生活之外，他们觉得不结婚的生活也可以非常圆满。

---

　　① 原文为拉丁文。引自古罗马诗人普罗佩尔修斯（公元前47—前15）的《哀歌》第三卷。

怯懦是暴虐的根由

常听人说，怯懦是暴虐的根由。

据我的了解，怯懦这种与非人道的、乖戾而粗暴的凶残相对应的性格，每每伴有女人气的软弱。有些人虽性情暴烈乖戾，却会为鸡毛蒜皮的小事而落泪。费莱阿的暴君亚历山大生性冷酷凶残，每天都杀人无数，可是他却不允许剧院里上演凄楚的悲剧，因为他害怕自己的臣民们看见他为赫卡柏和安德洛玛刻的不幸遭遇潸然泪下、悲叹惋惜。是不是因为心灵的软弱才使他们变得如此仁慈？

> 当敌人朝我们卑躬屈膝时，我们的英勇就跑到九霄云外去了（遇到的抵抗越顽强，我们就变得越英勇），勇士只爱杀那些拼死抵抗的公牛。
>
> ——克劳迪乌斯

就在欢庆胜利的当头，怯懦便已乘虚而入。既然我们不能在群雄逐鹿的战场上叱咤风云，那就让我们将屠刀对准那些手无寸铁的平民大众和老弱病残吧，毕竟沾满鲜血的双手可以让我们误以为自己是浴血奋战的英雄。我们常常发现，那些在胜利后的大屠杀表现得最为凶残的人往往是那些在真正的战场上最胆小怕事的士兵或军官；在由乌合之众挑起的战乱中，之所以会屡屡发生耸人听闻的残暴行为，是因为那些一无是处的无能之辈觉得自己在真正勇敢的人面前实在逞不了英雄,所以便惺惺相惜地抱成一团,大肆杀戮那些比他们还要懦弱的平民大众。其实,但凡是那些内心坚定的人从来不会欺凌比自己柔弱的人,而需要用外在的英勇行为来证明自己的人往往都是一些内心懦弱的人。他们大开杀戒、血染双手,恨不得将脚下早已奄奄一息的躯体撕得粉碎:

> 怯懦的狼、熊以及所有最卑劣的掠食者,猛烈扑向那些毫无抵抗能力的垂死者!

> ——奥维德

　　犹如一群胆小卑下的恶狗,没敢在野外攻击更强大的野兽,只好回家去撕咬同类的皮肉。是什么使得我们现在的战争如此血腥猛烈呢?我们的祖先即使复仇也会有所克制、有所不为,而我们却从一开始就走极端,一上来就大开杀戒,倘若这不是受我们内心怯懦的驱使,又怎么会这样呢?众所周知,兵法中的上上之策是伐谋,其次伐交,再其次攻城,其下伐兵。打击敌人、迫使敌人屈服的最好策略应该是不战而屈人之兵,这种方式与敌人短兵相接、最终杀得血流成河相比,前者不但显得有勇有谋、英勇无畏,更表现出对敌人人格的尊重。而且,倘若我们的目的只是为了复仇的话,那么决胜于庙堂之上而不动兵戈的方式更有利于让敌人对我们心存畏惧,因为他们眼巴巴地看到自己沦为了敌人的败军之将。正如我们把一个人杀死了,他就不可能感受到我们的复仇了!向一头咬伤我们的野兽或一块击伤我们的石头发起进攻是愚蠢的,因为它们根本感觉不到我们的复仇。

　　布亚斯对一个恶人喊道:"我知道你迟早要遭报应的,不过恐怕我是看不到了。"当布亚斯看见奥尔霍迈诺斯人惩罚曾经背叛过他们的利西斯库斯时,他抱怨他们对利西斯库斯的惩罚来得很不是时候,因为那些最希望见到这个惩罚的人、那些从这个惩罚中最能获得快意的人如今都已作古。复仇也一样:当复仇者无法从复仇中获得惬意和快感时,这样的复仇就失去了意义。因为,正如复仇者想从复仇中获得快乐一样，被复仇者也应该从别人的复仇中得到痛苦并对过往的所作所为感到懊悔。

我们常说："他迟早会后悔的。"可是，假如我们朝他脑袋上开了一枪，他还会后悔吗？恰恰相反，如果我们一枪打死他，他不仅不会后悔，还会对我们的干脆利落感到称心如意，让他迅速而毫无痛苦地死去，这是复仇者给予他最大的恩泽，他倒下时恐怕也会心存感激地朝我们扮个鬼脸。死去的人安息了，而我们却要东躲西藏，躲避穷追不舍的法官。杀了他，他便彻底解脱了，从此安安静静、无人打搅。这种方式有利于将来不再受敌人的进攻，却不利于对他的复仇：这样做，惧怕多于无畏，审慎多于勇敢，防御多于进攻。显而易见，这种方式不但有损我们的名声，而且与我们的复仇目的也是背道而驰的；我们杀死敌人，只是怕他活在世上还会向我们发起进攻。

你杀死他，只是被动地防御对方的攻击，而不是主动地对付他、威胁他。

在纳森克王国，这么做将毫无用处。在这个国度，不仅军人，而且手艺人吵架也都动剑动刀。谁想格斗，国王决不会阻拦，若是贵族决斗，他还会在一旁观战助威，在决出胜负后，他甚至还会赏给胜者一条金链子做奖赏，如若谁人对国王赏赐的金项链感兴趣，他还可以同目前金链子的所有者进行一番较量；而对此刻拥有金链子的人而言，他的处境简直是岌岌可危：一场战斗刚刚结束，又有好几场战斗在等着他，而且每一场战斗都性命攸关。

一个想永远将敌人置于自己的掌控之下的人，一个时时刻刻想对敌人为所欲为的人，如果看到敌人摆脱我们的控制，比方说，看到他们死去，他就会异常恼火。要想控制一个人，最好的办法不是动刀动枪，而应该用更为巧妙而稳妥的办法；不过，对常人而言，我们在争吵时往往更重视结果，而漠视荣誉。虽然阿希尼乌斯·波利奥是个很有教养的人，不过他也犯过类似的错误：他很憎恨普兰库斯，于是写了篇批驳普兰库斯的文章，不过他没有勇气在普兰库斯活着时发表。与其说他是在向普兰库斯发泄怨恨，倒不如说他在向一个瞎子打蔑视的手势，向一个聋子说侮辱的话语，在殴打一个没有触觉感官的人。

因此，有人批评阿希尼乌斯·波利奥道：只有淘气的孩子才会同死人战斗。对于那些真正无所畏惧的复仇者而言，对于一个想以文章进行反击的人，没有一个会眼睁睁地看着自己的敌手死去而不即时采取复仇行动的。面对波利奥的做法，除了说他软弱无能又好争论外，人们还会对他做何评价呢？

有人对亚里士多德说，某某人在背地里说了他坏话，亚里士多德简单地答道："他还可以做得更过分，也可以鞭挞我，只要我不在场。"

古代的伟人们英勇无畏，对活着的和攻击他们的敌人也毫不畏惧。我们的祖先受了侮辱后惟一能做的就是反驳，受了驳斥便给予回击，不过如此而已。如今的人们一看见敌人在我们面前活蹦乱跳，就吓得失魂落魄；现在，我们不是奉行一种简单的做法：对那些伤害过我们或受过我们伤害的人，我们不是一律紧追不舍、想方设法要把他们置于死地吗？

在格斗中，我们不知从什么地方学来这种法子，非要让第二者、第三者、第四者陪在我们身边才敢拿起搏斗的利剑，这无疑也是一种内心卑怯的表现。从前称为决斗的玩意儿，而今只能称为战斗和搏斗。发明这一做法的人一定是懦弱而害怕孤独的：因为人人对生死都没有十足的把握。不言而喻，当有人陪伴在身旁时，当你处境危险时，他们不但能给你照应，而且还能带给你鼓舞和安慰。从前让第三者在场只是为了给战斗的结果作证，只是为了避免在格斗中出乱子或出现弄虚作假和背信弃义的行为，可是，自从第三者们也加入到战斗中来以来，被邀者的角色就不是简简单单、老老实实地当观众了，因为受邀的第三者也害怕别人指责他们对自己的朋友不够赤诚或被别人称为胆小鬼。

对一个勇敢而自信的人而言，绝不应将无辜的第三者牵连到自己的恩怨当中来代自己受过，把自己的命运硬同毫无关联的第二个人绑在一起，这种做法不但对被无辜牵连的人不公平，而且对自己的荣誉和信誉也是有百害而无一利的。人所谓借别人的力量和胆量来捍卫自己的荣誉，这种做法是极不公正、不体面的。每个人身处这样一个危机四伏的世界，冒的风险已经够多的了，如果再为另一个人去冒险、受别人的牵连简直是一种无法承受之重负。各人靠自己的力量捍卫自己的荣誉和信誉已很艰难，怎能再承受旁人的危机！除非事先有约在先，否则这种新式的、二对二交战，就是一种被牵连者无法置身事外的、互相牵连式的格斗方式。如果你的朋友倒下了，你就将理所当然地面对两个敌人。有人说，这种二对一的格斗充分显示了当事人的怯懦。的确如此，在这种毫无公正性可言的格斗中，要么是你自己全副武装，却发现对手只是一个手握短剑的人，或者你已身负重伤，而你的对手却毫发无伤。不过，如果你的优势是你在战斗中亲自争取赢得的，你便可以心安理得地利用。这种格斗方式要求每一个被牵连进去的人在开始时就应该考虑到可能出现的力量的悬殊和不对等。再说，在现实的世界中，所谓的公平和平等也只不过是句空话，左右我们的命运从来也不会相信公平。当你的两名助手都已受伤致死，当你一个人不得不应付三个人的时候，对方对你的优势是毋庸置疑的，正如在战争中，当我看见敌人在同我们的人肉搏，我也会不假思索地刺敌人一剑。根据人际关系的准则，哪里有两军对峙（例如，奥尔良公爵向英格兰国王亨利挑战，两军的人力对比是：一百对一百；阿尔戈斯人和斯巴达人作战时人力对比是：三百对三百；贺拉提乌斯兄弟与库里阿提乌斯兄弟之间的战斗是三对三），在这种严格区分了立场的战斗中，每一方参战的人数再多，其实也只相当于一个人的效用。哪里有人群相伴，运气就要掺和进去。

　　上述的论述对我颇有借鉴意义。马特科隆老爷是我的一个弟兄，他就曾应邀到意大利去给一位相交不深的绅士助战，而这个绅士也是被迫才参与到这场格斗中来的。这场决斗中的两个人当中，马特科隆的对手碰巧住得离马特科隆家很近，而且他们之间也相互熟悉（我很了解格斗的规则，它们往往都是与理性的规则背道而驰的）。马特科隆在杀死对手后，见主要的决斗尚未决出胜负，于是马特科隆就去帮助他的伙伴了。出于人性的公正和平等，他的确不应该参与进去，以绝对的强势干掉对方，可是出于友情和道义上来说，他却不得不这样做！难道他反倒应该袖手旁观，眼看着对方——如果命该如此的话——将自己的同伴置于死地？他难道不是为了捍卫他的伙伴才来的吗？鹿死谁手尚无定论，他在决斗中只能做那些他分内该做的事，至于结果是旗开得胜还是无补于事，他却无从预料。如果你是决斗的发起人，倘若你的敌人已身负重伤、处于劣势，你可以选择放他一马，或对他以礼相待，然而，如果你是在为别人效劳，你充当的不过是随从而不是纠纷的主人，在这种情况下，你就没有选择对敌人宽厚仁慈的权利。我的弟兄马特科隆老爷当时也是身不由己，毕竟自己和别人的命运捆在了一起，就无从奢望能做到公正和礼貌了。在杀害了对手后，我的弟兄便被捕关进意大利的监狱。好在有法国国王及时而恳切的请求，我兄弟才得以从意大利监牢中释放出来。

我们的恶习和荒唐远扬世界还嫌不够，还要亲自跑到别的国家去让人家一睹我们的丑恶习气，真是个莽撞而轻率的民族！倘若你把三个法国人放到利比亚的沙漠里去，不出一个月，你就发现他们必定会互生龃龉、相互攻击；跑到外国去决斗，简直就是自曝家丑，尤其是那些乐于嘲笑和讥讽我们国家恶习的人，他们定会从我们的惨剧中得到茶余饭后的谈资的。

我们喜欢到意大利去学习剑术，不过略懂皮毛，便开始拿我们的身体来当靶子使。按照学习的规律，知行应当合一，可是，我们法国人却一向喜欢先行而后知。

> 这是对青少年的严酷考验，
> 更是对未来战争的实战演习。
>
> ——维吉尔

我深知，剑术的高低对格斗的结果起着至关重要的作用（在西班牙，有两位表兄弟——他俩也都贵为亲王——决斗，据李维的史书记载，年长的那位亲王擅长于谋略，剑术也卓越高超，而年轻的那位亲王却对剑术和机谋一窍不通；在这样明显的优劣局势下，那位老练的亲王不费吹灰之力便获得了胜利）。我也曾亲眼目睹过，那些剑术卓尔不群的人是如何凭借自己的实力，在格斗时变得异乎寻常地英勇。不过，纯粹的精于剑术，并非真正的勇敢。因为剑术只是一种技艺，它的自身并不包含机智和勇气，它的根基不是自身。我以为，决斗的荣耀在于比较双方的勇气而非纯粹的技艺。我所欣赏的一位朋友在这个方面为大家做了一个表率。虽然我的这位朋友的剑术闻名遐迩，可是在决斗时，他却宁愿选择一种自己并不擅长的、完全取决于运气和勇气的武器，以免当自己在决斗中获胜后人家会把他的胜利归咎于他的剑术而不是他本人的勇敢。记得在我孩提时代，贵族们大抵都不喜欢别人称赞他们是好剑手。他们视这种在今天看来是恭维的话为侮辱。那时，人们学剑时常常要避人耳目、偷偷摸摸，仿佛在干一件见不得人的勾当。在古人眼里，见到剑锋却不敢光明正大地迎上去，反倒要躲躲闪闪、委委琐琐，这着实是与真正而朴实的勇敢相悖的，因此他们对剑术也就有了一种本能的反感。

> 躲开、躲闪、躲避！
> 他们对这一连串的词憎恶至极。
> 在他们的心目中，技巧向来无益于决斗。
> 勇气、自信才有真正的价值，
> 直率和真诚令他们鄙视一切投机取巧。
> 剑锋相撞的丁当声未能使他们心惊，
> 他们仍坚持战斗，决不后退半步，
> 步履始终不乱，手也不停地出击，
> 剑锋与剑刃交替袭击自己的敌人。
>
> ——塔索

　　为了应对将来的战争，武士们常常在围墙内互相拼杀习练武艺，把战友的躯体当成活靶子；而为了格斗而修习剑术的人却只为个人目的，他们肆无忌惮地违背法律和法规的约束互相残杀，每每给他人和社会造成巨大的损失，因而显得不够高尚。我个人认为：只有出于安邦定国、保卫家园的目的而修习武艺才是值得提倡和鼓励的，倘若自己的技艺有损于国家和个人，这种技艺就是不值得称颂的。

　　历史上第一位教导士兵正确运用武艺的人是罗马执政官普布利乌

斯·卢提利乌斯，因为他把外在的技艺和内心的勇敢结合起来训练自己的士兵。而且他认为这种技艺和勇敢只有用于捍卫罗马人民的家园时才是值得称道的，所以他绝不允许自己的士兵将自己的精湛武艺用于报私仇。为了公平和正义他们开始舞刀练剑！在法萨卢斯战役中，恺撒令他的士兵只砍庞培的士兵们的面部。除恺撒外，古罗马的其他将领也曾想发明一种可以根据自己的具体要求灵活地进行攻击或防御的新武器。菲洛皮门擅长格斗，却不赞成格斗，因为格斗的训练目的同捍卫家园式的军事训练是背道而驰的。他认为一个正直的人惟一应该感兴趣的技艺训练便是军事训练，我个人很赞成菲洛皮门的观点。不过，我反对我们现在的训练方式：教练们把自己的注意力都放在了如何训练士兵们四肢的灵活性上面了，让年轻人在训练中学习躲躲闪闪、迂回退让。我认为在战争中最重要的素质是敢于与对手做正面的交锋，一切投机取巧、偷奸耍滑都是与战争的规则水火不容的。

　　而且，在为格斗做准备的技艺训练中，我们通常用上与战争和打仗相同的武器。不过，当一个绅士被迫卷入一场格斗中而不得不使用刀剑和匕首拼杀时，虽然他遭遇到的那种危险丝毫不亚于在短兵相接的战争中的危险，但是格斗的规则却剥夺了他穿戴盔甲的权利。在柏拉图的对话集中，拉凯斯在谈到那些与我国相似的习武方式时说：他从没看到过这样的训练方法造就过任何一个伟大的将领，出来的最多不过是一些二三流的指挥官而已。拉凯斯的看法我个人非常赞同：擅长于剑和匕首的能力倘若不用于正义的目的，倘若不能坚定我们内心的勇气，那就不如对它一无所知。至少，用于格斗的技能是一种无助于任何方面的能力。柏拉图在其《理想国》中也曾谈到过儿童教育问题，他反对教导儿童们动不动就挥舞自己的拳头（这种恶习是从阿密斯科和厄佩乌斯两个人开始的）或是意气用事似的格斗（由安泰俄斯和刻耳喀翁起头的）。因为这些技巧对战争毫无助益，反倒是让他们养成了一种愚蠢而鲁莽的匪气。

　　下面举几个比较极端的例子：

　　　　东罗马帝国皇帝莫里斯做了一个梦，梦里有明确的征兆向他

预示了一位叫福卡斯的无名之辈将会置他于死地。出于对自己性命的担忧，他便问自己的女婿菲利浦，福卡斯是何许人，他的性情、习惯和社会地位如何。菲利浦只说福卡斯是个怯懦而卑劣的人，莫里斯皇帝于是立刻下结论说：这个人恐怕是个凶残至极的杀人狂。我个人认为那些从表面上看起来卑躬屈膝、唯唯诺诺的人真正残暴起来时会比那些平时处事极有魄力的人更为凶残，因为他们把平时自己从外界承受的屈辱落寞都发泄在那些比他们自己还无能的人身上了。那些动不动就大开杀戒的暴君也是如此，与其说是出于对安全的忧虑还不如说是出于自己内心的怯懦，为了确保自己的统治，最好的办法是把那些可能的异端和对手赶尽杀绝，以免后患无穷。

　　害怕一切，便打击一切。

——克劳迪乌斯

　　最初是为了更有力地统御而施虐，后来是由于担心被损害的人的报复而施暴。于是暴君们便像得了强迫症一样施行了一个又一个新的暴行，以此来掩盖先前的暴行，形如那些无法放下屠刀的连环杀手一般。那位与罗马人纠缠不清的马其顿国王腓力就曾下令对罗马人民大开杀戒，可是在大屠杀过后他简直无法直面那些只剩下孤儿寡母的残缺家庭，于是他便决定将那些家庭满门抄斩，这样他才终于睡上了安稳觉。

　　精彩的内容不管放在哪里，总会显露出自己的光华。我向来看重的是话语的分量和内容，而不在乎它们呈现的次序和形式，也不大考虑自己说话的方式。因此，我不怕在这里——一个不大引人注目的地方，插进一个感人至深的故事：凶残成性的腓力五世在施行其暴政时曾让成百上千的人家破人亡，色萨利君王赫罗迪斯库也在此列。腓力五世在杀死赫罗迪斯库之后，除了不放过他的幼子外，又将赫罗迪斯库的两个女婿也杀害了。赫罗迪斯库的两个女儿泰奥克塞娜和阿尔科不仅容貌秀雅、举止端庄，而且性情异常的坚定刚烈。她们的丈夫被害以后，追求她们的人络绎不绝，可是泰奥克塞娜始终不为所动，没有再嫁。而阿尔科经过认真的考虑后选择了嫁给古希腊英雄埃涅阿斯的后裔中的佼佼者——一位名为波里斯的男子，她再婚后为波里斯生了很多孩子。由于日夜为家事和孩子们操劳，阿尔科在孩子们年纪尚小的时候便溘然长逝了。出于对侄儿们慈母般的怜爱，泰奥克塞娜决心抚育和教导他们，于是她便毅然嫁给了波里斯。可是腓力五世又颁发对她及她的家庭不利的谕令，要她交出自己的孩子们。这位勇敢的母亲料到腓力五世会对自己的养子和养女们狠下杀手，腓力五世的爪牙们一定会让自己的孩子遭受非人的折磨，于是便对自己的丈夫说：她宁可自己亲自下手杀死他们，也决不愿将他们交到腓力五世的手上。波里斯见妻子意见坚决，就不忍心违逆她的建议。他于是答应自己的妻子设法帮助她把自己的孩子们偷偷带到雅典去，将他们寄养在一些忠实可靠的人家里。他们准备趁一年一度的埃涅阿斯节实施这个计划——逃离故土到雅典去。那天，他们在白天里神色如常地参加了埃涅阿斯节的所有庆典活动及宴会，夜里，他们便登上一艘事先备好的船，从海路上前往雅典城邦。不幸的是：那天他们正好赶上逆风，虽加足马力行了一夜，罗马城的轮廓仍依稀可辨。而那些觉察到他们逃跑意图的国王的手下们开始在他们身后步步紧逼，波里斯只好不停地催促船夫加速行进，不过追逐者的船还是渐渐逼近了。心急如焚的泰奥克塞娜出于绝望，又滋生了最初的想法：她把刀剑和致命的毒药放到孩子们面前，对他们说："瞧，孩子们，事到如今，死是惟一能保护你们、给你们自由的办法。死是诸神给予你们的最有尊严的选择。这几把带着寒光的剑，这几杯稀松平常的毒酒，将为你们打开通往自由和福祉的大门：拿出气概来，我的儿子！你是老大，握住这把剑吧，死也要死得英烈些。"一边是激烈劝导的慈母，另一边是杀气腾腾的追兵，孩子们来不及多想便一拥而上，各自抢走离自己最近的武器和毒酒。泰奥克塞娜乘他们尚未断气就把他们扔进了大海——一个绝对安全和自由的国度。泰奥克塞娜在把孩子们有尊严地送走后，内心感到由衷的自豪，她热烈地拥抱丈夫，对他说："朋友，我们也跟孩子们一块儿上道吧！"说完，他们相拥着双双跳进海里。那条追逐他们的船最后只能一无所获地返回罗马。

暴君们不仅仅想杀死那些与自己的见解不合的人，而且还想要那些牺牲者在死前受尽他的凌辱和折磨，看够他们的脸色。所以他们在处罚自己的敌人时，他越是憎恨对方，越不肯轻易结果对方的性命。对待自己恨之入骨的敌人，暴君们要竭尽全力地延长他们的生命，让他们在细细品味被报复的滋味后再慢慢死去。所以在设计和使用刑罚时他们也遭遇了两难的困境：用刑过于激烈，他们的生命就不会持续得太久；刑罚用得温和一些，虽则他们会死得慢些，但这种惩罚就不会太让敌人痛苦。于是，他们必须殚精竭虑地在刑具中精挑细选，甚至使上了心理战这种非人的虐待手段。在古代，这样的例子简直俯拾皆是；在当今，这些野蛮而丑陋的恶习依旧有顽强的生命力。

　　凡是非自然地结束生命的做法，在我看来都是极端残酷的。有些人虽然畏惧砍头或是上绞刑架，但怕死的心态却无法阻止他们继续犯错，对于这些人，即使我们用火刑、钳烙刑或车轮刑来威慑他们、阻止他们犯罪，同样不会产生明显的效果。但我不知道将他们绑在车轮上，或按老办法将他们钉在十字架上，一天二十四小时地与死神相对，他们的内心会处于什么状态？他们会陷入一种彻底的绝望吗？犹太史学家约瑟夫斯在自己的著作中记叙道：在罗马人入侵犹地亚、同犹太人打仗的时候，他曾在犹地亚逗留过一段日子。有一天他在经过一个广场时，见到有几个犹太人被钉在了十字架上，这些人是在三天前就被钉上十字架的。约瑟夫斯认出在这些忍受酷刑的人中有三位是自己的朋友，在几经交涉后他才获准将自己的朋友们从十字架上放下来。他说，后来其中的两位死了，另一位还活着。

　　卡尔科孔狄利斯——一个我非常信赖的人——在其回忆录中叙述了在他生活的那个时代所发生的事。在卡尔科孔狄利斯的书中，他提到穆罕默德二世经常采用一种极刑：他喜用弯形大刀将犯人从横膈膜处拦腰截成两段，这样，他就会觉得自己一下子结果了两个人的性命。卡尔科孔狄利斯说，穆罕默德二世认为那两段仍然充满生命的躯体要痛苦地挣扎很长时间才会失却知觉，不过，我并不认为身体斩成两段后，比身体浑然一体时忍受的痛苦更多。貌似最残忍的极刑，不一定让人觉得最痛苦。在其他一些历史学家中还谈到了穆罕默德二世对埃皮鲁斯的某些领主使用的酷刑，我认为这些刑罚的残酷性比起腰斩来有过之而无不及：穆罕默德二世命令手下按部就班地每天从埃皮鲁斯领主们身上剥下一块肉皮，每天不多不少，直至持续到十五天。

　　下面再举两个例子。克罗伊斯下令逮捕一名贵族，这名贵族是克罗伊斯的兄弟潘塔莱翁手下的红人。随后他便将那位贵族带到一位制呢工的小作坊，然后用梳毛板刷和梳子在他身上梳刮，直到他被刮死为止。另一个例子涉及到波兰的农民起义的领袖乔治·塞谢尔，这个人本身利欲熏心、善于为一己私利而鼓动下层民众为他卖命，他一生做的坏事简直是罄竹难书。在一次战役中，他不幸被特兰西瓦尼亚省省长打败并当了省长的俘虏，特兰西瓦尼亚省省长命人将他赤身裸体绑在木架上拷问了三天三夜，他后来遭受的折磨简直是人们难以想象的。在他受刑期间，审讯者不但不让他吃饭喝水，而且，在他被折磨得奄奄一息的弥留之际，刽子手们竟逼迫他的同胞兄弟喝他的血。他苦苦哀求刽子手，希望他们让自己独自承担自己的过错，不要让自己的兄弟替他受过做出这种手足相残的罪行。接着，审讯者们又让二十个他平素最宠爱的将领撕咬他的躯体，并让他们将血淋淋的肉块吞下肚里。在把他折磨致死后，他们又把他支离破碎的躯体和内脏煮熟，让他的其他部下吃下肚去。

情感驱使我们
追逐未来

有人指出：人类的主要谬误乃是盲目地追逐遥不可及的未来。他们告诫我们要注重手头可以把握的人和事，乐于满足于已经拥有的东西。就如同无法驾驭曾经的生活，对未来的事我们一样无从把握。如果我们能够明智到将人类忙忙碌碌地强迫自身不断完善自我的行为称之为迷误的话，我们倒不可不钦佩这些人深刻的洞察力。人的本性引导我们重视表象更甚于注重实质，所以我们总是惶惶不安地为过去后悔、为未来担忧，一味地谋求从就不属于我们的未来而不能安于现状，不能真实地品味当下的生活。因为我们只认为未来的生活才是我们的目标，因此今天就只是为明天而存在。然而，我们既不活在过去也不活在未来，我们真正能够把握的只有此时此刻。忧虑、欲望和希冀都指向未来，我们这些情感在无意识中将我们的思绪抽离出现实的生活空间，并把我们抛在一个虚幻的假想世界里，于是未来便理所当然地成为我们关注的重心。"忧虑未来者是可悲的。"①

"专注于自己的事，要有自知之明"，人们通常将这箴言归功于柏拉图。这一简短精当的格言的前后两部分各为我们的行动和精神设立了终极目标，并且这两部分之间也是相辅相成、相互促进的。一个人要明白自己该做什么事，那么他首先应该有自知之明，要对自身的优

---

① 塞涅卡语。原文为拉丁语。

势和局限有全面而深刻的了解，明白自己能够做什么，明确自己应该做什么。有了自知之明，就不会多管别人的闲事。他应该做的就是成为他自己，爱惜他自己。同时做到这两点，他就不会不切实际地想不该想的，说不该说的。也不会徒劳无功、忙忙碌碌地追逐无从把握的。"愚蠢的人即使得到了自己想要的东西也从不餍足，而智者即使失去了一切依然恬然自适、自得其乐。"①

　　伊壁鸠鲁也认为真正的智者不应为未来的事担忧，也不必臆测将来的事。

---

　　①　西塞罗语。原文为拉丁语。

当心灵缺乏真实的目标时如何转移激情

　　我们当中的一位贵族得了严重的风湿症，当医生告诫他忌食咸肉时，他总风趣地回答：疾病和疼痛折磨得很厉害时，他要么叫嚣着香肠、牛舌，要么诅咒着火腿，有了这些没有情感的出气筒，他的痛风病仿佛真的减轻了不少。我无从得知这事的真实性，不过，如果我们抬起手来打人却击在了空中，那么我们就会更加的愤怒。同理，当观赏眼前赏心悦目的景色时，我们的视线也不会漫无目标，而是习惯将自己的视线定在某个适当的距离的某个具体的目标上：

　　　　如风一般，若无森林作屏障，就会消失在空茫的虚无。

　　　　　　　　　　　　　　　　　　　　——卢卡努

　　同样，如果心灵缺乏真实的目标，当它激动起来时也不免会迷失方向；因此，为了心灵的净化，我们应当为之提供一个发泄的途径。普鲁塔克①在评价那些在猴子和小狗身上体现爱心的人时说：人的心灵缺乏正当的目标时，与其说他们的生活是劳而无功的，还不如说这是一种既虚假而又轻浮的生活。我们发现当心灵冲动而又缺失真实的

----

　　① 普鲁塔克（约46—120），古希腊传记作家、散文家。被视为欧洲传记文学的先驱。

目标时，我们就会茫然失措，只是自欺欺人般的忙忙碌碌而没有切实的成果。甚至违背自己的一贯信仰，胡乱给自己制造一些伪目标或者随意地将能量发泄到无关的对象上去。

　　动物们的行为无疑就是遵循这条法则的。当它们突然发疯时就会无来由地攻击击中它们的石块和铁条，甚至因为身体体验到受伤的疼痛而报复自己，继而狠狠地狂咬自己发泄自己的愤懑：

> 帕诺尼的母熊被标枪击中，
> 于是变得愈加凶猛，
> 置自身的伤口于不顾，
> 固执地向无辜的标枪发起进攻，
> 翻滚着追逐躲闪的矛头。

——卢卡努

　　当我们被不幸冲昏了头脑时，什么样的东西不会成为我们归罪的对象？当我们肆意要将心中的怒火发泄出来时，做什么样的事会令我们感到出格？谁曾意识到，当我们的弟兄不幸饮弹身亡时，本该到别处出气而不该揪自己的头发、捶自己的胸脯来泄愤！在谈及罗马军队在西班牙痛失两位弟兄、两位高级将领时，李维说："所有将帅和士兵们当即痛哭流涕，猛捶自己的脑袋。"这不过是一种大家都不很留意的滑稽反应而已。哲学家尼翁在谈到一位因哀伤而猛揪自己头发的国王时，不无风趣地说："难道他认为秃顶可以减轻自己的哀伤？"我们也常常看见那些输了钱的人赌气将纸牌吞进腹中。失去理智的泽尔士一世也曾荒唐地鞭打过赫勒斯旁海峡，并给它拴上一根镣铐，命臣民大肆地鞭笞它。他还向阿托山发起过挑战；居鲁士横渡日努斯河时曾遭受了难以忍受的惊吓，因此他便把这笔账都记在了日努斯河的头上，日后他便命令自己的整个部队对它进行长达数日之久的报复行动。因为自己的母亲在某座房子里吃了些苦头，卡拉卡拉皇帝①便一怒将

---

　　①　卡拉卡拉（186—217），古罗马皇帝，于211—217年在位，以残暴著称。

那座典雅的宫殿夷为平地。

年轻时我曾听说过这样的传说：我们邻国的一位曾经遭到过上帝鞭笞的君主为了向上帝复仇，便命令自己的臣民在十年之内不许向上帝祷告，甚至不可以提起上帝。他还规定只要自己还在位，任何人不得信仰上帝。那位国王的行为与其说是愚昧无知，还不如说是妄自尊大。不过，这则传说的初衷只是为了弘扬那个国家所谓的民族自豪感而非揭示国王的愚蠢。通过这些惯常的事例我们可以看到这种盲目的恶习是如何在民众中因袭传承下来的。

当奥古斯都①皇帝在海上遭遇风暴的突然袭击后，便开始向海神尼普顿寻仇：他公然将海神从俄林波斯山的众神中清除了出去。当然，奥古斯都还做过比上述事件更荒唐的事：当瓦卢斯将军②在德国全军覆没后，出于愤恨和绝望，他一边高喊着"瓦卢斯，还我士兵！"一边用头猛撞墙壁。一遇到难以承受的事，出于本能，我们总是毫无来由地向上帝和命运女神求助，仿佛我们那些鸡毛蒜皮的小事也值得至高无上的神明们操心似的。就像色雷斯人那样，一遇到雷电天气，他们就胡乱向天空放箭，想借此迫使上帝屈从于他们的意志。不过，真实的状况正如普鲁塔克作品中的那位古代诗人所言的那样：

> 犯不着对神灵发泄自己的怨恨，
> 他们从不在意我们的怒火。
> 不过，对自己的神经错乱，
> 我们向来缺乏自省精神。

---

① 奥古斯都（公元前63—14），即渥大维，古罗马帝国皇帝，公元前27—14年在位。恺撒的继承人及养子。

② 瓦卢斯将军，古罗马将军，公元前14年担任罗马执政官，卒于公元9年。

观念的风景

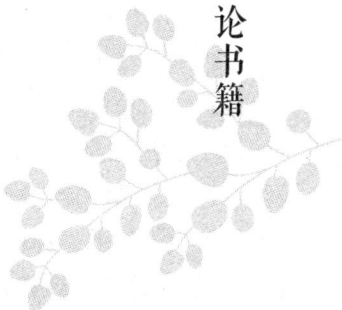

论书籍

一

有些问题由专家来涉猎可能会更深入、对读者来说也会更有助益，而我将要谈到的这个问题可能就属于此列。我写文章向来喜欢无拘无束地凭自己天性而为，本文也纯然是我兴之所至而非真正为学问之作，倘若谁认为我的文章不过是信口开河，我也会不以为意；因为我写书的目的只是为了自我排遣，我在本文中的观点只对我本人来说有意义，因为它是为我自己而作的，而且就算是我自己有时也会对自己的论点感到不满意。倘若谁是抱着要在这里获得学识的目的来看我的文章的，那就只好仁者见仁、智者见智了。说句实话，我向来不喜好违背自己的禀性一板一眼地做学问，因为我生性随意而疏懒，学究似的孜孜以求并不是我的擅长。我并不祈求人们凭借我的文章来认清世界的本相、或是探究真理，而想让大家通过这些文字来认识我、了解我这样一个独特的生命。在今后的某一天，或许我会对本文中涉及的事物有更为透彻的认识和了解，也或许我曾经对它们有过深入而透彻的了解，不幸的是当命运使我有幸深入洞察它们的真面目时，我却没有将当时的感受如实地记录下来。

我这人博览群书，但是阅后即忘。

除了说明在此时此刻我有些什么认识和感想以外，我什么都不能

107

向大家肯定和保证。如果读者期望从我所谈论的事物中去得到一些启迪，那么你们就不要过分地拘泥于我谈论的事实，而要从我谈这些事物的方式中去收获些东西。

或许是由于拙于辞令，抑或是由于思绪不清，总之，每当我无法适当地表述自己的思想时我就会将那些自己认为可以恰当地表达自己意思的话顺手拈来。譬如，读者可以审视我的引证是否选用得当，这些援引是否能够恰如其分地说明我的意图。对于引证，我从不以数计，而以质胜。倘若我漫无目的、不加选择地使用引言的话，我的引证至少会多出好几倍。除了极少数以外，我使用的这些引证都出自古代名家之手，他们声名卓著，不用我介绍也当为大家所熟知。这个世界充斥着一些精力充沛、以先锋思想自居的青年作家，他们的作品充满了浮躁的浅见，极易招致来自社会各界的非议，同时他们也会不识时务地如庸人般想去驳倒别人的观念和想法。为了让这些从不认真研读别人文章内容、更无暇探究别人文章的组织结构、一见到文章就条件反射般群起攻击的所谓评论家不要太鲁莽，我总是将自己的引言与我的说理和观念交织在一起，为了让那些古代的伟人们的说理和新观念与自己的文章臻于水乳交融，我偶尔也会刻意隐去被引用作者的名字，我要那些自以为是的所谓评论家错把普鲁塔克的思想当做我的观点来批驳，让他们将对我的不满和辱骂错安到塞涅卡身上而不自知。我要把自己隐藏在这些大人物背后躲避人们向我射来的利箭，以此获得一种思想的崇高和自由。

我欣赏那些真正能与我心意相通的人，因为他们会用清晰的判断力和敏锐的洞察力去辨别出我的文章中蕴含着的坚定和力量。我知道我的能力有限，而且我的记忆力也欠佳，因此我根本无法弄清我所引用的每句话的出处，也无法恰如其分地对它们分门别类。不过，我这个人素来有自知之明，我十分清楚自己耕耘的土地上能开出怎样的花朵，自己的果园里能结出怎样的果实，所以我只谈自己的切实感想而不会好高骛远。

如果我的文章虚妄矫饰，设若我的著作词不达意，而且在我自己对此茫然无知或者甚至在别人提醒和批驳之后仍无明显的起色，我认为自己对这些是难辞其咎的。我毫不否认自己对有些错误早已习以为常而无法察觉，但是倘若经过他人的指点，我还不能正视和改正这些错误，这就是我判断上的弊病了。学问和知识并不等于判断力，判断力也不能与学问和知识简单地划等号。我们甚至完全可以说：承认自己无知，反倒是人们具有高度判断力的最直接、最可靠的明证之一。

在我的文章中我喜欢随心所欲地安排自己的论点，而且在许多人看来这样的安排是毫无章法可言的。我崇尚一种即兴、随性式的遐想，一种自然无违本性的思绪；有些奇思妙想会蜂拥而来，有时却循序渐进，甚至很长时间内竟毫无进展。尽管步履凌乱，但我愿意走正常自然的步伐，从不强求自己在思想上超越自己的能力。我的文章全然是有感而发，没有经过刻意的斧凿，然而也绝非信口开河和漫无目标。

我的目的是悠游自在地而不是劳碌辛勤地度过余生，在世上没有一样东西我愿意为它呕心沥血，即使做学问也不愿意，即便在常人看来，做学问实在是一桩非常令人引以为傲的事。我非常希望能对自己感兴趣的事和物有一番深入而全面的了解，但是我认为自己付不起这样高昂的代价，我在书籍中漫游，追寻的也不过是恬然自适的乐趣。倘若硬要说搞研究，我寻找的也只是如何认识我自己，如何更好地享受生活，如何从容离世的学问：

这是我这匹淌汗的马应该朝之前进的目标。

——普鲁佩斯

我对自己阅读时遇到的问题，通常也抱着一种不求甚解的态度；只要是经过一两次的思考还得不到解答，我就会任其不了了之。

我生性是一个易于冲动的人，倘若我抓住某个问题不放，不仅我会无谓地浪费许多精力和时间，而且对于那些一思不得其解的问题，一再地思索反而会令我更加糊涂。孤注一掷地孜孜以求反而会使我的判断更加不清，当我的心境不佳时我很难把心思放在该注意的事情上。那时我的视觉也模糊了、茫然了，倘若我要洞察事情的真相，我必须收回视线再度对准焦点。犹如观察红布的颜色，我们的目光必须先放在红布上面，上下左右地转动，眼睛眨上好几次才能看准它的色彩。

　　如果这本书看烦了，我就会丢下它另换上一本，只有在无所事事或开始感到无聊的时候我才会再拿起它来翻一翻或悉心地研读。我对现代人的作品极少涉猎，因为我觉得古人的作品的内涵更为丰富也更严峻；我对希腊文知之甚少，所以我也从不阅读希腊人的作品。我自知即使我勉为其难地拿起它们来阅读，也难以深入地理解原著的内蕴，同时也无从运用我自己的判断力。

<h2 style="text-align:center">二</h2>

　　在那些纯属消闲类的现代作品中，我觉得可以让人把玩和品味的是薄伽丘的《十日谈》、拉伯雷的作品，以及让·塞贡的《吻》（假定我们可以把它们归在同一类的话）。至于《高卢的阿马迪斯》以及诸如此类著作，即使在懵懵懂懂的童年时代，也绝不会引起我的兴致。从前，奥维德的流畅笔法和诡谲故事曾令我痴迷不已，到如今却很难叫我心生留恋。我还要冒昧地说，时至今日，我这颗日渐老朽沉重的心不但不会为亚里士多德而且也不会为善良的奥维德颤动。

　　我可以对世间的一切事和物，包括那些超过我感知和理解的不属于我涉猎范围的事和物自由地表达我的意见。当我对某事物持有见解时，并不是指那件事物本身如何，而是指本人对它的见解如何。虽然从前的人对柏拉图的《阿克西奥切斯》推崇备至、评价甚高，我本人也根本不想故意违逆古代圣贤们的评论，不过当我认为对柏拉图这样一位境界很高的伟大作家来说《阿克西奥切斯》的确是一部极其苍白无力的作品，并且我对这本书深感厌倦时，我虽不认为自己的见解必然正确，然而我也不会随声附和别人以求心安理得。我不会因为别人的见解如何而责怪自己的看法，否定自己的真实感受。我相信自己的判断绝非只是停留在表象而没有深入到著作的内核之中，没有窥见作品隐藏的奥秘，或是没有从恰当的角度去看待和理解它。只要自己的判断能够始终如一地忠实于自己的内心感受，而不是颠三倒四、前后矛盾，我就不会将别人的见解纳入我自己的视野当中；即使我知道自己的判断与人们格格不入，我也绝不会改变初衷转而认同众议。对观念以及观念借以表现的自己的现象，只要对它们有了成见我就会直言不讳地给予表达，即使这些看法只是稍纵即逝的意念，即使它谈不上明晰也谈不上完善。伊索的大部分寓言包含着好几层意义和好几种理解，而那些认为在寓言中只包含一种隐喻的人，总是选择那种最符合寓言本意的一面来对它进行阐释；但在大多数情况下，这种理解只是寓言的最表层的意绪、最肤浅的意义；对于其他更生动、更深层次和更内在的内涵，他们无意去深入挖掘；而我却想在这个方面做些力所能及的工作。

三

那就沿着我的思绪的流动往下说吧：在诗歌方面，我一直觉得维吉尔、卢克莱修、卡图鲁斯和贺拉斯的成就卓尔不群；尤其值得称道的是维吉尔的《乔琪克》，我认为它是古往今来无可超越的诗歌杰作。我们把《乔琪克》和《埃涅阿斯记》两相比较不难想象，倘若维吉尔腾得出时间的话，他完全可以对《埃涅阿斯记》某些章节再进行一些调节和梳理。我个人觉得《埃涅阿斯记》的第五卷写得最为成功。卢卡努的著作令我爱不释手的原因并不仅仅是他清新纯朴的文笔，而在于它们内在的价值和中肯的评论。至于泰伦提乌斯——他的拉丁语素以妩媚典雅而著称于世——我觉得他的写作风格最适宜表现人物的心灵活动和人情风物。泰伦提乌斯的著作是极少数令我久读不厌的书之一，我每每从他的书中发现清新的典雅和超越凡尘的美。每当我的心从琐碎的世俗生活中暂时出离，我便会情不自禁地回想起他。

每当我读到卢克莱修最美的篇章时，便会不由自主地想起维吉尔。而那些稍后于维吉尔时代的人，也都不赞同将维吉尔和卢克莱修相提并论。我个人觉得这样的比较并非全然的不合适；如果人们认为这样的比较过于牵强附会，那么当他们见到时下的人竟愚蠢地把卢克莱修和亚里士多德作不伦不类的比较，不知道他们又该对这些人的蠢行作何感想了？倘若亚里士多德还活着，不知道他本人将对此作何感想？

　　哦！这个失却判断力、了无情趣的时代。

——卡图鲁斯

　　我认为把卢克莱修跟维吉尔比较，比将普劳图斯跟泰伦提乌斯（他的气质极为高贵）比较，更令古人感到心理平衡。罗马雄辩术之父西塞罗常把泰伦提乌斯挂在嘴上，说他当今独步，而罗马诗人的第一法官贺拉斯对他的朋友泰伦提乌斯也赞扬有加，这些足以令泰伦提乌斯声名远播，建立起自己的威望。

　　我经常感到惊讶不已：在我们这个时代，那些写喜剧为业的人（意大利人在这方面更是得心应手），只要抄袭泰伦提乌斯或普劳图斯剧本中的三四段话并稍加发挥就可自成一部不错的戏剧。他们常常把薄伽丘的五六个故事中的戏剧情节堆砌在一部剧本内，不过从他们过分地注重情节来看，说明他们对自己的剧本自身的价值缺乏自信心：他们必须依靠情节来支撑自己的观点，因此剧本中体现的观点就绝非是自足的。他们搜肠刮肚，已找不出什么可以令我们入迷和感动的东西了，就算是仅仅让我们看着有趣这点要求也很难达到，他们这些所谓作家们这种非原创式的写作方式与我所推崇的泰伦提乌斯的写作风格简直是不可同日而语。泰伦提乌斯的写作风格完美无缺，写作态度认真而严谨，他的每一句话都是忠实于自己的内心感受的。我们自始至终被他优美动人的语言吸引，而他的陈述方式又如此优雅得体、婉转动听，这就使我们完全可以不计较他的书中具体写了些什么内容，只需他温文尔雅的风度就足以令我们折服了。

　　宛如一条纯洁的河流一样清澈见底。

——贺拉斯

　　我们竟至遗忘了故事的美，因为语言本身的美就足以令我们的整个心灵陶醉了。

　　我的思绪沿着这个方向飘得更远了：古代杰出诗人最值得称道的

美质是清新自然，毫不矫饰，他们绝没有西班牙人和彼特拉克的信徒那种夸夸其谈、故弄玄虚，也没有后来几个世纪的诗歌中隐藏甚深的、绵里藏针的刻薄话。在那些具有真知灼见的评论家中没有一位在这方面对古人的诗歌创作有任何微词。我对卡图鲁斯的纯真自然、隽永明丽的短诗的喜爱，也远远超过了对马提雅尔那些机锋暗藏的刻薄诗句的欣赏。出于我在上面说的同样理由，马提雅尔也这样评论自己："犯不着我花费过多的功夫，故事便代替了才情。"前一类古代诗人们信手拈来都是笑料，不必违背自己的本心，无须刻意而为，也不必故作高深，便写出令人感动的作品。而后一类人则需要添枝加叶，结果只是画蛇添足：他们愈少才情，就愈需要情节的支撑。因为他们的双腿软弱无力，于是他们只好依靠骏马的步力来壮大自己。正如在舞会上一样，那些气质较差、舞艺拙劣的舞者，他们无法依据优雅曼妙的舞姿来表达出高贵的气度和典雅的气质，就只好用船夫般摇摇晃晃的丑怪动作来引人注目，甚或用上令人侧目的跳跃动作。对于妇女而言也是这样，那些真正的善舞者只需自然舒展地轻步慢移，保持日常行动般的优雅从容，而那些粗俗的舞女则身子乱颤乱动，前者的舞姿是与其高洁的禀性和良好的修养相适宜的，而后者的舞姿也暗示了舞者气质的低劣。那些没有达到较高修养的新手，必须在脸孔抹上厚厚的粉末，穿上奇装异服，摇头晃脑地扮鬼脸取悦于人，才能够引人发笑。而那些演技出色的演员们则只需穿上家常的服饰，保持惯常的行动和姿态，全凭浑然天成的素质和气质就可使我们得到完美的艺术享受。而我的这些看法在区分书籍的品质上也很适用：如果我们将《埃涅阿斯记》和《愤怒的罗兰》两相比较，就可以得到证实。《埃涅阿斯记》着笔稳实从容，立意高远，目标明确。而《愤怒的罗兰》的内容则显得过于繁复，从一件事转到另一件事，活像那些翅膀只能承受短途旅行的小鸟一样只能在枝头上飞飞停停，担心乏力喘不过气来，一段路后就要惦记着停下来歇息。

它只敢飞飞停停。

——维吉尔

四

　　诗歌方面，以上我提到的那些作家都是我所欣赏的。

　　除却诗歌，还有一些内容有趣且对我们极有教益的作品，这类著作可以很好地培养和陶冶我们的性情；普鲁塔克（自从他被介绍到法国以后）和塞涅卡的作品使我获益良多。在他们的书中，比如普鲁塔克的《短文集》和塞涅卡的《道德书简》，谈到的知识都是分成小段式议论的，这样的写作方式无须读者花费较长的阅读时间便可获得作者对某一特定问题的观点（因为对我这样生性疏懒的人来说花费长时间是我做不到的）。他们两人皆有这个共同特点，这种写作风格暗合了我的脾性：无需正襟危坐地阅读，可以随时拿起随时放下，因为每一篇之间并不存在着必然的联系。我认为《道德书简》是塞涅卡写得最好的篇章，当然它也是对读者最有教益的。这些作家在处世哲学上大抵是相似的；他们的命运轨迹也出奇地相仿：出生在同一个世纪，两人都曾做过罗马皇帝的老师，都出生国外而且都出生在有钱有势的家族。他们的著作写得简单明了，他们的学说是哲学的精华。普鲁塔克的文风平稳沉着，思想始终如一的坚定。而塞涅卡不苟言笑、爱好广博，情绪波动很大，他善于提高自己的道德力量去克服隐藏在内心深处的懦弱、畏惧心理和不良欲望；而普鲁塔克似乎并不在意这些缺点，更不愿郑重其事对它们严加防范。普鲁塔克性情温和宽容、适合于社会生活，他一直将柏拉图的学说视为至高无上的经典之作；塞涅卡则欣赏斯多葛和伊壁鸠鲁的观点，注重将自己信奉的教义用于生活的实践中。但是依我之见，斯多葛派和伊壁鸠鲁主义的教义不仅更严苛也更适合个人修养。塞涅卡似乎比普鲁塔克更易于屈从于他生活的那个时代的帝王们的暴政，出于对他性情的真正了解，我可以较为肯定地说：他谴责那些谋杀恺撒的自由卫士们的壮丽事业的文章，完全是在当权者的高压威逼下的应景之作；而普鲁塔克却如闲云野鹤般超然物外，身心了无拘束。塞涅卡的文章冷嘲热讽，辛辣无比；普鲁塔克的文章言之有物、措辞自然而有分量。塞涅卡的著作读起来会令你热血沸腾，心潮起伏；而普鲁塔克的著作则会令你赏心悦目、心旷神怡，必有所得。前者为你开道，后者给你指引。

至于西塞罗，虽然他的那些专门论述伦理哲学的著作对我的生活目标也是极有助益的，不过，我还是要直言不讳地说出自己对他的真实感受（既然我准备始终如一地遵从于自己的内心，所以其他的方面就大可不必顾忌了）：他那千篇一律、陈腐老套的写作方法着实令我感到厌倦透了。他总是按照序跋、定义、分类、词源等既定的写作套路来安排自己，随便哪部作品，这些项目占据了他作品中的大部分篇幅，以至于他作品中的闪光点和难得创见等生动的精华部分都湮没在乏味无趣的陈词滥调之中了。倘若我花上一个小时来阅读他的大作——这个时间段对我而言已经是相当长的了——然后再回想从中得到什么切实的教益，我就算发现自己的大部分时间都被浪费在他那些令人恼怒的陈词滥调中了。因为一个小时的时间有时根本就不足以让我在他的大作中触及到任何对我有用的论点，也无从解答使我关心的问题。我期望从书本中学到的不是博学雄辩，而是如何更为明智地做人，那些逻辑学、雄辩术以及亚里士多德的哲学对我的生活简直毫无助益。我希望作者一开始便先谈结论，我已经听够了人们议论死亡和肉欲，所以不需要他们再天花乱坠般地对它们津津乐道。为了应对日常生活发生的变故和痛苦，我需要他们提供坚实有力的措施，使我们可以尽可能镇定而从容地正视和应付这些不测。微妙的措辞、华美绮丽的文采并不能解决我们在生活中碰到的切实问题；我希望每一篇文章都能开门见山地直陈自己的见解和观点，而西塞罗的文章却拐弯抹角，显得极不坦率，看了令人生厌。他的这类文章适宜教学、诉讼和说教，因为在这些场合即使我们打了一刻钟的瞌睡，醒过来之后我们还可以接上开始的话头。而西塞罗的著作针对的读者更可能是那些无论有理无理你都要争取说服的法官，还有那些不把问题说透就不能领悟其中道理的孩子和凡夫俗子，因为只有对这些人才需要这样啰嗦的说话方式。我讨厌那些故弄玄虚、拼命想引起别人的注意的人的做派，他们活像我们的传令官似的，常常一连五十次对着我喊："嗨，听着！"罗马人在祭礼中只是简短地喊一句："注意啦！"而在我们国家

则喊："鼓起勇气！"对我而言这纯属废话，这些繁文缛节往往适得其
反。我既然来了肯定心中早已有了准备，犯不着再借用别的东西刺激
食欲或添油加醋：给我生肉我也可以咽下去。

五

或许是出于我的无知，我竟无法消受和欣赏柏拉图的美文！我个
人觉得柏拉图的《对话录》过于拖沓，结果让那些闪着异彩的光华湮
没在冗长而琐碎的论述中。像柏拉图这样绝不能用平庸来形容的伟人，
本应该将自己有限的精力和时间放在那些充满创意和灵韵的思考上，
可令人感到遗憾的是：他却花大把的时间去写那些像西塞罗之流所写
的漫无所归、不着边际的长篇大论。不知道我这样坦诚地陈述自己对
柏拉图的看法是否会得到世俗的宽恕？

我希望每一本呈现在我面前的书都包含着作者的真知灼见，而不
是仅仅将各种知识当成书籍的点缀而没有自己的创见。

我最为欣赏的是那些行文简洁明了、言之有物而有作者创见的书
籍。我并不需要作者提醒我什么地方应该"注意啦"，或者即使有
"注意啦"之类啰嗦的话，也要在内容上做到绝对的原创。我最喜欢
的两部书，还有大普林尼及诸如此类的著作中，都是没有什么"注意
啦"这种繁琐的套话，因为这些书本身就不是写给那些领悟力低下的
人看的，作者也无需为那些初出茅庐的人负责。

六

西塞罗的《给阿提库斯的信札》也是我比较喜欢的作品之一。在
这部书中不但详实而生动地再现了他那个时代的政治和社会生活，更
重要的是作者的个人禀性在书中也得以展露无遗。我之所以喜欢阅读
史书，其原因不仅仅在于我希望以历史为鉴，更重要的是我可以通过
这些史料了解不同时代的风云人物的人生轨迹和性情人格等专属特定
个人的内在本质。我记得自己在什么地方曾说过，我向来对作家的灵

来，显得从容而自然。我也喜欢通过历史作品来洞察那些伟大人物在面对危机和意外时纷纭复杂、矛盾重重的内心活动。因为我喜好从事件发生的缘由上来研究历史，而不是着意于研究事件的具体发展过程，所以那些着意从人物内心而不是从社会的外因来挖掘历史事件发生原因的传记历史学家更符合我的旨趣。在我的内心当中，普鲁塔克则是当之无愧的历史学家。

因为我注重的不是历史人物和先哲贤人们是否在世俗的世界里获得了人所企望的名誉和权力，也不是他们那些语不惊人死不休的学说、思想和智慧，而是对他们的生活历程和命运轨迹感兴趣。所以我深感遗憾的是：像第欧根尼·拉尔修这类人物的学说和思想以及处事态度没有被人们广泛接受和理解，更遗憾具有这样独特个性的人物在历史的整个长河中居然出现得如此之少。

我主张在研究历史时，应该不带成见地翻阅各种作品：不管是古代的、现代的、文笔朴实的、语言优美的历史著作，我们都要一视同仁地加以涉猎。只有这样我们才可能挖掘出埋藏语言的重重迷宫和作者主观因素背后的历史真相。我个人比较喜欢钻研恺撒，其缘由不仅仅是恺撒在古罗马的政坛上举足轻重的历史地位，就单从他的性情和人格方面来考察，他也算得上是一个超凡卓绝的典型。

出于对恺撒雷厉风行的行动力和彪炳千古的伟绩的崇敬以及对他高贵而单纯、优美而流畅的文风的仰慕，我在阅读恺撒的著作时，总怀着一种比阅读其他人的著作更多的敬意和钦佩。对于恺撒的卓然独立、纯朴隽永的文风，不但古往今来所有的历史学家无法与他相媲美，甚至在其他方面极无自知之明的西塞罗，也认为自己的文采与恺撒相比难出其右。倘若在恺撒身上还有什么值得大家批评的话，那就是他自始至终将自己的野心隐藏在表面的仁慈和所谓的对敌人的怀柔政策之中的那种政客惯有的伪善，所有的政客都习惯于对自己的权力欲望讳莫如深。不过恺撒在谈到他的敌人时所作的评论却诚恳之至；而且恺撒在写书时显得非常谦虚，我们不难想见，倘若恺撒只做了我们在他的书上读到的那点事情，他绝不会在历史上拥有那样一个独特而崇高的位置。我所欣赏的历史学家，要不非常纯朴，要不就是非常有主见和创见。纯朴的历史学家会把自己能够收集到的材料不加选择地细心罗列汇总，绝不会依据自己的成见和主观喜好来随意增添和删节史料，凡是与自己研究的人物相关的事件和轶事，即使这些材料在某些喜欢虚构历史的人看来是如何前后矛盾、不成体系，他们都会诚实无虞地照单全收，至于历史事件的真相到底如何，他们则把作判断的权力交到我们读者的手中，尽量不把自己的观点掺入到史书上面。让·傅华萨就是这样一位单纯而善意的历史学家：他在写史时态度非常诚恳纯真，作风严谨。倘若有人指出他的史书上有哪条引证与史实不符，他都会认真地对待，如果事实证明错误的确在自己一方，他就会毫不犹豫地承认并加以更正。他甚至把难登大雅之堂的流言蜚语、道听途说也照录不误，人们可以从这些第一手的原始材料获得史实真相的种种相互冲突和矛盾的看法，每个人也可以根据不同的领悟力来建构不同的历史面貌。

　　而有主见的历史学家却有能力选择真正有价值的史实，能够从相互矛盾甚至截然相反的记述中甄别出哪一种说法更接近历史的真相，从两份相关的史料中辨析哪一份更为真实无虞。比如对一个亲王来说，有主见的历史学家可以根据他们所处的地位和他们的性情来辨别他们在特定的场合会说什么话，他们的政治目标会达到什么级别等等。相对于上面所谈到的纯朴的历史学家而言，有主见的历史学家是一个更难达到的境界，他们的远见卓识和深刻的洞察力、判断力使我们完全有理由接受他们的见解和看法，不过在我看来，在从古至今的历史学家中只有极少数人才能享有这样的权威。而处于这两类历史学家之间的人（这批人占了历史学家中的绝大多数）只会让我们误事。他们既缺乏洞察事实真相的判断力，也没有克制自己成见的人格力量，他们在什么领域都要掺入自己毫不明智的先见。他们往往根据自己的想象力来虚构历史，让史实来迁就自己的成见。他们还擅自订立评论历史的标准，再根据这些评论随意地篡改历史，这给后来者鉴别史实真相带来极大的困难和迷惑。与纯朴的历史学家不同，处于纯朴和有主见的历史学家之间的所谓历史学家不会将自己所知道的所有史实资料都毫不隐瞒地与读者共享，而是企图隐藏那些与他们的价值取向不相符合的内容和事件，替读者作出既不真实也不明智的判断。这些毫不负责任的历史学家把那些超出自己理解范围的事件当成怪事删除，把那些超出自己语言表达能力的、自己无法用流畅的拉丁语或法语表达的东西也尽可能抹掉。"在历史这块乐土上，他们展开了天马行空的想象，他们大刀阔斧地增删事实材料，他们尽可以妄下断言，我们对他们的最高要求也仅仅是要他们给我们留下一些未经增补、删节和篡改的东西，容许我们在阅读时拥有一种自由地作判断的权利；也就是说，我们对他们的要求仅仅是要他们真实无虞地保留历史事实而已。"尤其在近几个世纪，那些只会舞文弄墨的平庸之辈反而会被选中去编写史书，仿佛历史没有对编撰人的人格和素质的要求，仅仅是虚构和美文而已。既然他们是为钱而来，他们惟一可以出卖的就是他们那些华而不实的美妙辞藻，所以他们只需在城市的十字路口听来几句毫无内涵的流言蜚语，再用上几句文雅漂亮的话就可以连缀成一篇吓倒行外人的史书了。

真正称得上好的史书都是那些亲临作战的现场、或者亲自指挥过战斗、或者经历过类似事件的人编写的。而这样内容真实可感的史书大都出自古希腊人和古罗马人之手。对于重大历史事件，因为有众多的目击者编写同一个题材（其中总有卓尔不凡者），所以即使在个别版本的编撰中偶有失实也不会影响到人们对该事件的最终判断，因为真正致力于历史研究的人都会把同一事件的不同记述当成不同的切入角度来了解历史真相的。相比较而言，往往是那些只有个别历史学家经历和记录的史料倒值得后来者格外的小心。

想想看，倘若由医生来指挥战斗或由小学生来评论王公贵族的运筹帷幄将会是怎样的情形。

身为指挥官的恺撒无法对自己的军队的各个方面了解得面面俱到，所以他难免会在自己的史书中出现一些有违于事实的材料。眼光敏锐的阿西尼厄斯·波利奥便发现恺撒写的历史中的某些失实现象。若要了解罗马人对历史抱着如何一丝不苟的态度，这个例子就是一个不错的佐证。

历史的真实都是隐藏在世间万象当中的，也许编撰历史的人仅仅看到了事件的局部而无法窥见其全貌，或者是他们只见到了事件的外在表象而没有了解事件的实质，抑或是他们受制于历史的利益没有洞察这个事件的深远影响和更为长远的意义。总之，历史事件的真相是秘而不宣的，所以我们在对待何为历史真实时需要格外谨慎。当我们了解一场战斗的真实情况时，既不能单向指挥阶层打听消息，也不能单向下层士兵询问事情的经过；只有比照现代法庭上的审讯程序，比较方方面面的人提供的信息，细心地辨别每个人的陈述的事件经过，我们才能够从不同的角度接近事件的本相。至于如何做到尽可能的真实无虞，让·博丁讲得很透彻，他说：就是对我们亲身经历的事，还有与我们相关的事我们也绝少有了解得非常全面的，更何况那些发生在远古时代的、无法重演的历史事件。在这一点上我们的见解不谋而合。

<h2 style="text-align:center">八</h2>

不止一次，当我拿起一本我满以为自己从未曾阅读过的新书时，一翻开才发现自己在几年前就已经仔细阅读过了，因为在书本的间隙间写满了我在阅读此书时的感想和心得；为了弥补自己记忆力的缺陷，我觉得这种读书方式是一种非常行之有效的方法，最近我又恢复了这个良好的老习惯。我喜欢在一部书（这种阅读方式只针对那些我打算只阅读一次的书籍）的最后几页的空白处写上阅完此书的日期和我对此书的总体评价，这有利于自己在事隔多年以后的某一天再拿起这本书时还能大致回忆起当时阅读此书时的感受和想法。下面我将自己在阅读某些自己感兴趣的书籍时的感想抄录如下。

这是我十年前在读一本著作时所作的评价（不管我读的书是用什么语言写就的，我在写自己的评论和感想时总是用自己最得心应手的语言来表达自己的看法）：作者是一位勤奋的历史学家；依我之见，他在自己著作中提供的那些史料的真实性是与他同时代的历史学家们无法提供的，他的客观和公允也是其他人无法比拟的，因为在很多重大的历史事件中，他自己都曾亲临过现场。通读全文后，我对他的人格和性情有了一个比较清晰的评价：我相信他绝不会由于仇恨、偏见或虚荣而篡改历史事实的。我也相信他对当时的风云人物，包括那些曾经任用和提拔过他的人，如教皇克雷芒七世等人，所作的评价都是客观中肯的。在他的这本著作中，写得最为自由而如入无人之境的地方是那些可以通过史实进行借题发挥的篇章，其中有些部分写得非常精彩，不过他似乎有些过分耽迷于此了。对于圭查尔迪尼所涉猎的事件而言，简直有取之不尽、用之不竭的丰富材料，而他又不懂得适当地克制自己喜欢喋喋不休、啰啰嗦嗦的习性，简直像那些上了年纪的老人一般多嘴。最令我对他的作品感到不满的是：即使他不断地提及各种类型的人物和事件，还提到事件背后隐藏的动机和意图，但是他始终没有将美德、宗教和良心当成人的重要方面来重视，仿佛这些最有价值的品格在他的眼里不值一提似的；还有他把人们一切举动，不论是看起来高尚还是卑劣的行为的背后动因都归结为一己私利和纯粹的恶意。在他眼里，一切的行为都只是达到野心的手段，一切貌似好意的行为背后总隐藏着不可告人的个人目的，在这一点上我实在难以苟同他的看法。既然在他眼里普天之下居然没有一个人能够独善其身，这便让我怀疑他自己本身就是心术不正，所以他才会用以己度人这种方式来解释别人的行为。

关于菲利普·德·科明的著作，我是这样评价的：他的作品语言清新流畅、纯朴稚拙；叙述也显得朴实自然，从中油然可见作者的一片赤诚之心；在谈论自己时也不尚虚饰，没有自我陶醉的弊病，在谈到别人时也不嫉妒不偏执；他的劝诫词情真意切、充满激情与真诚；他的演说辞严肃庄重，一看便知是出自阅历丰富者或是名家之手。

对杜·贝莱两兄弟撰写的《回忆录》我是这样评述的：有幸阅读亲历事件者撰写的历史，乃是一大快事。但我还要直言不讳地指出：在这两位出身高贵的人身上缺乏古人们，如让·德·儒安维尔（圣路易王的侍从）、艾因哈德（查理曼大帝的枢密大臣）以及近代的史学家菲利普·德·科明等人在撰写同类书籍时表现出来的那种坦诚和自由。他们所写的《回忆录》与其说是一部史书，还不如说是一篇弗朗索瓦一世反对查理五世皇帝的檄文。我虽不认为他们对重要历史事实有什么改动，不过他们的确在有意无意地袒护他们的主子，而且一遇上棘手的问题，他们就会千方百计地避免对焦点问题作出自己的评论，让人隐隐觉得他们的为人不够坦荡。而且在《回忆录》中，他们居然将德·蒙莫朗西和德·布里翁的失宠、埃斯唐普夫人的轶事略过不提，这着实不是一个具有远见卓识的历史学家之所为。在政治生活中有许多的秘事需要遮遮掩掩，但是对于那些在当时产生重大影响并为人所共知的事件，尤其是那些对公众生活产生重大后果的事件，讳莫如深就有点让人无法理解了。总之，倘若你想对弗朗索瓦一世和那个时代发生的事有一个全面而周详的了解，不妨另寻高就，在《回忆录》这本书中你会一无所获的。这本书的长处在于：它不仅从一个独特的角度向我们展示了那个时代政坛上的风云人物亲历的战役和取得的丰功伟绩，而且还详实地记载那个时代某些王公贵族私下的谈话和轶事，其中包括朗杰领主纪尧姆·杜·贝莱主持的交易和谈判。《回忆录》这本书文笔不俗，里面有许多事值得我们一读。

我希望每一本呈现在我面前的书都包含着作者的真知灼见。

魂和本然性情十分好奇，通过他们传世的著作，我不但可以通过研究他们在人间舞台上的表现，进而了解他们在社会生活中的作为，而且可以较为深入地洞悉他们的生活习惯和为人。

布鲁图那本论述美德的书的亡佚令我颇为痛惜：因为我希望从斯多葛主义者布鲁图那里学习如何将自己信奉的哲学运用于实践的智慧。因为我认为实践主义者与纯粹的说教者二者的境界简直不可同日而语。我喜欢将自己希望了解的主人公放在不同的生活情境中去全面而深入地了解他，所以当我探究布鲁图时，我既习惯从他自己的著作中去把握他，也会通过普鲁塔克的作品去间接地了解他在别人眼里的样子。通过布鲁图在重兵压阵的紧要关头对士兵的训导，通过他大战前在营帐里跟知心朋友的谈心，通过他在讲坛上或在元老院里的辩论，以及他在书房和卧室等私人空间里的家常话，我可以层层深入地对他的人格和性情做尽可能接近于他本真的判断。

我赞同大多数人对西塞罗的看法：虽然他性情温和随意，堪称罗马的好公民。不过他除了知识渊博外，灵魂算不上高尚。要我坦诚直率地对他的人格加以评判的话，我认为他目光短浅而无自知之明，他不但贪图享乐而且爱慕虚荣。一个人缺乏写诗的天才和灵感并不可怕，可怕的是像他这样学富五车、饱读诗书之人的判断力竟然会如此低下。他敢于把自己如此拙劣的诗作公诸于众便是他贪慕虚荣而不自知的一个明证，这是我最不能原谅他的地方。不过，他这番作为倒是间接地惩罚了他那颗虚荣的心，因为这些品质低劣的诗不但对他的英名无所助益，反倒给他的声誉带来了极大的损害。

关于西塞罗的辩才，我也承认他完全是前无古人后无来者，堪称举世无双。而小西塞罗在论辩这方面与他的父亲简直无法相提并论。在古罗马有这样的习俗：在大户人家设宴时，那些未受到邀请或者与主人素昧平生的人就会坐在下席位。小西塞罗曾经在亚细亚省担任总督一职，有一天他在自己的府邸里设宴，当大家找座位坐定后，他看到自己的桌子的下席位上坐着一个陌生人，小西塞罗就问他的仆人这人是谁，仆人告诉他那个人叫做塞斯蒂厄斯。可是不知道当时小西塞罗的头脑在想些什么，他心不在焉地问了好几次也没有将塞斯蒂厄斯的名字记下来，后来又问了两三次。那名仆人被主人问烦了，就只好用一则轶事来促使主人好好记住塞斯蒂厄斯，仆人对小西塞罗说："他就是人家常跟您提起的塞斯蒂厄斯，这个家伙认为令尊的辩才简直无法与他相提并论。"小西塞罗听了仆人的话后勃然大怒，当即下令把可怜的塞斯蒂厄斯捉住痛殴了一顿，小西塞罗无论如何算不上是一个懂礼节的主人。

不过，即使在那些对西塞罗的辩才推崇备至的人中间，也有一些人敢于直陈他的演说技巧和措辞上的错误；就如他的挚友伟大的布鲁图所言：西塞罗是一个"腿脚上有疾患的"辩才。与他生活在同一个时代的雄辩家和演说家也曾坦率地指出，他最令人费解的地方是喜欢在每个段落结尾使用长句型，还喜欢在演说中不时地把"好像是"这三个字当口头禅。

我喜欢人们在演讲和写作时注重句子的节奏，我偏向于喜欢那些节拍稍快一点的句子；而在句型上我则欣赏那些自然流畅、长短交替的句子；至于内容，我则推崇那些宽猛相济、刚柔相济的文章。西塞罗偶尔也会把句子的音律进行组合，使之更具有诗意和韵味，但这样的情况不是很多。一谈到西塞罗我就会想起他的那句："对我而言，我宁愿英年早逝也不愿忍受风烛残年的凄凉。"①

<h1 style="text-align:center">七</h1>

历史著作具有深厚的历史感、人生感和宇宙感，而且史书中充满着我希望了解的各种性情和人格的时代风云人物。在历史的建构中，他们的生命历程、他们的野心和平常心、他们的辉煌和陨落、他们不为人知的情感经验都令我思绪万千。在所有的史书中，我又更倾向于阅读历史学家的作品，因为他们经过长期对历史的探究和研习，使得他们在塑造具体的历史人物的性格时会有较为准确的定位，而且对其他的次要人物的记述也会恪守史实，写作时也能够将各种史料信手拈

---

① 西塞罗语。原文为拉丁文。

合的内容和事件，替读者作出既不真实也不明智的判断。这些毫不负责任的历史学家把那些超出自己理解范围的事件当成怪事删除，把那些超出自己语言表达能力的、自己无法用流畅的拉丁语或法语表达的东西也尽可能抹掉。"在历史这块乐土上，他们展开了天马行空的想象，他们大刀阔斧地增删事实材料，他们尽可以妄下断言，我们对他们的最高要求也仅仅是要他们给我们留下一些未经增补、删节和篡改的东西，容许我们在阅读时拥有一种自由地作判断的权利；也就是说，我们对他们的要求仅仅是要他们真实无虞地保留历史事实而已。"尤其在近几个世纪，那些只会舞文弄墨的平庸之辈反而会被选中去编写史书，仿佛历史没有对编撰人的人格和素质的要求，仅仅是虚构和美文而已。既然他们是为钱而来，他们惟一可以出卖的就是他们那些华而不实的美妙辞藻，所以他们只需在城市的十字路口听来几句毫无内涵的流言蜚语，再用上几句文雅漂亮的话就可以连缀成一篇吓倒行外人的史书了。

真正称得上好的史书都是那些亲临作战的现场、或者亲自指挥过战斗、或者经历过类似事件的人编写的。而这样内容真实可感的史书大都出自古希腊人和古罗马人之手。对于重大历史事件，因为有众多的目击者编写同一个题材（其中总有卓尔不凡者），所以即使在个别版本的编撰中偶有失实也不会影响到人们对该事件的最终判断，因为真正致力于历史研究的人都会把同一事件的不同记述当成不同的切入角度来了解历史真相的。相比较而言，往往是那些只有个别历史学家经历和记录的史料倒值得后来者格外的小心。

想想看，倘若由医生来指挥战斗或由小学生来评论王公贵族的运筹帷幄将会是怎样的情形。

身为指挥官的恺撒无法对自己的军队的各个方面了解得面面俱到，所以他难免会在自己的史书中出现一些有违于事实的材料。眼光敏锐的阿西尼厄斯·波利奥便发现恺撒写的历史中的某些失实现象。若要了解罗马人对历史抱着如何一丝不苟的态度，这个例了就是一个不错的佐证。

历史的真实都是隐藏在世间万象当中的，也许编撰历史的人仅仅看到了事件的局部而无法窥见其全貌，或者是他们只见到了事件的外在表象而没有了解事件的实质，抑或是他们受制于历史的利益没有洞察这个事件的深远影响和更为长远的意义。总之，历史事件的真相是秘而不宣的，所以我们在对待何为历史真实时需要格外谨慎。当我们了解一场战斗的真实情况时，既不能单向指挥阶层打听消息，也不能单向下层士兵询问事情的经过；只有比照现代法庭上的审讯程序，比较方方面面的人提供的信息，细心地辨别每个人的陈述的事件经过，我们才能够从不同的角度接近事件的本相。至于如何做到尽可能的真实无虞，让·博丁讲得很透彻，他说：就是对我们亲身经历的事，还有与我们相关的事我们也绝少有了解得非常全面的，更何况那些发生在远古时代的、无法重演的历史事件。在这一点上我们的见解不谋而合。

八

不止一次，当我拿起一本我满以为自己从未曾阅读过的新书时，一翻开才发现自己在几年前就已经仔细阅读过了，因为在书本的间隙间写满了我在阅读此书时的感想和心得；为了弥补自己记忆力的缺陷，我觉得这种读书方式是一种非常行之有效的方法，最近我又恢复了这个良好的老习惯。我喜欢在一部书（这种阅读方式只针对那些我打算只阅读一次的书籍）的最后几页的空白处写上阅完此书的日期和我对此书的总体评价，这有利于自己在事隔多年以后的某一天再拿起这本书时还能大致回忆起当时阅读此书时的感受和想法。下面我将自己在阅读某些自己感兴趣的书籍时的感想抄录如下。

这是我十年前在读一本著作时所作的评价（不管我读的书是用什么语言写就的，我在写自己的评论和感想时总是用自己最得心应手的语言来表达自己的看法）：作者是一位勤奋的历史学家；依我之见，他在自己著作中提供的那些史料的真实性是与他同时代的历史学家们无法提供的，他的客观和公允也是其他人无法比拟的，因为在很多重大的历史事件中，他自己都曾亲临过现场。通读全文后，我对他的人格和性情有了一个比较清晰的评价：我相信他绝不会由于仇恨、偏见或虚荣而篡改历史事实的。我也相信他对当时的风云人物，包括那些曾经任用和提拔过他的人，如教皇克雷芒七世等人，所作的评价都是客观中肯的。在他的这本著作中，写得最为自由而如入无人之境的地方是那些可以通过史实进行借题发挥的篇章，其中有些部分写得非常精彩，不过他似乎有些过分耽迷于此了。对于圭查尔迪尼所涉猎的事件而言，简直有取之不尽、用之不竭的丰富材料，而他又不懂得适当地克制自己喜欢喋喋不休、啰啰嗦嗦的习性，简直像那些上了年纪的老人一般多嘴。最令我对他的作品感到不满的是：即使他不断地提及各种类型的人物和事件，还提到事件背后隐藏的动机和意图，但是他始终没有将美德、宗教和良心当成人的重要方面来重视，仿佛这些最有价值的品格在他的眼里不值一提似的；还有他把人们一切举动，不论是看起来高尚还是卑劣的行为的背后动因都归结为一己私利和纯粹的恶意。在他眼里，一切的行为都只是达到野心的手段，一切貌似好意的行为背后总隐藏着不可告人的个人目的，在这一点上我实在难以苟同他的看法。既然在他眼里普天之下居然没有一个人能够独善其身，这便让我怀疑他自己本身就是心术不正，所以他才会用以己度人这种方式来解释别人的行为。

关于菲利普·德·科明的著作，我是这样评价的：他的作品语言清新流畅、纯朴稚拙；叙述也显得朴实自然，从中油然可见作者的一片赤诚之心；在谈论自己时也不尚虚饰，没有自我陶醉的弊病，在谈到别人时也不嫉妒不偏执；他的劝诫词情真意切、充满激情与真诚；他的演说辞严肃庄重，一看便知是出自阅历丰富者或是名家之手。

对杜·贝莱两兄弟撰写的《回忆录》我是这样评述的：有幸阅读亲历事件者撰写的历史，乃是一大快事。但我还要直言不讳地指出：在这两位出身高贵的人身上缺乏古人们，如让·德·儒安维尔（圣路易王的侍从）、艾因哈德（查理曼大帝的枢密大臣）以及近代的史学家菲利普·德·科明等人在撰写同类书籍时表现出来的那种坦诚和自由。他们所写的《回忆录》与其说是一部史书，还不如说是一篇弗朗索瓦一世反对查理五世皇帝的檄文。我虽不认为他们对重要历史事实有什么改动，不过他们的确在有意无意地袒护他们的主子，而且一遇上棘手的问题，他们就会千方百计地避免对焦点问题作出自己的评论，让人隐隐觉得他们的为人不够坦荡。而且在《回忆录》中，他们居然将德·蒙莫朗西和德·布里翁的失宠、埃斯唐普夫人的轶事略过不提，这着实不是一个具有远见卓识的历史学家之所为。在政治生活中有许多的秘事需要遮遮掩掩，但是对于那些在当时产生重大影响并为人所共知的事件，尤其是那些对公众生活产生重大后果的事件，讳莫如深就有点让人无法理解了。总之，倘若你想对弗朗索瓦一世和那个时代发生的事有一个全面而周详的了解，不妨另寻高就，在《回忆录》这本书中你会一无所获的。这本书的长处在于：它不仅从一个独特的角度向我们展示了那个时代政坛上的风云人物亲历的战役和取得的丰功伟绩，而且还详实地记载那个时代某些王公贵族私下的谈话和轶事，其中包括朗杰领主纪尧姆·杜·贝莱主持的交易和谈判。《回忆录》这本书文笔不俗，里面有许多事值得我们一读。

关于退隐

关于在职生活和退休生活的异同，我暂且付之阙如。有人认为我们既然出生，那么我们就不应该将自己的生活限定在自我的空间中，而是应该将自己奉献给整个社会，也就是说：人生的目的是利他的而不仅仅是为自己的，那就让这些人用这些漂亮话将自己的野心和贪欲掩盖得更加严密吧！倘若他们具有深刻的反省精神，倘若他们可以在月明星稀的宁静夜晚独自面对自己的心，那么他们一定会扪心自问：难道世人对权势、地位、荣誉、金钱、财物的孜孜以求，仅仅真是为了他人的福祉吗？行动与自己的言谈相违，言谈与自己的内心矛盾！世人为了争权夺利可以不择手段、无所不用其极，难道这还不足以证明他们的目的并不如自己宣称的那样高尚吗？退隐是一条与进取背道而驰的道路，通过退隐，可以避开在纷纷扰扰的尘寰中必须要犯的罪恶。我可以这样给野心和贪欲下一个定义：正是因为它们，退隐才凸显出自己的高贵和价值！若问退隐可以摆脱些什么？难道它不是让我们避开了那些与公众的不必要的交往吗？若问退隐给我们带来了些什么？难道它不是将我们一度失落在人群中的自由归还给了我们吗？不管出世入世，我都做着同样的事，而且，退隐的无拘无束还可以激发我的灵感和想象力，那又何乐而不为呢？不过，倘若比亚斯所言——坏处胜于好处——是真的，抑或像《传道书》里说的：千件事中也未必有一件好事：

好处聊胜于无，充其量只和底比斯的城门或尼罗河的河口一般多。

——尤维纳利斯

这种情况蔓延到平民大众中去相当危险。对于真正的坏事，我们对它只有两种态度，要么仿效之，要么深恶痛绝之。如果做坏事或者行罪恶的事已经成为社会的普遍处事方式，那么出于习惯，人们就会不加批判地放任自流、入乡随俗。倘若坏事和罪恶还局限在一个相对狭小的范围，人们就会因为对之产生强烈的憎恨心理，而以这两种方式来应对坏事和罪恶都会给人的生活和内心带来损害。

出海的商人可要擦亮眼睛，看看那些与他同船出行的人都是些什么人！倘若他们是些放诞不羁、作恶多端、亵渎神明的人，那可就是他的大不幸了！

再举个近一些的例子吧！葡萄牙国王埃马纽艾尔在印度的化身、印度总督阿尔布盖克曾经遭遇了一次非常凶险的海难，为了安然地从灾难中逃生，他居然将一个小男孩扛在肩上。事后他谈起这件事时说，当时他那么做只有一个目的：那就是想让孩童天真无邪、无忧无虑的甜美天性为自己向神灵的祈祷充当担保和见证。结果，他真的安然脱险了。

哲人们从来不是挑剔和难以取悦的，他们并非在任何地方都会感到无所适从，也决不是不能适应宫廷的虚饰浮华生活。但如果让他们按照自己的心意生活，那么，他一定要对宫廷的人群躲得远远的。虽然他觉得自己身上的毛病也不少，可是，要他去对那些见识浅薄的人惟命是从、点头哈腰，他是绝然办不到的。

夏隆达命令自己的手下将那些有确凿证据证明他们正与心性品行不端的人交往的人处以重罚。

世间最容易相处的与最不容易相处的都是人：之所以说容易交往，是因为人人都或多或少地害怕被群体所孤立；之所以说人不易于交往，是因为人人都有自己的缺陷。

有人责备安提昔尼与坏人为伍，他说："医生天天与病人接触，也一样很健康。"我不赞成他的回答。因为，虽然医生出于职业的需要不得不为病人的健康出力，但是，如果他自身的抵御能力不强，他自身没有抗体，他就等于将自己一无防范地暴露在病症面前；而且，如果他长久地与那些表情痛苦、内心忧郁、精神扭曲的病人相处，观察他们、研究他们，医生们的健康没有不被病人畸形的肉体和痛苦的灵魂所损害的。

那么，我为何要逃避人群呢？我想，我的目的只有一个：那就是生活得更加随心所欲。但是，不是每一个人都有决心走上这条道路。而且，倘若我们身在江湖却始终心存魏阙的话，那么即使我们面对的是无限宁静的月光、清幽的湖水、悠然自得的浮云、明净的秋日，内心也很难真正地超脱尘寰中的得失计较，爱恨情仇。这种人自以为抛开了纷纷扰扰的世间万象，实质上不过是自欺欺人而已。进入家庭的圈子，要烦心的事一样不少。人的心不管倾注在哪里，就应该在哪里全力以赴、孤注一掷。管理家庭事务看似小事，麻烦却不会小；虽然我们不再担任公职，可我们发现自己还是不能做到随心所欲。

> 驱散烦忧要靠心性和智慧，
> 并不能全然指望远离尘嚣的海角天涯。
>
> ——贺拉斯

虽然我们从世界的中心搬到了荒郊野外，野心、贪婪、踌躇、恐惧和淫欲却固执地停留在我们的心中。

> 恼怒骑在鞍后与避世的骑士如影随形。
>
> ——贺拉斯

即使我们进了人迹罕至的隐修院和庄严静穆的教堂，它们依旧紧紧地跟随着我们。沙漠、岩洞、斋戒、苦修都不能将它们从我们内心摒除。

腰间依然插着致人死命的毒箭。

——维吉尔

苏格拉底听人告诉他说："那个人在他的旅行中也没能脱胎换骨。"苏格拉底说："我信，因为他没忘将自己的老毛病带着一起出行。"

为何背井离乡？
难道仅仅为的是自我逃避吗？

——贺拉斯

如果我们的心境澄明，即使身处浮华喧嚣，也形如荒郊野外。倘若我们无法除去心灵的重负，那么这种负担就会使心灵的一切的努力化为乌有。就如同装载在船上的重物，如果它们摇摆不定，那么整个船只就会在瞬间倾覆。对那些重症患者，让他们挪动身体比让他们躺着不动有更大的危害。病痛受到折腾就会深入肌体，犹如木桩受到晃动就会越扎越深，越扎越牢。故而，要远离尘嚣仅仅靠改换地方是不够的，除非我们能够戒除爱好社交和喜好交友的禀性。

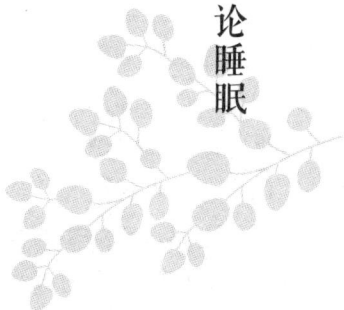

理智要求我们在做事时要持之以恒，不过，它并不反对我们依据自身的习惯来加快和减缓进度。尽管哲人们的行事方式始终端方有序，但他却可以依据自己的喜好来安排自己做事的步骤，决不会死板地拘泥于一种规则和教条而不稍加变通。即使他有胆有识、英勇无畏，但是他在休闲就餐和在激烈交锋时，他的脉搏一定不是以同样的频率跳动的。他会时而深沉缄默，时而活泼随和；所以，当我见到那些富有谋略、叱咤风云的伟大人物在面临重大战役、重大事件时居然能像平时一样泰然自若、镇定从容，甚至能够安安稳稳、心境平和地入睡，我觉得他们的这种魄力实在非常值得钦佩。

亚历山大大帝即将与波斯王大流士展开一场激战，就在双方要兵戎相见的那天早上，亚历山大大帝居然睡得死气沉沉。开战在即，他的同伴帕尔梅尼奥只好进入他的卧房，一连叫了他两三次他才从梦乡中回到了现实。

奥东皇帝早已决定要通过自杀来结束自己的生命。在他准备付诸行动的那天夜里，他先为侍奉自己的奴仆们安排好了后路、给他们分发了财物，将自己的东西整理得妥妥当当，然后再磨快了自己自戕所用的利剑；在弄清所有的亲朋好友都已安全地撤离之后，他便沉入梦乡。他睡得那么深沉，以至于仆人们透过墙壁都能听到他沉稳而有节奏的鼾声。

这位君王的死与伟大的加图的死有着诸多的类似之处，不过加图的死则显得更加惨烈：在自杀前，加图先镇定而有序地安排乌提加的名门望族们逃离那里。在那些社会精英、名门望族们经由乌提加港离开那座即将落入恺撒的独裁统治的城市时，加图一边等待他们安全撤离的消息，一边沉沉地睡去，他的仆人们也可以从隔壁的房间里清楚地听到他那富有韵律的呼噜声。他派往港口探信的人回来禀报他，说那些乌提加的社会精英、名门望族在港口遇到了风暴无法起航时，他只是派了另一个人去协助他们离开，自己便若无其事地再次沉入梦乡里。

亚历山大大帝也有类似的习性。护民官梅特卢斯想以平息卡斯里那骚乱为借口发布命令将庞培带兵返回罗马，当时整个元老院只有加图一个人敢于直陈自己的反对意见，所以，梅特卢斯便有恃无恐地在元老院公然与加图展开了一场口水战，他不惜使用最卑劣的言辞来攻击和辱骂加图，加图则显得从容和克制得多。梅特卢斯当时在元老院的呼声很高，不但有实力强大的恺撒为后盾，有大多数的元老院官员、罗马的绝大多数民众的支持，而且他手上还握有为数众多的雇佣兵和刀剑手，而加图惟一可以凭借的只有坚韧和毅力。自认为稳操胜券的梅特卢斯假装大度，给了加图一个说服他的机会，让他第二天到元老院陈述自己反对的理由。眼看这道命令第二天就要实施了，加图的家人、奴仆以及那些明里暗里与加图持着同样立场的人不免为加图的命运忧心起来，他们有的人居然担心得不吃不喝、夜不成寐。他的妻子和姊妹也一个个忧心如焚、面带哭相。加图自己则显得镇定从容、面不改色，反过来安慰自己的亲人，让他们不要担心那些未来的事，因为一切都自有命运的安排。那天晚上，他一吃完饭便上床就寝，并一直沉睡到第二天清晨。次日，在自己的一位同伴的呼唤之下，他才想起自己必须到元老院为自己辩驳的事。从这个看似平常的举动中，也显露出这位伟人在日后的人生历程中必将体现出来的伟大勇气和魄力。也许正是这位伟人拥有这种不为世界的纷纷扰扰所干扰的坚定和从容，才使得他能够在大的危机和大的动乱面前坚若磐石、始终如一地坚守自己认定的立场。

奥古斯都即将在西西里海域与赛克斯都·庞培遭遇，他与那位即将与波斯王大流士展开激战的亚历山大大帝一样，在开战前夕竟然沉睡不起。他的同仁们只好把他弄醒，让他给个战斗的口号。这件事使得马克·安东尼日后找到口实来指责他，说他在阿戈里巴跑来向他报告罗马军队已经战胜了敌人的消息之前，连睁眼看看自己部队的勇气都没有，更别说与敌人针锋相对了。不过，在这方面奥古斯都的表现在那些伟人中绝非是最不堪的。就在小马略与苏拉交战的最后一天，他在给自己的部队发布了命令，传达了战斗口号之后，就倒在一棵枝叶茂密的大树下沉沉睡了过去，连部下们溃逃的动静都没有将他从睡梦里惊醒。有人认为那是因为这些伟人们的公务千头万绪、工作时间长强度很大的缘故。事实是否如此，医生们会有自己的说法。因为我们的确也知道，驻留在罗马的马其顿国王佩尔塞乌斯就是被别人剥夺了睡眠而死的。但是，普林尼却说，有人一连很久不睡，也没有因此而丧命。

　　希罗多德在自己的史书中写道，有的民族半年睡觉，半年醒着。

　　而据那位写哲人埃庇米尼乌斯传记的作者说，埃庇米尼乌斯整整睡了五十七年。

论他人之死

　　当我进入死亡这个议题时，我首先想探讨的是：人们能否准确地预见到自己即将到来的死亡——死亡无疑是人生中最值得关注的事情。我的看法是：人很难相信自己已经死到临头了。据我的经验：几乎没有人在临死时不是在希冀着有一天能够回到从前的那种健康状态。我曾见到飞鸿坠于沙中，犹修饰其羽翼，希冀着顷刻复原，振翅飞翔于云中。这种乐观致使那些病入膏肓的人不断地在内心里对自己说："许多人的病比我更不堪，但他们现在都渡过了难关，还健健康康地活在世上。事情也许并不像大家想象的那样令人绝望，何况纵使在最坏的情况下，上帝也曾创造过非凡的奇迹。"之所以几乎每一个行将就木的人都会觉得自己是上帝的选民，上帝会在自己的身上显露奇迹，其原因是由于我们都过于自负了。我们每个人都觉得世间万物甚至神灵都只为自己存在，世间的一切都只是服务于自己的目的。世间万物会因我们的消失而受到损害，神灵们也会因为我们的离去而伤怀，因此神灵们绝不会对我们的死袖手旁观、无动于衷的。另外，我们的判断力也有问题：我们总不能客观地看待周围的事物，我们将自己内心里扭曲的成见折射到万事万物当中去，所以我们见到的事物便无不带着我们心灵的痕迹：扭曲的灵魂见到的是扭曲的事物，就像那些出海远航的人那样，在海上晃荡久了，即使回到了陆地，高山、田野、城市、天空和大地在他们眼中都在不停地旋转和摇晃。而公正无私的灵魂见到的都是些端方有致的事物。

> 我们离开港口时，大地和城市都在往后退缩。
>
> ——维吉尔

从不带着抑郁不平的心情缅怀过去、不牢骚满腹地指责现在、不把自己的痛苦和不幸归咎于别人和外部世界的老人简直是凤毛麟角！

> 老农夫边叹息边摇头，
> 通过今昔对比，
> 他总羡慕父亲的好命运，
> 并低声咕噜说过去的人都充满恻隐之心。
>
> ——卢克莱修

我们总习惯于将自己视为世间万物的尺度。

正因为如此，我们才把自己的死看成是一件惊天地泣鬼神的大事件；既然我们的生死关乎整个宇宙的大命运，所以在日月和星辰未有任何明显的征兆之前，我们也绝不会轻易地死去。"有这么多的神在为我一个人忙碌。"① 我们越是把自己与宇宙的大命运关联起来，就越是觉得自己的存在非同小可。怎么？像我这样思想卓尔不群、知识广博精深的人离世难道不是这个世界的一大损失？难道像我这样前无古人后无来者的旷世之才的死不应该得到命运的特别关注？死亡带走独步古今的罕见英灵，难道就如同带走凡夫俗子的庸碌灵魂那样不带任何额外的感情？在这个世间，有多少生灵曾经仰赖我的庇护才得以生存，难道神灵和命运会让我的灵魂悄无声息地飘离这个他深情眷念的故土？

> 世人都会在不同程度上显现出一种唯我独尊。
> 正是出于高傲自负，

---

① 大塞涅卡语。原文为拉丁文。

恺撒才肆无忌惮地对水手们说了那席亵渎神灵的话：
如果苍天不愿保护你们顺利地将船开到意大利，
那你们就在我的保护下把船开到那里吧！
你们之所以在狂暴的大海面前畏畏缩缩，
只是因为你们不了解与你们为伍的人当中还有一个特殊的乘
客——我。
有我的护佑，
大海的淫威算得了什么？
这席话比威胁着他生命的大海还要狂妄。

　　　　　　　　　　　　　　　　　　　——卢卡努

还有下面那些话：

恺撒认为，现在的危险同他的能力相称。
他说：神祇很难把我打垮，
他们攻击我用的是巨大的海洋，
可我乘坐的却是小船。

　　　　　　　　　　　　　　　　　　　——卢卡努

　　恺撒的崇拜者还堂而皇之作出这种荒谬论断：在他死后的一年当中，连太阳都在为他披麻戴孝：

为了为恺撒的死表示哀悼，
它（太阳）也用乌云遮住自己发光的脑袋。

　　　　　　　　　　　　　　　　　　　——维吉尔

　　庸庸碌碌的世人动不动就会自欺欺人地夸大自己的重要性，这样的例子简直俯拾皆是、举不胜举。世人们总不能正确地评价自己在宇宙中的位置：他们以为世人看来至关重要的事，比如生老病死，必然会牵动神灵的神经，我们的一己私利会引起上苍的兴趣，以为我们微小的举动也会让无垠的上天会对之作出反应："天体的光芒会因我们的死亡而消失？我以为上苍和我们的关系远没有密切到如此的程度。"①

因此，我的看法是：一个身处险境的人，如果他对自己所处的境地知之甚少或者完全茫然无知的话，即使他表现出一副坚定从容、悠游自在的样子，我们也不认为他真正能做到视死如归。即使他貌似从容赴死，但只要在他的意识从未真正意识到自己的危险境地，那我们也不能将坚强无畏这样的赞誉加诸在他的身上。从行动上或仅仅口头上表现出视死如归、坚定从容并非难事，难的是这个人在对自己所处的形势有深刻的洞察后却能够从容地面对即将到来的死亡。大多数死到临头的人对死亡的态度完全取决于最后关头的具体情境，很少有事先就对死亡深思熟虑过后的从容淡定。在企图自杀的古代伟人中，有的人想立刻死去，有的人的自戕却是经过漫长而痛苦的酝酿过后才实施的。那位以凶残著称于世的古罗马皇帝②在折磨自己的囚徒时，他总是很早就要他们知道自己的死亡确切的手段和日期，可为了欣赏这些囚徒们的恐惧和担忧，他往往迟迟都不愿动手。倘若有一两个人在监牢里自杀了，他就会万分遗憾地说"他终于逃脱了我的手掌心"。他想把死亡的忧惧尽量地延长，而且再附加上严苛的刑法使他们每时每刻都感到死神的在场：

> 这酷刑掌握得极有分寸，
> 虽然肉体上布满伤痕，
> 但每一击都没有狠到致命的程度，
> 要让他感受到死却又不让他真正地死去。
>
> ——卢卡努

的确，让一个生活优裕富足、身体状态良好、精神达到较高境界

---

① 大普林尼语。原文为拉丁语。
② 指古罗马的提比略皇帝。

的人作出自杀的决定，并非如我们想象的那样困难，而且这些人在自杀前往往还都能够镇定从容地处理日常事务。因为在他们的眼里生不足以使人留念，死也不足以使人畏惧，这些人在真正采取行动时，便有一种视死如归的气魄：奥拉加巴卢斯①是古往今来的君王之中最唯美而阴柔的男人，他的生活充满了一种风流的韵味，他很早以前就预见到自己可能会被迫自杀，所以他一直在为自己安排一种优雅而温和的死亡方式。为了使自己的死有一种唯美的情调，不至于让生命的最后时刻给自己风流的一生蒙羞，于是他便精心地为自己设计了好几个死亡方案：开始他想坠塔身亡，于是他特别命令手下为自己建造一座豪华的塔，并且要在塔身和塔顶用珐琅和雕玉来装饰。随后他又想自缢，就令人为自己准备金丝绳和丝绸红绫。然后又想像一个真正的男人一样壮烈地死去，所以他又命人为他铸造金剑。后来他又觉得前面的各种死法让自己在死后无法保全完美的尸身，于是他便命人在绿宝石和黄玉制成的器皿里配制剧毒的药剂，以便服毒而死。他将根据自己临死时的心态，从这些自杀方法中任意选择一种：

　　　　迫不得已的大胆和勇敢。

　　　　　　　　　　　　　　　　　　　　　　——卢卡努

　　这位皇帝的准备工作做得如此的认真细致，给我们的感觉好像他已经对自己的死亡深思熟虑了似的。不过，正是由于他过分考虑死亡的具体细节，倒令我对他是否能够从容赴死大感怀疑。即使是那些精神和人格力量远远高于奥拉加巴卢斯皇帝的人，或出于瞻前顾后，或者因为他们尚未身临绝境，这些人往往也会在执行自杀的最后关头临阵退缩的。所以既然那些精神力量更为强悍的人都无法将自杀始终如一地付诸实践，灵魂在离开他们的肉体之前的依依不舍令他们滋生了反悔的念头，

_____

　　①　奥拉加巴卢斯（204—222），古罗马暴君，以荒淫无耻、放荡不羁著称于世。他最令人诟病的是其性格中的唯美与凶残的奇特组合：他常常在自己的后宫中用玫瑰花瓣的香味或者其他的香料把自己的宠姬和后妃熏死。

那么对一个心智平平、意志力薄弱的人而言生与死都是大考验。

在古罗马内战期间，恺撒在普鲁士俘虏了卢基乌斯·多米提乌斯。卢基乌斯·多米提乌斯不愿以败军之将的身份接受恺撒的审讯和羞辱，所以他便服毒自杀，不过，他刚服下毒药就立刻感到后悔了。在我生活的这个时代，类似的例子也屡见不鲜：有一个人决意自杀，可是由于求生的欲望使得他没有勇气对自己痛下杀手，所以第一次他刺得不深；接着他又横下心来刺了自己两三下，但总不能横下心刺自己最致命的部位。普劳提乌斯·西尔瓦诺斯在不得不接受审判时，他的祖母乌尔古拉尼娅给他送来一把匕首要他自杀，但他没有勇气自己下手，最后只好令手下的人切断自己的腕静脉才死去。在提比略皇帝统治时期，阿尔布希那也决定自杀，但由于没有足够的勇气，几次下手都没把自己刺死，后来她落入自己政敌的手中，被对方折磨后凄惨而死。在出征西西里岛失败之后雅典统帅迪莫斯西尼的遭遇也是如此。菲姆布里亚在自杀时刺得太轻，只好令仆人帮自己结束性命。与他们形成对照的是：虽然奥斯托里乌斯的手臂动弹不得，但他自杀的决心却坚定不移。他吩咐自己的仆人将匕首的刀尖正对前方牢牢握在手里，他则只需往前猛冲就可让匕首刺穿他的喉管。犹如一块刚出炉的肉，你要是怕烫，就得囫囵将之咽下。同样，阿德里安皇帝死亡的决心也坚不可摧：他先让医生在自己的身体上标出最致命的部位，然后再命他对准这个部位把自己杀死。也许正因为如此，当有人问恺撒：他喜欢什么死法时，恺撒回答道："最猝不及防而又干脆利落的死亡方式。"

恺撒这样的想法可能代表了那些濒临绝境的人的心声，在这点上我与他的见解一致。

大普林尼说："人最向往的是迅速而无痛苦的死亡方式。"没有人喜欢探究死、喜欢长久地与死神周旋。谁害怕谈论死亡、谁无法与死神面对面地交锋，谁就不能妄称自己可以从容地赴死。有些被判死刑的人在行将被处决时摆出一副满不在乎的样子，他们急不可待地催促刽子手赶快动手，他们这样做不是因为不怕死亡，而是因为他们无法长久地正视死亡，希望缩短等待死亡的时间。他们不怕死亡本身，但害怕死亡的过程。

> 我不想考虑死亡，但我觉得变成死人无关紧要。
>
> ——西塞罗

犹如我们闭上眼睛奔赴死地！以我对自己性格的了解来看，这样的坚定对我也绝非难事。

依我之见，在苏格拉底的一生中，最值得后人钦佩的莫过于他肯用整整三十天的时间来反复思考即将到来的死亡这件事。在这段在别人看来无法忍受的煎熬里，他惟一思索的就是关于死亡的一切，我们为什么而生，我们为什么去死。只要是坚定不移地坚守自己为人处世的原则和立场，即使饮鸩而死也是死得其所。有了对自己信念的坚守，他便可以毫无遗憾，毫无畏惧地从容赴死。

西塞罗的笔友庞波尼乌斯·阿提库斯①在病入膏肓时将自己的女婿阿格里帕和两三位朋友召集起来对他们说：既然他的病已毫无指望，人们为延长他的生命所做的一切努力证明都只是在延长和加剧了他的痛苦。为了尽快地了结这种痛苦，他想到了自杀。他还诚恳地请求他们支持他的决定，并且请求他们在任何情况下都不要企图说服他改变自己的主意。后来，他用于自杀的绝食方法竟意外地治愈了他的顽疾：他用来结束生命的方法，却帮他击退了久治不愈的病症，使他恢复了健康。当他的医生们和他的朋友们正为这样想都想不到的大好事感到高兴时，却发现自己高兴得太早了。因为，虽然庞波尼乌斯·阿提库斯出其不意地重获了健康，可是他想死的决心却始终如一。他说，既然有朝一日自己总得走这一步，而且现在他已经朝死亡走得这么近了，他也就不想再从头开始。虽然庞波尼乌斯·阿提库斯是迫于形势才开始了解和思索死亡的，但他在死神离去之后不仅没有失去从容赴死的勇气，反而更加热衷于这样做，他的这种矢志不渝的精神实在是非比寻常。他既然下定决心加入了战斗，就要奋战到生命的最后一息。

---

① 阿提库斯（公元前109—前32），古罗马骑士，伊壁鸠鲁主义者和文艺赞助者，与西塞罗有书信往来。

与上述例子相似的还有哲学家克利安特斯的故事。他的牙龈发炎、红肿化脓了，医生便建议他最好节食，在饿了两天之后，他的病情开始大有好转。医生就对他说，他的病差不多已经痊愈，可以恢复平常的生活了。可是克利安特斯却不以为然，他仿佛从绝食和身体的虚弱中尝到了甜头，所以他并无意于恢复生病前的生活方式，准备将绝食进行到底。

医生们对罗马青年图留斯·马尔塞利努斯说，他的病虽不能迅速痊愈，可是这种病症绝不是致死的疾病，所以他早晚一定能够痊愈的。可图留斯·马尔塞利努斯为了尽早地摆脱这种难以忍受的病痛，便想让自己命中注定的那个最后时刻尽快到来。于是，他便把自己的朋友们请来探讨这个问题。据塞涅卡记载，一些朋友出于对图留斯·马尔塞利努斯性命的担忧或出于内心的怯懦，给他出了一些无关痛痒的、他们认为是在设身处地为图留斯·马尔塞利努斯着想的建议；另一些不很真诚的朋友为了奉承图留斯·马尔塞利努斯，就给他出了一些他们推测图留斯·马尔塞利努斯最喜闻乐见的主意。不过，其中有一位斯多葛派哲学家倒对图留斯·马尔塞利努斯说了心里话："马尔塞利努斯，你别费心思了，一个人的生与死并非像你想象的那样重要，不值得我们像如临大敌一样翻来覆去地苦思冥想。你想想，我们生命中有多少次在做重复的、毫无意义的事：吃、喝、睡；喝、睡、吃！我们的仆人和牲畜都和我们一样茫无目的地活着；死亡虽不重要但值得我们认真地考虑，我并不反对你死，只要你觉得自己死得其所、死得坚强，死得充满智慧。我们成日在尘世的牢笼中马不停蹄地转悠：令人萌生想死的念头的不仅仅是病痛之类的肉体不幸，更让人对死亡趋之若鹜的还有对无聊生活的厌腻。"马尔塞利努斯需要的正是这样直言不讳的畏友，这种人不仅仅能给他出主意，而且能为他提供切实的帮助。显然，靠图留斯·马尔塞利努斯的恩惠才得以生存的仆人们害怕介入这种事情，但哲学家们却喜欢毫无保留地直陈己见，然后把生死的选择权交还给图留斯·马尔塞利努斯本人。因为怂恿和阻止他去死都是不可取的。

把一心想死的人救活，就等于把他杀死。

——贺拉斯

然后，这位哲学家又对马尔塞利努斯说：正如正餐后要给客人们上点心一样，人死后也应当把自己的财物分给曾经侍奉和陪伴过自己的人。

生性豁达、慷慨的马尔塞利努斯听从了这位哲学家的建议，将自己的家产分给了自己的仆人们和友人，并竭力安慰他们在自己死后快乐地生活下去。他既不用寒光凌凌的刀剑，也不用致命的毒剂，而是选择绝食的方式细细地品尝死亡的滋味。为了能更深入地体会日渐临近的死亡，他在绝食之后的第三天令人用温水洗净自己的身子，接着便一天天地衰弱下去。在后来的那段不短的时间里，他对自己的仆人和朋友说，虽然衰弱但他仍有快乐的感觉。据那些因心脏衰竭而身体虚弱的人们说：在那种身体状况下他们非但感觉不到任何痛苦，反而有一种莫名的快感，这种快感形如即将入梦时一样。

以上是我提供的人们研究和探索死亡的事例。

不过，我还是倾向于把加图看成是美德和坚韧的化身。他虽出身高贵，物质生活富足无虞，但是素来养尊处优的生活并没有使他自戕的手变得软弱无力。只要他认为在那个时刻自己的死亡是在捍卫自己的信念，只要自己还有条件自由地主宰自己的行动，他就会无所畏惧地走向死亡。如果要我描述他在那个庄严的时刻的样子，我就会想到他浑身鲜血淋漓、开膛破肚的英烈形象，就如同那些与他同时代的雕塑家们刻画的他的模样。我个人以为，第一次自杀未遂后，再进行第二次自杀需要的勇气要比第一次自杀时大得多。

论
盖
世
英
雄

一

　　如果有人要我说出自己心目中的最钦佩的人是谁，我觉得如下三位在我的心中占有着至高无上的位置。

　　其一是荷马。我这么说并非是因为亚里士多德和瓦罗的学识不及荷马那样广博，也不是说维吉尔的诗情无法与荷马相提并论——因为我钦佩他们的原因并非是出于知识或才学方面的考虑，而且我对维吉尔也知之不深，无法在他与荷马之间做一公正评判。虽然如此，我依旧觉得荷马是我了解的人之中最有才情的诗人，而且诗神缪斯也对这位盲诗人格外地垂青：

　　　　他弹起悠扬有致的里拉琴，唱起美妙动人的诗篇。连太阳神阿波罗都会在他面前自惭形秽。

——普鲁佩斯

　　而且，我们也不该忘记，荷马还是维吉尔的引路人和导师，他的旷世之作启发了包括维吉尔在内的无数后世诗人。只从荷马的《伊利亚特》中截取一个章节，就足以让维吉尔写出《埃涅阿斯记》这样的杰作并因此流芳百世。不过，我之所以欣赏荷马并非仅仅出于上述的原因。

141

荷马的出类拔萃，非我的笔墨所能道尽。我时常会为他的遭遇鸣不平，他以自己超凡卓绝的想象力让俄林波斯山上的众神在我们生活的这个世界上安居，但是在他生前和死后都没有得到与他的才能相应的良好对待。虽然他只是一位盲诗人，可是，他在艺术、哲学等其他学科的造诣也精深卓越。在大多数学科都还没有成型的时候，荷马就已经门门精通了。他的著作后来成为古希腊传统的源头，无论是统御国家、行政立法、战术战略、宗教哲学，还是美学艺术都将之视为当之无愧的灵感源头，他包罗万象的作品素有百科全书和知识宝库之美誉。

关于何为诚实，何为耻辱，何为勇敢，何为懦弱，在荷马心中都泾渭分明。比克里西波斯和克朗道儿说得还要清楚明了。

——贺拉斯

如一个人所言：

谁若读了他的诗篇，就如拥有了一泓永不枯竭的甘洌清泉。

——奥维德

另有一位说：

在缪斯的伴侣中，唯有荷马可与日月同辉。

——卢克莱修

还有一位写道：

取之不尽、用之不竭的源泉，为后世的诗人提供源源不断的艺术灵感和素材；一位天才诗人的恩惠，可以泽被万世苍生。

——马尼利乌斯

按照事物产生、发展和消亡的规律，万物在初生时期的形态都是不完备的，随后才会发展到圆满的形态，可是，荷马却违背了自然发展的一般步骤，他的作品一出世便已成空前绝后。他既开启了诗歌的纪元，同时诗歌也在他的手里臻于完善。出于这个原因，我们可以将荷马称为诗歌中的起始者和集大成者；他的成就前人无法企及，后人无法超越。借亚里士多德的话来说：不仅荷马的语言是从古至今的诗人中最有灵韵和情致的，而且他的每个故事中包含的内蕴都可以上升到哲学的高度。亚历山大大帝在伊苏之战期间，在波斯王大流士的遗物中发现了一只别致的珠宝箱，他立即命自己的随从将荷马的诗篇放在里面，以便在军旅途中拿它们当自己的良师益友。因为荷马的诗篇中包含了非常深奥的军事机谋和策略，所以阿纳克桑德里德斯的儿子克莱奥梅尼才错以为荷马是好战黩武的斯巴达人。而从不肯轻易赞誉他人的普鲁塔克也对荷马赞誉有加，他说荷马的作品乃古今独步，读起来既不令人过分沉溺，也不会令人心生厌腻，而是让读者常读常新，它的魅力不会随时日的流逝而消弭。那位意气用事的亚西比德向一位以文艺为业的人讨要一本荷马的作品，那人回答他说没有，亚西比德便掴了他一个耳光，就好像教皇发现自己的主教在布道时不随身携带自己的经文一样。有一次，色诺芬尼向锡那库斯的暴君希伦诉苦，说他自己非常穷，连两个仆人都没法子养活。暴君怒气冲冲地回了他一句："荷马虽然只能靠当行吟歌手为生，尽管如此，他死后还有能力养活成千上万的人。怎么？你比他还穷吗？"当帕里西厄斯称柏拉图是哲学上的荷马，便将荷马置于柏拉图无法企及的地位。

　　除却荷马之外，还有何人配得到世人如此的尊崇和景仰，有何人的成就可以与他相提并论？世上没有任何东西像他的名字和作品一样流传千古；也没有任何诗篇像特洛伊战争、美人海伦一样家喻户晓——即使人们无法确认这些战争是否在历史上曾经发生过。我们的孩子们今天写的依旧是在《伊利亚特》中荷马流传下来的文字，一提到赫克托耳和阿喀琉斯，即使是乡妪野民也不会感觉陌生。不但是拉丁语系的作家，但凡是欧洲后世的文学、艺术和哲学，多数都直接起

143

源或间接地受益于荷马的神话传说。土耳其皇帝穆罕默德二世在写给
我们的教皇派厄斯二世时说："我想不通为什么意大利人要与我们过
不去，我们本都是特洛伊人的后代。我们本应当联起手来对付杀害了
特洛伊英雄赫克托耳的希腊人，可他们却倒戈与希腊人结盟来收拾我
们。"在荷马的作品中，世界犹如一座大舞台，不过在上面亘古不变
上演的是崇高而伟大的英雄故事。

　　甚至他未明的身世也给他带来莫大的荣誉：古希腊的七个城邦都
争相宣称自己是荷马的出生地：

　　斯米尔纳、罗得岛、科罗芬、萨拉米斯、希俄斯岛、阿耳戈斯和
雅典。

二

　　另一位是亚历山大大帝。他是一位幸运的宠儿，他的事业道路通
畅而显赫，一切在一般人眼里的伟业壮举对他而言不过是浑然天成的
举手之劳而已。他少年而得志，在年纪很小的时候他就在享誉世界的
顶级风云人物中树立了自己的威望。由于命运的格外垂青，他在挥手
之间便建立了他人终身无法企及的卓越功勋。

　　　　他将那些横亘在他成功道路上的障碍一一扫除，器宇轩昂地
　　在废墟中开拓出一条属于自己的阳关大道。

——卢卡努

　　他之所以在历史上占有着独特的位置，是因为在他年仅三十三
岁的时候便已雄霸世界，他花了半辈子完成的事业，是他人穷其一
生都无法达到的，以至于人们无法想象，倘若没有英年早逝的话，
他的功业会达到何种程度。他的生命会创造出何等辉煌的奇迹来？
凡是经他提拔的将士要么当上了王公国戚，要么在世界的政治生活
中独霸一方，他的继承者和后裔在历史的舞台上也都非等闲之辈。
众多的美德都集中地体现在他一个人身上：正义、节制、豁达、守

144

信、笃爱、对所有的人——包括自己的敌人——讲求人道（虽然在他身上也有一些不好的个人嗜好和习惯，但总体上来说他的人品是无可挑剔的）。处于政治漩涡中的人不可能对任何人任何事都讲求道义，因为他们要维护的是世界的大秩序而不能只把眼光放在局部和具体的人身上，所以当我们评判一个功勋卓著的伟大人物时，应该看到他人格的主要方面。虽然人们指责他摧毁了底比斯城邦，谋害了许多忠义之士，谴责他在伊苏之战后对波斯战俘的大肆虐杀，他对印度军队冷酷无情的杀戮，尤其是他对包括妇女儿童在内的科赛人的毫无人性残害更为世人诟病，但是这些非议并没有妨碍他在人们心目中的英雄形象。人们只把他的这些作为看成是政治局势下的必要和不可避免的罪恶。而且我们可以从他对克利图斯的赎罪这个事件中了解亚历山大大帝为人宽厚的一面；他的性格中占据主流位置的还是善意和忠厚，所以有人对他的功过进行了比较客观的评价：他的美德浑然天成，他的罪恶出自于无法避免的命运。由于他年少得志，所以他身上也难免会有一些心浮气躁：喜欢那些奉承自己的人，倘若听了不中听的话便马上变色。我认为这些都是可以随着年龄的增长自然而然克服的缺陷。他除了在政治生活中显现出非凡的雄才大略，在战略战术上能够运筹帷幄而决胜千里之外，他还有许多他人不具备的卓越品质，比如勤奋、考虑事情很有预见性、强大的意志力、遵守成规、洞察力敏锐、心地高尚、容貌隽秀、身量伟岸等等这些但凡是常人认为最有价值的东西几乎都齐聚于他的一身。他是命运的宠儿，世间的天人。

> 即使他沉没在海神晦暗的波涛中，也会闪烁出耀眼的星光；
> 他抬起那张容光焕发的脸，郁积在天空中的阴霾便随之一扫而光。
>
> ——维吉尔

他不但才学出众，而且人格高尚；他的容光与天地同在，与日月同辉。在他离世过后的漫长岁月里，人们一直相信佩戴他的胸像能够给自己带来好运和幸福，致力于撰写他的历史功绩的比为其他任何帝王歌功颂德的历史学家要多得多。伊斯兰教的信徒们对其他人的历史文献不屑一顾，唯独对亚历山大大帝的生平事迹情有独钟。综合地考虑上述的种种，我认为自己舍弃恺撒而选择亚历山大大帝是很有道理的——因为我觉得恺撒是惟一可以与他相提并论的英雄人物。虽然我知道恺撒的成就大多依靠自己的努力，而亚历山大大帝却主要听从于命运的安排，不但他们两人在许多方面难分轩轾，而且在某些方面恺撒甚至比亚历山大大帝更胜一筹，但我在心中还是更加认同亚历山大大帝式的顺应命运而成就的千古英雄。

他们似两场燎原大火或两条气势磅礴的巨流般掠过大地，令千秋震荡。

> 如同干燥的丛林中爆起了火星，顷刻之间便成燎原之势；如同气势汹涌的狂流一般，卷起硕大的巨石横扫一切之后归于大海。
>
> ——维吉尔

恺撒在某些方面虽比亚历山大大帝更为节制，但是他向往独裁的野心给世界带来的后果却是毁灭性的：国家从此式微，也为世界开启了一条与民主制度背道而驰的统御之道，使后世的无数生灵惨遭封建独裁制度之苦。所以，恺撒的过抵消了他的功，从这个意义上来说，亚历山大大帝与恺撒相比是略胜一筹的。

三

第三位令我钦佩的人是伊巴密浓达。

若论他们在现实世界取得的荣誉，他远远不及我上面提到的那两位（光荣也是事物本质的一个重要组成部分）；若论果断和勇气，他拥有的也不是亚历山大大帝式的那种受野心驱使的果断和勇气，他的果断和勇气是由智慧和理性指导的。他的思维澄澈清明、条理清晰，思想运行起来时简直如入无人之境。说到美德，他的德行是亚历山大大帝和恺撒之流无法企及的。在古希腊民众的心目之中，他的位置无人能替代；希腊人众口一词，称颂伊巴密浓达是国内的第一人；而只要是希腊的第一人，也就相当于世界的第一人。至于他的学识，有一句流传至今的话恰当地评价了他："在古往今来的贤哲人物当中，从来没有人像他知道得那么多，而又说得那么少。"伊巴密浓达属于毕达哥拉斯学派，在他涉猎的领域范围内，在学识上没人能够超越他。他还是一位禀赋卓越的演说家，他天生就具有打动人心的能力。

至于个人品格和德行，伊巴密浓达也是任何时代的政治家们和哲人们无法超越的。政治和社会生活是任何一个有正义感和事业心的人都应当涉猎的领域，因为真正有力量和道德的人只有将自己的德行施行于普世才是真正的善行。伊巴密浓达也从不会空口谈玄，将自己孤立于时代风云和大的历史背景之外，入世而又超然是他为人的写照。

在伊巴密浓达身上，最让我敬佩的是他能够始终如一地忠实于自己的感情，他的真诚和善意不依赖外界环境的刺激便可以自足地在内心里存在。我所钦佩的是：虽然伊巴密浓达处于浊世，可是别人对他的残忍和背叛并没有败坏他自己的判断力，他依旧唯我独清地坚持自己真诚守信、温和宽容的处事原则。他的真诚和善意与世长存，即使别人背弃他、利用他，但伊巴密浓达依旧不会改变自己对他们友善的态度。相比之下，亚历山大在这个方面的善意则过多地依靠外界才能维持，倘若遇到凶残的或背信弃义的敌人，他就会以其人之道还治其人之身，所以他的善行是软弱和不稳定的。

在古往今来的历史上，在某一点上值得人们钦佩和称道的大有人在，在某些方面超凡卓绝的人也不鲜见。可是，在我的心目中，唯有伊巴密浓达卓然独立，因为在他生活和戎旅生涯中处处洋溢着高洁的德行。仔细地检验他的政治、社会和日常生活，我发现他的一生除了公正端方、真诚善良、宽厚温柔之外，竟然找不到任何瑕疵。他在人生的任何境遇中都不曾做过有损人格的事。无论在和平时期还是战争频仍的年代，无论是在私生活还是在公共领域内，他都能始终如一地坚持光明磊落地处事对人。我从未觉得哪一个人的容颜和人格值得自己给予他如此多的敬意和挚爱。

在普鲁塔克的书中，惟一与伊巴密浓达有得一比的人是西皮奥·依米力艾纳斯。伊巴密浓达是古希腊的第一人，而西皮奥·依米力艾纳斯则是古罗马的第一人。在普鲁塔克的书中他们并驾齐驱，作者认为他们是古今内外人品最高贵的一对。

我还想补充一些有关伊巴密浓达的轶事来展示他高贵的人格。

他自认为自己一生最辉煌的时刻是卢克特勒战役的凯旋，但是他为之感到骄傲的原因与我们常人的想法大异其趣：因为他觉得自己能让风烛残年的母亲看到这样一场大胜利让他感到格外的欣慰，他的原因仅此而已。

他还认为，即使在抵御外敌入侵时或者被迫反击时也应当讲究分寸，不能滥杀无辜、草菅人命；所以，当他的朋友庖泽派洛毕达以解放底比斯的名义挑起战争时，他对之表现得极其冷漠；他还觉得，在战争中若遇到自己的故友或知交时应当退避三舍，或者从内心里理解和原谅朋友们选择的与自己对立的立场。因为人在世界上很多时候都身不由己，自己与朋友们不过都是各司其职、各侍其主罢了，他们的私交不应当随着外界的地位和立场的改变而变质。

不过，伊巴密浓达的这种宽厚仁慈的处事方式常常为世俗所不容，也引起了比奥舍同盟对他的怀疑和不满。他仅仅凭借自己始终如一的善意和信守承诺的高尚人格，便不战而屈人之兵：让那些驻守在科林斯近郊莫奈关峡的官兵自动向他投降。在一次战斗中，出于人道主义的考虑，伊巴密浓达在自己方面战机极其有利的情况下也没有跟踪追击落荒而逃的敌人，这令他的上司极其恼火，并免去了他指挥官一职；可是伊巴密浓达非但不为自己争辩，还对之泰然处之，显得镇定而从容。我们在他身上能够看到：世间的一切赞誉，人世的一切毁谤都不能摧毁的自信和淡定。正因为内心坚定，所以能够进退有据。他可以对一切命运中的事不过分地强求就可以做到心中释然。因此，他到了哪里，美德和真诚就会如影随形。

他们不怕死亡本身，但害怕死亡的过程。

论三烈女

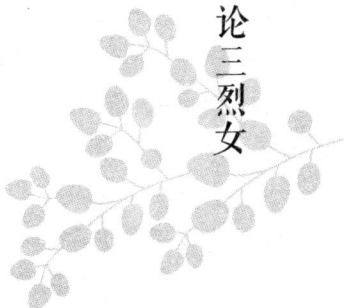

人所共知，恪守婚姻义务的人，从古至今也极难找到一打以上，因为婚姻本身布满了荆棘和变数，极少有妇女肯终身屈从于婚姻的摆布。纵使是内心恒长坚定的男子，在碰到身份地位和经济条件的改观后，也很难始终如一地忠贞于自己的元配。

婚姻开始的时候总是甜蜜的。后来就有了厌倦、习惯、背弃、寂寞、绝望和冷笑。

美满婚姻的试金石和真正的考验在于：两个人的结合是否地久天长，是否默契、忠诚和愉悦。在我们这个素来讲究自由和浪漫的国度，妇女们往往只是在痛失了自己的丈夫以后，才会对他们活着时对自己的照顾和他们承担的责任心生留恋。正应了那句爱情净言：但凡未得到、但凡失去的人才会占据她们的心；只有到失去时她们才明白对方在自己心中的分量。只有当丈夫成了亡夫时她们才会真正爱上他们，真是不合时宜的爱情！人生中有多少真正有价值的东西不能失而复得，在庸碌的一生中又有多少东西是我们不想拥有的啊！世上有很多东西是可以挽回的，比如良知，比如体重。但不可挽回的东西更多，譬如旧梦，譬如岁月，譬如对一个人的感觉。放弃一个很爱你的人并不痛苦，放弃一个你很爱的人才是痛苦。为了保持一种恒长不变的情意和挚爱，父亲不肯轻易对自己的孩子流露自己的慈爱，妻子对丈夫也不可过分地表达自己的深情。当她们的丈夫有一天突然离开了她们，她们便开始徒然地扯发捶胸，一副悲痛欲绝的样子。而我却不会为表象所蒙蔽，我会悄悄地走到一位女佣或秘书的面前，对她们询问她们与自己丈夫生前相处的情况："他们在日常生活中表现得怎样？他们在共同生活中是否互相照应、互相体谅？"我总在内心里告诫自己道："往往那些最没有真情实感的人在人前哭得最凶。"① 她们漫无节制地嚎啕大哭，既对死人无所助益，也叫活人感到烦腻。我和苏格拉底的想法一致：只要在生前大家能温柔相待，对方死后即使笑一笑也没有什么关系。

　　谁在生前对我怒目相向，即使在我死后她又悲悲切切地前来抚摸我的双脚，纵使哭得梨花带雨也决不能让我复活！只有那些在丈夫生前就对他们温柔相待、体贴入微的人才有资格悲悼自己的丈夫，其他的女人恐怕在悲悲切切的哭声中也只不过想到的是自己失却了一个服侍自己、让自己衣食无虞的奴仆而已。宁可让那些在丈夫生前不停地为丈夫忧虑痛苦的女人在成为寡妇时开开心心，我也绝不愿见到那些在丈夫生前对丈夫尖酸刻薄、冷漠无情的妇女在成为寡妇后的悲悲戚戚。前者懂得善待别人，后者只懂得善待自己！看一个妇女是否真的伤心，我们要依据她藏在挽纱后的神情、气色还有面颊的丰腴还是消瘦来判断，而不能仅仅从泪水盈盈的双眼以及凄苦的哭声就轻易下结论。身在婚姻中的女人在成为寡妇后，其健康状况极少没有得到明显改善的，这才是我们判断他们对自己丈夫真实情感的依据。那种场面上虚伪的悲伤，只是哀悼一个人——那就是她自己——的孤苦无依！在我的童年时代，我见到了一位亲王的遗孀——一位美丽而贞洁的女子（她至今尚在人世），她在自己的丈夫去世后不顾世俗的守寡礼节，反倒喜欢穿那种明丽色彩的服装。有些思想保守的人指责她的行为，她便坦诚地告诉他们说："我穿什么又有什么关系，自从我送走了我挚爱的丈夫后，我就已经心如死灰了。"

　　纵然人世间的真情挚爱非常少见，不过我下面讲到的三个例子却非比寻常。在这三个故事中，女主人公的贤德性情及对丈夫的深情厚意实在令我动容，因为她们将一生中所有智慧、美德还有生命都毫无

————————

　　① 塔西陀语。原文为拉丁语。

保留地奉献给了自己的丈夫。

　　小普林尼在自己的著作中曾提及，当他居住在意大利的时候，在他家不远处居住着一位邻居。这个人可能出于一时的风流从外面沾染了性病，他的妻子见他成日呻吟不已，而且外阴严重溃烂，于是她便嘱咐自己的丈夫留心观察患处。她自己则悉心地收集那些有助于疗治丈夫疾患的书籍和药方，后来当她见到丈夫的病情每况愈下，便狠下心来对丈夫说了自己对他的病症的真实看法。她告诉丈夫说：凭她对病症的研究，他的病是不可能治愈的了。她还对丈夫说，与其看到他每天在痛苦中煎熬，还不如看着他早点了却残生的好。而他饱受病痛折磨的丈夫虽然已病入膏肓，但他由于对生抱着眷恋之情，不能够下决心自杀。这个女人见到自己的丈夫犹豫不决，便对他说："我的朋友，你活得很痛苦，而我看到你这样痛苦，内心有说不出的难过；既然我愿意在你健康时与你一起欢笑，既然我愿意在你病时悉心照料你，我同样愿意在你死时陪伴你一起奔赴死地；我们可以像活着时一样手牵着手一起离开这个世界啊！"

　　她的真情打动了丈夫那颗犹犹豫豫、优柔寡断的心；于是他们便决定从海边别墅的一扇窗户跃入大海里结束自己的生命。为了把生活中自己对丈夫的真情挚爱保留到生命的最后一刻，这位坚贞的妻子还要把软弱无力的丈夫抱在怀里才肯投入大海的怀抱。而且，她还担心在投海的过程中他们会离散，撒手后他们便不能再合抱在一起，所以她从腰际把自己与丈夫捆在了一起。就这样，这个充满了爱的勇气的妻子为了使病重的、害怕孤独寂寞的丈夫死得安宁，心甘情愿地献出了自己的生命。

　　虽然这位夫人的出身并不特别高贵，可是她的这番作为却是那些皇亲国戚们无法超越的。

　　　　当正义之神欲离开罪恶的土地，
　　　　污浊的尘世也会留下他神圣的足迹。

　　　　　　　　　　　　　　　　　　　　——维吉尔

　　而在上流社会，美德的事迹更是寥若晨星！不过，恰巧我要谈到的另外两位夫人却都非富即贵。

　　罗马执政官塞希那·皮特斯的妻子是一个名叫阿丽亚的女子；她生了一个女儿也取名为阿丽亚。这个小阿丽亚后来嫁给了一个叫做特拉沙·皮特斯的人为妻，特拉沙·皮特斯是罗马暴君尼禄统治时期的一位著名的伦理学家，她后来为自己的丈夫生了一个女儿叫做法尼亚。由于古罗马人习惯于让女儿承袭母亲或祖母、外祖母的名字，因此具体谁是谁往往会产生一些误传。有记载说：塞希那·皮特斯在他的朋党斯克拉博尼亚纽斯政变失败后，被克劳底乌斯皇帝的手下俘获，他的妻子阿丽亚恳求那些奉命押解自己的丈夫到罗马的人让她与自己的丈夫同船前往罗马。她还指出自己一同前去的好处：首先，政府可以省去照顾自己丈夫塞希那·皮特斯日常饮食起居的人力、物力和财力；其次，她还可以负责为那些同船的人打扫卫生和做饭洗衣等杂务。在遭到那些官兵们的拒绝后，阿丽亚便自己租了一艘渔船从斯克拉沃尼一路尾随着丈夫所在的那艘船。

　　这样她就同自己的丈夫一同到达了罗马城。一天，塞希那·皮特斯的朋友斯克拉博尼亚纽斯的遗孀茱莉亚见到阿丽亚，出于朋友的交情和相似的境遇，茱莉亚非常主动地想与阿丽亚攀谈。可是阿丽亚却粗鲁地推开了她，并且对她说："斯克拉博尼亚纽斯就是为了你的野心才死的，而你却在他死后还悠游自在地苟且偷生！你还有脸来跟我说话？"她日常生活的点点滴滴无不暗示：倘若自己的丈夫先她而去，她一定不会在世界上苟延残喘地活着的。

　　阿丽亚的丈夫塞希那仍旧生死未卜，而阿丽亚却似乎预见到了丈夫并不乐观的前景。在她的女婿特拉沙开导她不要自寻短见的时候，对她说："怎么，要是我碰上我的岳父塞希那那样的命运，难道您愿意见到您的女儿我的妻子做出和您一样的抉择么？"阿丽亚回答自己的女婿道："我不懂得你在说些什么？你是在问我的意见吗？当然，当然，我同意！倘若她也像如今的我一样风烛残年，如果她也一样同你——她的丈夫——伉俪情深，我没有理由阻止她跟随自己的丈夫一同离开这个世界。"这席话令她的亲人们更加为她担忧，为防止她自杀，他们便准备将她置于自己的严密监视之下。

有一天，阿丽亚对看守她的人说："你们这样做纯粹是在做无用功。你们虽然可以在一定程度上拖延我的死期，改变我死亡的方式，但你们不能改变我想死的决心。"话刚说完，她就从椅子上一跃而起，用尽全力朝一旁的墙上撞过去。虽然阿丽亚伤势很重，可是她并没有达成自己想死的心愿，她直挺挺地躺倒在地上昏迷了很久，费了很大的劲大家才让她苏醒过来。一恢复理智她便对自己的亲人们说："我早跟你们说过，你们倘若不让我舒舒坦坦地死，我就会用更加惨烈的方式结束自己的生命的，不管这样死亡多么令我痛苦。"

没想到阿丽亚的壮举却遭遇了现实的尴尬：她的丈夫皮特斯虽然被囚禁在监牢里，而且他自己也心知肚明，冷酷无情的克劳底乌斯皇帝肯定不会让自己活太久的，但他还是没有勇气自杀。阿丽亚只好亲自去劝说和鼓励他下最后的决心。她一把拔出丈夫随身佩戴着的剑牢牢地抓在手里，激励自己的丈夫道："皮特斯，你照我这样干吧！"说罢她便立即照自己的腹部的致命位置狠狠地扎了下去，然后用力拔出鲜血淋漓的剑递给自己的丈夫，用一句一般女子根本无法说出来的话结束自己高贵、坚贞而不朽的生命："你看，皮特斯，这一点也不痛！"阿丽亚刚把最后一个字掷地有声地吐出来便咽了气。

坚贞贤德的阿丽亚从自己的肚腹中拔出那把血淋淋的剑，交给自己的丈夫皮特斯，并对他说："相信我，我自己所受的伤并不让我痛苦，而你将要受的伤才会令我痛彻肺腑。"

阿丽亚的刚烈性情给人产生强烈的震撼力，而且她对自己丈夫的真挚情意也让人回味无穷。既然她的天性如此，那么她自己的伤痛和死亡，她丈夫的伤痛和死亡都不足以令她改变自己的决定；因为她是一个把名誉看得很重的人，在她的心目中，如果一个人不能自由而有尊严地活着，就毋宁死。她的丈夫在她的感召之下也终于拿起了那把剑结束了自己的生命。

年轻的庞培娅·波里娜是罗马的贵妇，她在自己的生命中的最好时光嫁给了暮年的塞涅卡。虽然塞涅卡曾经是暴君尼禄的老师，后来由于种种原因他们之间竟至到了水火不容的地步，于是尼禄便利用自

己手上至高无上的统治权向塞涅卡宣判了死罪，在古罗马时期，皇帝
要处死一位出身高贵、德高望重的大臣就会派遣一个卫队到那人的家
里去，让他在规定的时间内自主地选择一种自己觉得适合于自己的死
亡方式。皇帝给自己大臣的自杀期限有长有短，完全凭他个人在下令
时的心情而定。被赐死的大臣在皇帝规定的期限之内可以自由地处理
自己的私事甚至准备自己的后事，倘若皇帝对一个人恨之入骨的话，
他可能就会逼迫对方立即自戕，在这种情况下，被赐死的臣子就无暇
他顾了。如果到了皇帝规定的期限，臣子还是没有勇气自我了结的话，
皇帝本人就会亲自派人强制执行自己的旨意，他使用的方式往往是割
破大臣的喉管或者主动脉，再不就是让他饮鸩而亡。不过，对那些位
高权重的臣子来说，绝大多数情况都犯不着让皇帝亲自动手，他们有
自己的家庭医生或者外科大夫替他们设计相对而言痛苦小一些的死亡
方式。塞涅卡就属于那种较为不幸的人之一，因为皇帝要他立即就死。
在从容镇定地听完了皇帝的宣判书后，请求皇帝手下的人给自己一张
纸来书写遗嘱。在遭到卫队长的拒绝之后，他就转身对自己的亲朋好
友们告别："既然皇上不允许我为你们留下什么物质性的遗产，为了
表达我对你们的悦纳和感激，我愿意将我最为宝贵的精神遗产留给你
们。我希望你们记住我的言行举止，我的一生为人处世的原则，如果
你们能做到这一点，那么你们就得到了我生命中最为珍贵的东西了。"
塞涅卡看到自己的亲朋好友们在为他所受的苦感到难过，他一会儿温
言细语地安慰他们不要为自己难过，一会儿又疾言厉色地训斥他们道：
"尼禄的凶残成性人所共知，他不但弑母还杀害了自己的亲弟兄，你
们还对他抱有什么幻想吗？亏你们还学了那么多哲学上的金玉良言，
亏你们还妄称自己的境界足以应付世间一切的变幻无常？以尼禄的天
性，他杀害曾经对他谆谆教导的老师乃是情理之中的事!"

　　对大家说完了这席话后，塞涅卡看到心力交瘁、悲不自禁的妻
子，他希望自己的妻子看在爱情的分上更加坚韧地忍受这桩祸事。
于是他又转身对着庞培娅·波里娜说："亲爱的，收起你的眼泪吧，
别叫你挚爱的眼泪给你自己带来耻辱，让别人误以为你爱惜自己胜
过关心我的荣誉。你应当节哀，你应当在对我的怀念、对我的坚韧

不屈的就义中找寻安慰，并在自己的余生中一以贯之地坚持走自己以往的道路。"

在听完了塞涅卡的话后，庞培娅·波里娜被自己的丈夫高贵的气节所感染，从悲悲戚戚中恢复了常态。她对自己的丈夫塞涅卡说："不，塞涅卡，我不会让你孤零零地身陷困境而不与你朝夕相伴的；在你的潜移默化下，我能够看清什么才是生命中最有价值的东西；除了让我的一生都陪伴在你身边，除了让你在这个无常的人世间感到有我这样一个知心朋友陪你同生共死外，我实在找不到生命中还有什么有意义的事！"

塞涅卡听了庞培娅·波里娜的这一段慷慨陈词，内心感到无比的欣喜。说实话，他也非常担心自己走了以后妻子会受到更残暴的虐待，于是他对自己的妻子说："波里娜，我从前也曾跟你说我们要生死与共，说过我在任何情况下都不会让你孤独无依地独自面对突如其来的灾难，如今我们已经幸福地在一起度过了许多值得回忆的时光，这非常令人欣慰。你不愿贪恋生的快乐，宁愿陪伴我奔赴死地，这点与我情投意合、心意相通，因为倘若你遇到像我这样的命运，我也会毫不犹豫地选择像你这样做的。所以，出于我们坚贞不渝的爱情，我愿意成全你的想法。"

后来，人们拗不过他们，只好把他们的动脉一同切开了。但是由于塞涅卡年老体衰，血脉细弱，所以他的血流得又细又慢，所以他又让人把他臀部的血管也切开了。他害怕自己的妻子看到自己所受的磨难会心碎，而且他自己也无法坦然地直面自己妻子受罪的模样，于是在与自己的妻子情意绵绵地道别过后，他恳求朋友们将自己带到隔壁的房间里去。他们也照他的话做了。但是，即使塞涅卡把自己臀部的血管切开后，他的血依旧流得很慢，他便要求他的医生斯塔迪乌斯·阿奈乌斯给自己一杯毒汁，他仰面就把那杯毒汁一口咽下。由于他的四肢虚弱发冷，喝下的毒汁也不能迅速地到达心脏。好在有人及时给他端来了一盆热水，他把自己泡在热水中时，才渐渐感到自己已接近生命的尽头。只要他还一息尚存，他就会继续发表自己对世事的看法和见解，他的临终遗言经过他的助手和秘书们的整理过后，给后世的人以无穷的警示和启迪（对我而言，最大的遗憾是他的临终遗言今已亡佚）。当他感觉自己的确已经到了弥留之际，他还从浴盆里舀出血水来浇在自己的头上说："我把自己的血液献给还我灵魂自由的主神朱庇特。"

尼禄听说庞培娅·波里娜也随自己的丈夫自杀的报告后，害怕她的死会让自己遭到罗马各界的广泛声讨，毕竟庞培娅·波里娜出生于罗马的名门望族，而且尼禄对她也没有特别的仇怨。所以，尼禄急忙派自己最得力的医生前去为庞培娅·波里娜包扎伤口。那些医生来到塞涅卡家里的时候，庞培娅·波里娜已经失去了知觉，只有被动地接受那帮人的摆布。事后她虽然身不由己地活了下来，可是从她那毫无血色、庄严凝重的神色可知她已经将自己的生死置之度外了。

虽然以上的三则故事非常生动凄恻，然而我敢担保它们都是真人真事。我奇怪那些以写小说为业的人为什么没有想到从那些美丽凄婉的历史史实中去寻找创作的素材，因为这样做既有乐趣，而且还能事半功倍，何乐而不为呢？就如同奥维德的《变形记》一样，可以用大量的寓言组合成具有创意的新作。

在塞涅卡夫妻的事迹中，有一些事我觉得还值得我为之费点笔墨。在上面的故事中我们只看到庞培娅·波里娜肯为了与丈夫的深情挚爱而舍弃生命，而没有提及从前塞涅卡也曾为了与她的爱情而拒绝过死亡。宁可为了爱而生与宁可为了爱而死这两种凝重的选择，其实是超越了任何比较意义的。塞涅卡是一个斯多葛主义者，依据斯多葛主义的教义，我想他一定是把自己为了爱而延长自己的生命与庞培娅·波里娜为了爱而结束她的生命这两者等量齐观的。在塞涅卡写给卢基里乌斯的一封信里曾提及：他在罗马曾染上了热病，妻子好言阻止他也听不下去，立即便跳上一辆开往乡下的马车离城，并告诉自己的妻子，他得的是水土不服引发的热病，而不是普通的热病。不过这封信的后面他又写到："在再三叮嘱我注意身体后，她（指庞培娅·波里娜）就同意我到乡下去了。及至暮年，我也有我的优势，那就是在很多事情上能够洞察真相，能够始终如一地守护自己的感情。虽然离开了妻子，可是，我开始悉心地照料自己的身体，我知道自己的身体里有她的生命，在我这个日渐老迈的身体上另有一个年轻的生命需要我照顾。即使我不能使她更勇敢地爱我，至少她可以使我更体贴地爱护自己。真正的感情里必有依赖和寄托，虽然命运有时逼迫我们必须自己照顾自己，但是在多数情况下，我们喜欢沉溺在浓郁的温情之中。我们必须咬紧牙关忍受自己不愿忍受的生与死，因为对那些德行高洁的人而言，人生的最高目的不是享乐而是讲求信义！并不是所有的人都会对自己的妻子和朋友怀有这样深沉的感情！我认为那些在痛苦时只顾念自己的人，不思为亲人延长自己的生命、一心赴死的人，他们本身就是缺乏勇气和真情的人。当我们的亲人需要我们献出自己的生命时，我们的灵魂应当毫不犹豫地听从亲人们的命令；真情的人往往会把自己完全地奉献给亲朋好友；如果他们不想让我们死亡，我们就应该打消自己想死的念头。像许多典范人物所做的那样，出于为他人考虑而坚持活下去，才是大勇的行为！一个人愿意为他人而延长自己的暮年的确是无畏之中的大无畏，因为风烛残年的生活如果有乐趣的话，那也仅仅是聊胜于无，简直无法与青春年少相提并论。如果延长生命对所爱的人是一种安慰、甜蜜和愉悦的话，我们当然也可以从中获得极大的回报，因为他对自己的妻子充满了温情，反过来对自己也充满了温情厚意，世间还有什么比这种琴瑟相契更让人向往呢？因而我的波里娜在我身上激起的不但是对她的关爱，也有对自己的关爱。这一切使我考虑问题时，重心从我是否能忍受转到了她是否能忍受上面。我逼迫自己为她而活下去，有时活着比死要更大的勇气。"

这段陈述简直是文如其人。

殊途同归

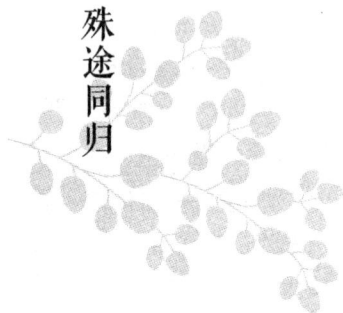

通常，当我们曾经触犯过的人握有我们的生死大权时，低三下四地屈从于他们的意旨不啻为一种软化他们的权宜之计。不过，与之相对的英勇和顽强，有时也能产生意想不到的效果。

拥有巨额资财、享有崇高威望的威尔士亲王爱德华①在长期摄政于吉耶纳②之前，列摩日人曾经大大地冒犯过他，于是他便决心使用武力征服他们。在攻取列摩日的过程中，他置该城铮铮男儿的哀求于不顾、对妇幼们的软弱的悲啼也视若无睹，硬着心肠将列摩日城杀得尸横遍野。直至他看见三位与他殊死搏斗的列摩日将领时，才为他们的英勇气节打动而放弃了屠杀。爱德华亲王正是出于对这三位勇士无畏气节的钦佩，才平息了自己内心对该城的愤恨之情，最后赦免了全城民众的死罪。

伊庇鲁斯③君主斯堪德培④曾孤注一掷地追逐一名士兵，想置后者于死地。开始那位士兵只是依据人们在这种情境时的惯常反应——试

---

① 爱德华（1330—1376），英国百年战争中最卓越的将领。据说，在他1370年围困列摩日时曾大肆屠杀当地民众，最终只有三位誓死抵抗的列摩日将领得以幸免于难。

② 吉耶纳：法国西南部一带。

③ 伊庇鲁斯：古希腊一地区名，今为希腊北部及阿尔巴尼亚南部一带地区。

④ 斯堪德培（1403—1468），阿尔巴尼亚君主。

图通过低声下气的苦苦哀求——来平息斯堪德培的怒火，结果无济于事。无计可施之下，他决定孤注一掷地与斯堪德培搏斗。这一勇敢的行为立即熄灭了君主的怒火，那位像男人一样捍卫自己生命的士兵最后得到了主人的宽恕。斯堪德培向来敬佩那些敢于捍卫自己生命的人和有德行的人，而对他的这一脾性不甚了解的人则常常不知如何应对他。

巴伐利亚公爵在被康拉德三世围困后，曾希望凭借丰厚的物质条件来向后者求和，可惜康拉德三世非常鄙视他的卑躬屈膝，对他所谓的优厚条件也不屑一顾。不过，出于男人的雅量，他给了城中那些贵妇名媛们保全体面的机会，允许她们将自己体力能搬动的东西徒步带出城区。结果那些心灵高尚的妇女竟然舍弃了世人眼中最宝贵的金银珠宝，只是将她们心目中最重要的人——丈夫、孩子——背负在肩上带了出去，公爵本人当然也被自己的女眷背出了城区。当康拉德三世看到了这个令人感动的场面时竟感动得流下泪来，对公爵的刻骨仇恨也随即烟消云散，决定对公爵及那些城民们实行怀柔政策。

上述两者，无论是屈从还是抵抗，都易于打动我。因为我为人一向宽宏大量、富于仁爱之心。无论如何，我认为自己的性情更趋向于同情而不是钦佩。不过，对斯多葛主义者而言，怜悯是一种罪恶。他们也主张救助那些处于苦难中的人们，但他们的出发点不是同情与怜悯，而是冷静的理智，因为他们向来相信可怜之人必有可恨之处。

不过，我认为下述的例子或许更能向我们展示：那些曾经不幸遭受上述两种方式考验的灵魂是如何承受其中之一时不为所动，却被另一种方式轻松攻陷的。一般而言，随和、宽容、温柔是拥有恻隐之心的表征，那些天性柔弱的妇女、孩童、下层民众常常倾向于这种性格特征；与此对应的是那些刚健不屈的灵魂，拥有这种灵魂的人他们只崇敬顽强不屈、果敢坚毅的行为而蔑视暴露内心软弱的眼泪和乞求。然而对于一般那些既不高贵也不低贱的普通人来说，顺从与反抗产生的结果无从预料。底比斯①人的行为为我们提供了一个绝好的例子。按照惯例，他们常常将那些到了任期而没有自行卸任的将领提交至重罪法庭进行审判，派洛比达②也无法逃脱遭受审讯的命运。当他面对底比斯人们铺天盖地的声讨时，为保全自己的性命，他采取的策略是屈服，但底比斯人们却对他的苦苦求告置若罔闻。虽然伊巴密浓达③也面临着与派洛比达同样的考验，但是面对气势汹汹的民众，他没有失去一贯的镇定，他从容而客观地将自己为底比斯人民做过的事叙述了一番，同时自信而冷傲地指责了他们的忘恩负义，这使得民众对自己的成见产生了根本的动摇，结果在投票时了了收场。审判会议结束后，大家都被伊巴密浓达从容、自信而镇定的气度折服了。

　　在经过长期艰苦卓绝的战争后，老狄俄尼索斯④终于如愿以偿——攻下了雷焦卡拉布里亚城，并活捉了顽固抵抗他的该城统帅——菲通。由于深知这个人是一个绝不屈于强力的有志之士，老狄俄尼索斯只好指望通过计谋来迫使他从心底屈从于自己。首先，他派人告知菲通，他已于当天的前一天将菲通的儿子及菲通所有的儿子都溺死了。面对这则噩耗，菲通显得很淡然，他说他相信自己的亲人们在离世的那天一定比自己幸福。恼羞成怒的老狄俄尼索斯只好命人剥去了菲通的衣服，一边鞭挞和羞辱他一边带他游街示众。而旁观者从菲通的神情中只能看到始终如一的坚定与从容，他一边大声谴责老狄俄尼索斯内心的软弱，预言他这种不义的暴行将遭到众神的惩罚，一边鼓励大家要毫不畏惧地为高于一切的正义而死，而绝不让自己的家园和祖国落入独裁者之手。老狄俄尼索斯恐惧地从自己的士兵们的眼

---

　　①　底比斯：强盛的古希腊城邦国家，曾先后征服雅典和斯巴达，称霸古希腊，于公元前335年为马其顿所灭。

　　②　派洛比达：古希腊底比斯杰出的统帅和政治家。

　　③　伊巴密浓达（约公元前420—前362），古希腊底比斯杰出的统帅和政治家，蒙田在其随笔的《论盖世英雄》篇中提及：伊巴密浓达是继荷马、亚历山大大帝之后他最欣赏的人。

　　④　老狄俄尼索斯（公元前430—前367），西拉库萨领主。西拉库萨今在意大利西西里岛海港。建于公元前734年。

光中看到，自己苦思冥想设计的侮辱，不但没有激起士兵们对自己的景仰，反倒让他们窥见了自己内心的虚弱和恐惧。士兵们对菲通非凡的勇敢有多么景仰，他们对老狄俄尼索斯及其所谓胜利的鄙视就有多么深切。老狄俄尼索斯甚至在这种眼光中敏锐地捕捉到了兵变的征兆，很可能出于对菲通卓越人格的景仰，自己的士兵会不顾一切地反叛自己的主帅，摧毁自己已经到手的胜利。在巨大的恐惧之下，他不敢再堂而皇之地继续这种非人折磨，只好暗地里将菲通投入到大海里。

从本质上来说，人是极其虚荣和反复无常的。对人很难做出恒常不变和始终如一的评价。庞培就曾经因为一位名叫芝诺的公民自告奋勇地为马莫提澳人担罪而宽恕了全城的居民，尽管他曾被他们激怒过。而当佩鲁古①城主用同样的方式对待苏拉时，却于己于人都没有好处。

亚历山大大帝则与前述的例子大相径庭。这位在他的时代堪称最勇敢最英俊、同时也是对手下败将最宽容的杰出君王在围攻加沙城时，通过艰苦卓绝的奋战最终如愿以偿地攻取了该城。在进入城池之后，他见到那位一直顽强与他斡旋的加沙城防指挥官贝蒂斯。亚历山大大帝在实战中早已对贝蒂斯的英勇坚韧的性情有所领教：在这场惨烈的战役中，贝蒂斯作为城防指挥官经受了巨大的考验，面对自己的部队溃逃、武器毁损、身负多处重伤的艰难情势，他依然孤身奋战于蜂拥而至的马其顿人之中。由于亚历山大本人在这次战斗中也身中两箭，为自己的胜利付出了昂贵的代价，因此，他对贝蒂斯心存怨恨。在征服了整个城池之后，他对被俘的贝蒂斯说："贝蒂斯，我不会让你称心如意地死去的，你将承受与你的俘虏身份相称的折磨。"贝蒂斯神色镇定地听着亚历山大的话，既未表现出高傲，也未表现出蔑视，只有一如既往的平静和温和的沉默。陷入被动局势的亚历山大大帝更加嫉恨对方无可企及的德行："你真的可以在任何折磨下都能如此的镇定自如、置身事外吗？我一定要你向我低头、向我显示你的软弱，一定要亲耳听到你痛苦的呻吟。难道你贝蒂斯想让天下人耻笑我有本事征服你的城池却无法战胜你的沉默吗？"就这样，对贝蒂斯从最初的

---

① 佩鲁古：意大利一城市名。

愤懑变成不可抑制的狂怒，于是他命人刺穿了贝蒂斯的脚跟，然后将他倒拖在一辆马车后面，始终保持沉默的贝蒂斯最后被飞速奔驰的马车拖得面目全非、四分五裂而死。

有人指责亚历山大在处理这件事时显得过于残忍了，不过，同一个人对同一件事在不同的时间、不同的情境有时会有截然相反的反应，任何人对即将发生的事和未来的事绝无十足的把握。我们无从得知这位素来以宽厚仁慈著称于世的亚历山大大帝何以单单对这样一位有德操的人如此残暴。或许由于这种英勇淡定的品质在他自己身上也是与生俱来，因此他并不特别欣赏它，更谈不上额外地看重它呢？还是他将这种高贵的气质只视为他自己的独有品质，而不允许他人与他同享呢？还是他天性中早已存在这种暴虐的因子，只是通过这个事件将他的真正性情激发出来了呢？抑或是他本性的矛盾，他也只是人类的一员，既温和又残暴，既宽容又嫉妒？

不错，设若亚历山大当时能够节制自己的情绪，那么沦陷后的底比斯城绝不会血流成河，那些为数众多的、失却了自卫能力的勇士也可以免遭屠杀了。因为，在这场惨烈的战役中，尽管底比斯城有六千多人被屠杀身亡，但没有一个人逃跑或向征服者讨饶。在城中处处可见失败的底比斯士兵故意挑衅得胜的亚历山大的士兵，以求一种比当俘虏和被征服者更高尚的死法。从没见过像这样被打得遍体鳞伤的战士，在生命的最后时刻还在找敌人寻仇，奋力拿起自己的武器希冀自己的余力尚可再杀几个敌人，为自己的即将失去的生命求得安慰。可惜这些惨烈的行为丝毫也不能激起亚历山大的怜悯，他让底比斯的战士流尽了自己身上的最后一滴血。战役的结果是，这个城市的所有壮年男人无一幸免于难，剩下三万名手无寸铁的妇孺病残虽免却了一死，但是却悉数沦为了征服者的奴隶。

智慧之论

一

人不可过分地囿于自身的性格和情绪。人的主要本领便是善于入乡随俗、适应各种习惯。如果出于一种不得已的原因，一个人不得不将自己拴在一种单调的生活方式上，那么这样索然寡味地活着算不上真正的生活，而只能算作是生存或者仅仅是存在。一个随遇而安、多才多艺、具有灵活的应变力的人才是最有修养的人。

我在这儿将引用一段大加图的真实可信的描述："他的聪明才智富有灵活性，十分善于随机应变，不管他从事什么事业，他总是拿得起，放得下。"①

倘若让我自己为自己设计培养方案，那么我宁愿自己不要固执于任何一种一成不变的生活方式。不管这种生活方式多么好，我都希望自己不要过分地仰赖它。生活应当是丰富多彩、变化多端、形式多样、不囿于任何规则的过程。如果我们一味固守自己的喜好，迁就自己的积习，倘若这样的固执竟至于到了不可松动、无可扭转的地步，那么自己就将成为自己的奴隶而不是自己的主人和朋友。我之所以这样说是因为我自己就常常走入这样死胡同般的性格迷误中，无力自如

①　提图斯·李维语。原文为拉丁语。

地摆脱习惯的羁绊。比如，我的思绪常常处于高速的运转之中，不用很强的意志力几乎无法强制它哪怕只是作暂时的休歇；而且我在思考时神经总是绷得很紧，全身心地投入到自己专注的事件上去。不管我的头脑面对的是一个在外人看来多么微不足道的事，它总是依据它在自己心中的价值全力以赴地对待它。因此，要让我的头脑停止自己习惯的思绪，对我将是一种莫大的折磨，会最终损害我的健康。大多数人的头脑如果要运转起来，需要一些自身以外的刺激。"通过思维训练驱除我们无所事事的恶习"①，而我的头脑需要外部的东西，则是为了让它暂时平静下来，做短暂的休憩。因为我的头脑最主要、最辛劳的工作便是研究自己。对于我，读书是一种把我从研究自己的活动中分散出来的活动。因为一旦我的头脑找到了研究的对象，它就会全神贯注地投身其中，在思绪中忙碌起来，将自己全部的活力和力量倾注进去，并将自己的条理性和灵活性发挥到极致，然后根据自己的思考结果来决定是赞同他人，是自我克制还是固守己见。我的头脑有足够的思考对象来激发自己的机能。造物主赋予它———一如赋予其他任何人的头脑———足够的智慧供其使用，并给它足够的课题来施展自己的创造力和逻辑判断力。

　　对于善于探究自我、研发自我的人来说，思考无疑是一种强度大而内涵丰富的头脑活动。我只是喜欢用不同的课题磨砺我的头脑而不是把它填满。这种兴之所至的思考是一种最自然而且最本真的思考，所以我思考的结果常常会有较大的普遍性，所以我认为，从终极意义上说，世上没有一种工作能与思考相媲美。古往今来的伟人们无不将沉思当成自己每日的必修课，对他们而言："思考就是生活。"② 由于世上没有任何一种活动可以如沉思般恒长，挖掘得如此之深入，蕴含趣味如此之隽永，因此，思维活动无疑是我们人类的一种得天独厚的优越性。亚里士多德说："不思考神明们也不能活，神的极乐和人的极乐都来自于思考。"我读书的目的不是让书中五花八门的材料充塞

①　塞涅卡语。原文为拉丁文。
②　塞涅卡语。原文为拉丁文。

我的记忆，而是为了从书籍中找到适于思考的素材来启迪我的思想，运用我的判断。

与那些言之无物、见解平平的人谈不上几句话就让我感到索然无味、无精打采。当然，与那些见多识广、品位高雅的人们进行妙趣横生的交谈或是进行严肃深刻的探讨（我本人更偏爱前者）则令我心情愉悦，这时我自然地将自己的注意力全部倾注在他们所谈论的问题上。当我出于礼貌不得不与他人进行那种令人意趣索然、了无生趣的应酬式交谈时，我只能给它以表面的注意，而我的思绪则处于一种漫不经心的状态。在这种无需专注心思的交谈中，我常常会说一些梦呓般的、比孩童还幼稚可笑的傻话；而有时在这种情境我又固执地缄默不语，这就显得比说蠢话更加愚钝和无礼。在一般应酬式的交谈之中表现出来的这种懵懵懂懂、迷茫无神、极端的缺乏通融以及对人之常情的无知这些缺点，加之我在这种交谈中固执地将自己禁闭在自我的思绪之中这两种"优点"给我带来了如下的好处：人们可以根据我在不同场合的表现不假思索地讲出我的五六则趣话，而且哪一则都可笑得令人捧腹。

平心而论，我的这种性格使我难以与那些不合自己性情的人们交往（我必须对我的交往对象精挑细选），也使我在公众活动中显得不合时宜、格格不入。我们与平民大众生活在一起，就必然要与他们打交道。平民大众往往也和那些博学多闻、趣味高雅、聪慧敏锐的上层人物一样有自己的处事原则，设若我们听不惯他们"粗鄙的"的谈吐（"不能适应大众之蒙昧的哲理是枯燥乏味的哲理"①），看不惯他们朴拙而无雕饰的举止，不屑于与他们进行心灵的沟通，那么我们就不应该再担任公共事务，也不应该对他们指手画脚，因为无论公共事务还是私人事务都免不了与这些人牵扯在一起。人最美好的行为是那种可以令自己恬然自适、放松自然的行为，最好的工作是随性而为的工作。那条规劝人们的愿望必须与自己的能力相符的箴言是多么有益！上帝啊！我相信普天之下没有比这条箴言更有教益的了。"量力而行"是苏格拉底最喜欢也是他最经常重复的话，这句话蕴含了深刻的人生

---

① 塞涅卡语。原文为拉丁文。

哲思。应当将自己的愿望引向那些最符合个人天性的、无需与本性相违的方向，这样自己的能力就会自然无忌地散发出光华。假如我偏执地想亲近那一两个品性、气质、学识、品位均在我之上的人而置这些与我息息相关的人于不顾，或者不切实际、异想天开地固执追求那些我的能力永远无法把握的东西而把这些在公共生活中与我朝夕相处的普通民众视为乌有，这将是我在为人处世方面最愚昧的任性和最深沉的迷误。由于我生性怠惰疏懒，我温和宽容的性情与任何形式的尖刻和粗暴决不相容，所以，我也因此避免了来自忌妒和敌意的困扰和威胁。我不敢说自己是一个受人爱戴的人，不过我可以肯定地说，人们至少不会仇视我。不过，由于我生性对事对人都有一种"君子之交淡如水"的平淡，所以我在不经意间失去了好几个人对我的盛情美意，不过我认为这是我的分所应得，因为我表面的冷淡使他们完全有理由对我的心意做一种与我的真实想法截然不同的解释。

我非常善于获得深入灵魂的挚友，并有力量将这种世上少有的甘霖般的友谊一直保持下去。对志趣相投的朋友我一向孜孜以求，我渴望这种嵌入灵魂深处的交往，一旦有机会获得这样深刻的友谊，我将对之眷念一生一世。感谢命运女神让我多次体验到这种友谊的美妙。因为我的言谈举止如不能像张满的风帆一样充分展开，而只是应酬式的交谈的话，我的心力就无法被交谈对象所感动，所以，对于那些泛泛之交，我显得多少有点疏远冷淡。何况在年轻时，命运已经让我习惯于那种彼此忠诚、专一深入的友谊，因此我对表面的交情有些厌恶。古人云："相伴并非友谊，共患难才是知己。"这句话对我的影响至深。所以，我从心里排拒那种"逢人只说三分话"的聪明，对"察言观色、见风使舵"等世人奉为圭臬的警句也不以为然。我的天性使我几乎无法认同那条古训：与朋友说话要时时小心谨慎、刻刻心存戒备，见什么人说什么话！而我们当今谈话的禁忌是：莫谈国事，如果一定要涉及政治生活的话题，就只能说假话。

如若谁像我一般，把享受生活的恩泽（我指的是本质而内在的恩泽）当成生活的终极目的，那么他们就会像避瘟神一样将自己性情中存在的乖戾和挑剔摒弃出去。我欣赏那些进退自如、能屈能伸、能上能下的，在各种生活环境里怡然自得、随遇而安的人，他们的灵活性和宁可为他们改变自我的体贴都令我崇敬。这种人进退有据、张弛有度，富贵不骄、贫贱不移，不管命运将他置于何地，他都能不愠不恼、泰然自若地从容面对生活和自我。他能同邻里聊自己的家居生活和他的行猎过程，也可以推心置腹地向其他人谈论他与别人之间的矛盾和纠纷，与木匠和花匠交谈也会令他心情顺畅。我欣赏有些人，他们能用适合下人们的方式与他们往来和交谈，并能使最末等的仆役在他面前不感到拘束。我对柏拉图的如下劝诫深不以为然：他让我们对奴仆说话时，要用主子的声调和举止，而且不管自己面对的是男仆还是女仆都不可随便，最好不要与他们开玩笑。我觉得每一个人都是受了偶然命运的驱使才站在自己今天的位子，如此大张旗鼓地炫耀自己的特权是很不人道、很不公正的。我有时想：不但在地位和特权方面，而且在人的一切方面，比如容貌、气质、智慧、道德感等方面无一不体现命运女神的威力，既如此，我们如何能自美其美，自善其善呢？

别人成日琢磨的是如何让自己的思想显得高深和空灵，而我却努力使自己的思想脚踏实地、浅近平实。我相信不切实际的拔高和夸大有害无益。

> 君侃侃而谈阿亚科斯①的天神家族
> 及神圣特洛伊城下惨烈的征战，
> 却绝口不提
> 一坛基奥②美酒的价值几许，
> 谁为我们备水沐浴，
> 何时何地，谁家屋宇
> 为我遮蔽佩里涅的风霜奇寒。
>
> ——贺拉斯

---

① 阿亚科斯：古希腊英雄，主神宙斯之子。
② 基奥：一个盛产葡萄酒的古希腊岛屿，位于爱琴海东部。

一些民族擅用尖厉的金属乐器或嘹亮的呐喊来鼓动和激发军队的士气，而斯巴达人却喜欢用柔和悦耳、悠扬温柔的芦笛来节制和缓解士兵们的鲁莽和暴烈。同样，我认为在运用思考时我们更需要的是踏实、沉稳而不是不切实际的奔放和天马行空的激昂。更需要的是泰然自若的冷静和镇定从容的安详，而不是一时的热情和突发奇想的冲动。在我看来，一个喜欢在不懂行的人面前煞有介事、装腔作势的人是非常愚蠢的。和光同尘反倒是聪明礼貌的做法，宁可在这些人面前将自己降到他们的水准也不要故作高深的夸夸其谈。在一般的交际中，假如你周围的人习惯这样，你只需使自己的言谈通俗易懂，只要保证自己思维的条理性就足矣，把你那些不必要的精深和雄辩隐藏起来罢！

那些饱读诗书、学问精深的人往往在这上面栽跟头。他们总喜欢四处散发自己的大作，总爱炫耀和固守自己的权威。他们的威名震动了闺房里的贵妇，以至于在她们根本不懂那些著作的思想本质的情况下也要装出一副行家的派头。当人们谈及任何话题，不管这个话题离她们的现实视域有多大的鸿沟，她们总可以插进话头来煞有介事地评头论足。

> 恐惧、愤怒、欢乐、忧愁，乃至隐藏在内心的秘密，
> 她们无不用学究气的方式来表达，
> 该如何说呢？
> 即便她们晕倒也是一门精深的学问。
>
> ——尤维纳利斯

对那些任何人都可以证明的事，她们也要烦劳柏拉图和圣托马斯的大驾。学问和理论既然不能进入她们的大脑，就只能流于她们的嘴上。

倘若那些出身高贵而又禀赋良好的夫人们愿意信赖我的话，她们就不应借用别人的罗衣来遮蔽自己纯真天然的光华。"她们仿佛是从脂粉盒里走出来的。"这是因为她们还不够了解自己，所以才希望凭借来的美遮蔽自身的美。其实，如果她们真正了解自己的话，就会知道天底下没有比她们更美的造物了，是她们的美给艺术增了光，给

脂粉添了彩。她们自然的美足以让人心生爱慕和崇拜了，除了生活在别人的爱恋思慕之中，她们还需要别的什么呢？对于这个目的，她们只需稍稍利用一下大自然对她们的馈赠就能达成心愿。当我看到她们开始热衷于修辞学、星相学、逻辑学以及诸如此类对她们的生活毫无助益的空泛之物时，我不禁担心，那些建议她们学这些玩意儿的男儿们之所以这样做，不过是为了想办法支配她们，除此之外还能找到什么更合理的解释呢？其实她们犯不着我们这些男人的引导，她们只要善于用自己的那双闪耀着魅力和光彩的眼睛来表达愉快、严肃和温情，再添上少许的严厉、怀疑和恩情，而不要去盲目求助于书籍和伟大哲人的论调。有了这种本事，她们便能随意地指挥和控制那些学识渊博、莫测高深的学者和学派。倘若她们不愿意将自己的主要精力消耗在家庭内务上，愿意在艺术和学术上有所追求的话，我觉得读诗和写诗是最适合她们的消遣。因为诗可以欢快俏皮也可微妙精细，既可以作得深奥优美，也可以仅仅为了消遣和装饰。诗作为一种艺术，就如同女人一样，充满了精致的乐趣和自我的展现。当然，除诗之外，她们还可以从历史中获取教益。至于哲学，尤其是那些对我们的日常生活有指导意义的人生哲学，则可以帮助她们准确地判断男人们的品性和脾性，防止自己被男人虚伪的表象所欺骗，学会在遭到男人背叛和伤害时如何调整好自己的心态。哲学也能帮助她们调节自己的欲望，爱惜自己的自由，懂得如何享受生活的乐趣，达观地面对仆人的不忠，从容地面对丈夫的粗暴。有了哲学的帮助，她们便不会过分受制于岁月的风霜、芳华的流逝等这些每个女人都会经历的烦恼。这就是我给女人们指定的学问的最大范围。

有的人本性孤僻、内向。而我的性格则适于交际及从事公众行业，因为我生性坦率直爽、情感外露，这样的心性可以使人们对我的脾性一目了然。虽然为了控制自己的欲求和排解自己的烦恼，为了清理思绪和约束情感，我时而也需要独处，不过我这样做并非是出于想限制和约束自己乐观开朗的天性。为了摒弃外来的诱惑、躲避某些方面的强制和束缚，同时也为了避开一大堆与我的分内职责毫无关系的公共事务，而不是为了躲避人群。说真的，我有时感到，诱使我走向人群的反倒是独处，因为我在独处时常常会反思自己在公共生活中的行为，关注国家大事，关注与我息息相关的平民大众。而在卢浮宫或者在拥挤的人群中时，我经常都有一种想逃离民众的欲望，在繁华中我感受到的是最深沉的寂寞孤独，而在独处中，我倒时时有人群相伴，因为我的头脑里都是与平民大众相关的思绪。在公众面前，我把自己约束和挤压在自己的思绪当中，蜂拥的人群把我推向自己，而在那些单纯而轻松的环境中，我的言谈举止却能够挥洒自如、怡然自得，富于独特的个人风格。任何人的举止都不会令我感到可笑和诧异，因为任何行为中都有我要探究的人生哲理。平心而论，我对学堂里的喧嚣也并没有感到厌烦，而且我也在其中度过了几年的幸福时光。学堂里也举行聚会，只要这种聚会是间或为之而且恰巧在合适的时间，我总会合群地加入到大伙当中去。不过，我疏懒的天性注定了我留恋清静安宁的生活甚于其他的一切。我的家总是人来人往、门庭若市，不过即便在自己的住所我也一样喜欢独处。因为到我家里拜访的人中，极少有我乐意与之交谈的人。不过，如果什么人到了我的家，他倒可以享受在别处决难享有的自由和无拘无束——所有的繁文缛节、客套虚礼（哎！这些奴性的、令人生厌的习俗）以及诸如此类的令人不自在的规矩统统都被免除，每个人可以按照自己的天性自由行事，无所顾忌。我则少言寡语，经常关在书房里沉思默想，不受家人的干扰。

　　我一直孜孜以求的、自己愿与之亲近的是那种头脑聪敏作风正派的人，我希望这种人的正派不是后天的努力造就的，而是天性使然。一旦自己与这样的人相遇，就令我根本不想与任何别的人交往。不过，在世上这种人简直是凤毛麟角。我与他们交往仅仅是为了常相往来、温馨相处、谈天说地，也就是说仅仅为了思想和心灵的交流。我们交往时不会刻意地找寻话题，话题无关紧要，重要的是交谈时能兴味盎然而优雅得体，不故作高深也不会给心情增加额外的负担就可以了。在轻松自如的交谈中，流露的只是温和、宽容、善意、坦率和友好，并佐以成熟而坚实的判断。与这样心仪的人倾心交谈时，无需触及重大的国事和政治议题，每个微小的话题都能体现出其本身的和谐与美。在与人进行私人交谈时，我能从手下人的沉默和微笑中了解他们的性格和心情，这比在那些冠冕堂皇的场合了解一个人更加深入准确。伊波马居斯就曾说，仅仅依据一个人在街上行走的姿态，他便能准确地判断他是否能成为一名合格的格斗士。与这样的朋友交谈，即便时而涉及到佶屈聱牙、艰深晦涩的学说也无不妥；不过，此时那些一向以古板严肃面孔出现的理论似乎也变得温柔谦和了。在心仪的友人面前，一切的学问都只是衬托，谈到它不过是我与朋友度过时的一种方式，学问本身不可僭越在友谊之上，也决不可为学问而松动了友谊的铆钉。

二

与优雅美丽而又正派的女子交往对我而言也是一件赏心乐事。"因为，我们的眼睛在女人面前最具有鉴赏力。"① 虽说和女人交往时得到的精神愉悦不及在第一种交往中感受到的那么强烈，但是我们可以得到与第一种交往同等强度的感官享受——在这种交往中往往为的是赏心悦目，感官参与较多。不过，在这种形式的交往中，我们必须有强大的意志力抵制可能在不经意中激发出来的肉体冲动，这对那些易于受到肉体诱惑的人来说至关重要。据诗人们所言：那些放任自流、自我约束力薄弱的人最易犯的毛病就是肉体冲动，我年轻时也没有少吃这种冲动的苦头。不过，过往的经历如今犹如一记鞭笞，成为了我受益终身的教训。

> 亚哥斯②的船队在卡法雷触礁，
> 幸免于难者从此如惊弓之鸟，
> 每当驶近优卑亚③岛，
> 便惶惶然转舵规避。

——奥维德

---

① 西塞罗语。原文为拉丁文。
② 古希腊一城邦国家。
③ 希腊爱琴海上一岛屿。

　　在男欢女爱上倾注全部的思绪，以毫无顾忌的激情投身于其中，这是一种荒唐之举。但另一方面，如果本身缺乏激情和愿望，只是逢场作戏，迫于年龄与习俗的要求，扮演一次人人都要扮演的角色，除了讨好的谎言，丝毫也不投入真实的自我，这样做的确于己万无一失，却是十足的懦夫行径，而且这样的人也不可能获得深入的爱情体验。犹如一个热望荣誉而又不愿付出实质的艰辛努力的人，只想通过金钱来获取一枚名不副实的勋章。可以肯定，奉行此道的人，绝不可能在这种虚假伪饰的爱情中得到任何可以令一个心灵高尚的人感到动心和满意的东西。你想实实在在享受的东西，应该是你真心诚意渴望的东西。命运不公正地恩宠一些人的容貌，这是常有的事。没有一个女人——即使她的相貌不尽人意——是不想讨人喜欢的。正如世上不存在完美无缺的女人一样，一无长处的女子也是不存在的，每一个人自身都会存在一些优点：或是她脉脉的温情，或是她本性的善良，或是她一无雕饰的爽朗，或是她无邪的笑颜，或是她曼妙的身姿等等不一而足。婆罗门种姓有个习俗，凡是那些没有任何出色之处的姑娘，都被召集到一个广场上去，向被召集在那里的人们展示自己的女性部位，让人看看自己是否有资格找到一个丈夫。

　　因此，一听到男人发誓对她忠贞不二，几乎所有女人都会轻易相信。而今男人们背叛女人已经成为习以为常的事，所以我们经常都会见到这样的情况：从男人的伤害中逃脱的女人们聚在一块，互相抚慰、自我依托，为的是躲避朝秦暮楚的我们。有的女人在受伤后也开始步我们的后尘，在激情的游戏中扮演她们的角色，但是她们的心并不在游戏当中：她们只有玩世不恭，没有执着深情；只有逢场作戏，没有纯真忠实。"既然她们已不受自己感情和他人情感的束缚"①，她们便抱着如柏拉图笔下的利齐娅那样的态度：既然我们对她们从不付出真心，那么她们也可以仅仅为了利益和别的目的而委身于我们。

　　正如舞台下的观众得到的乐趣有时远远不及台上演员获得的乐趣，所以她们在舞台上乐此不疲。

------

　　①　塔西陀语。原文为拉丁文。

至于我，我觉得正因为有了爱神丘比特才有美神维纳斯，正如有了孩子才有母爱一样，二者的本质关系是互相包含互为因果的。同样，吝啬于付出的人必然得不到任何有代价的回报，玩世不恭者也必将自食其果，没有努力和艰辛即使拥有也不会令自己心情愉悦。把维纳斯尊为女神者更注重她精神的美而不是肉体的美。这种人追寻的不是动物般的激情，也不是普通的男欢女爱。我认为，动物的爱不是如人们想象的那样低下和粗鄙！我们看到，动物对异性的想象和欲望是如此令它们兴奋，美好的幻想总是先于肉体的刺激；还有，不管是雄性动物还是雌性动物，都会在群体中选择自己心仪的对象，并与对方保持长久的恩爱。那些因年老而体力不济的动物，还会受制于爱情的力量而向异性动情。我们见过动物们在交配前总是充满希望和热情，当肉体得到放松后，甜蜜的回味仍能使它们感到无比满足和欢愉。有些动物在满意地完成交配后，总是显得对一切更加的精力充沛、满怀激情了：它们会昂首阔步，发出得意和欢快的鸣叫，一副心满意足的样子。如若爱情只是为了释放自身积蓄的能量，自身肉体的本能需要，那么，为什么人世间的一切生灵都要为之劳神费心，甚至搭上性命也在所不惜。因此，那些饥不择食的人是无法品味爱情的甘美的。

　　我希望人们在看待我的时候不要掺入不切实际的想象，我只要人们按照我的本来面目来认识我，所以我愿意坦然地将自己年轻时所犯的过失公诸于众。我很少眠花宿柳，这倒不仅仅是光顾这些以肉体交易为生者易于感染疾患（我在这方面一向谨慎，所以我只得过两次轻微的病症，而且还是在这种病症初露端倪时就将其遏制住了），而是因为在男女交往方面，我本质上是一个注重精神交流重于肉体交流的人，对那种只涉及肉体的交往有一种天然的排拒和鄙视。如果说人们问我在爱情中寻求什么时，我要告诉他们：我喜欢那种互相愉悦，心灵相契的感觉，我喜欢在爱的追求中千回百转的不定，爱情逝去的遗憾和斩之不断的余音袅袅，喜欢看着爱情自然而然地萌生、发展、达到顶峰、逐渐冷淡，化为一股涓涓细流，永存心间。也就是我本质上既是一个注重过程又是一个注重结果的人，如果没有专注而投入地去

经营爱情，我宁可不要收获；我也欣赏提比略①的做法，在爱情中他
总表现得优雅得体、谦和高尚和其他处事为人的美德；我对交际花弗
罗拉的性格也非常欣赏：她的规矩是从不委身于那些官位低于独裁官、
执政官和检察官的人。她喜欢把玩情人的高官显爵，同时也附带收获
些情人们供给她的绫罗绸缎、金银珠宝、奢华的排场和高贵的封号。
虽然我很看重女人们的精神，但她的肉体也应当是令人赏心悦目的。
平心而论，对于女人而言，如果心灵的美和肉体的美二者必须有所取
舍的话，我宁可舍弃女人们的心灵。虽然心灵的美好可以在其他的绝
大多数事情上有所作为，而在爱情这桩与视觉和触觉息息相关的事情
上，没有了它还可以进行下去，而没有了美的肉体却无法继续。所以，
一旦女子有了姣好的容颜，实在是一大先天优势。传说，在土耳其后
宫，那些以美色侍奉君王的人，最多到二十二岁就被辞退。她们青春
的美是如此的令人心动，以至于男人们的美若达到极致，也要有她们
那种特征：通体如孩童式的、光滑柔嫩的肌肤。

　　因为男人们要管理国家大事，所以，镇定理智、乐于思考、忠实
于友情乃是男人的本色。

三

　　上述谈到的两种交往都具有偶然性，在很大程度上取决于他人并
往往依赖于命运。第一种交往因其珍稀鲜有而令人惆怅；第二种会随
着岁月的流逝而日渐凋零，而且它本身也存在着自我覆亡的因子；而
第三种交往——与书本成为至交，则是最恒长稳固的，因为，这种交
往只涉及书本和我们自己，只取决于自己的努力，不必仰赖他人的配
合，从而具有无与伦比的自足性。与前述的两种交往相比，这种交往
的优点似乎有所不及，可是它却是我们惟一可以坚守终身的交往形式。
与古人对话，与古往今来的智者交谈，他们毫无保留地启迪我们，伴
我们渡过精神的危机，帮我们装上智慧的羽翼，也帮我们找回失落在

---

　　①　提比略（公元前42—公元37），古罗马皇帝。

尘世纷扰中的自我，获得一种宁静超然的心境。与书本的交往伴随着我的一生，它是我在困境和孤独中的安慰，它驱散了我的闲愁和烦忧，并帮助我躲避那些无聊的俗务和应酬。如果身上的痛苦不是到达极点和压倒一切的话，它也会毫不犹豫地将我的痛苦瓦解驱散的。为了排遣那些萦绕在心间的阴影和挥之不去的念头，我的惟一办法便是求助于书本的引导，书本很快就可以将我的注意力集中在那些充满睿智的文字中而忘却先前那些徒劳无益的念头。也许我们会在别的方面得不到更鲜活、更实在、更方便的乐趣时才会去求助于书本，然而书籍并不会因为我们间或的冷落遗忘而拒绝在我们需要的时候帮助我们。它们总是对我们始终如一的和悦和亲切。

俗谚说得好：如果愿意，有马的人也可以步行；年轻、俊朗、壮硕的那不勒斯与西西里君王雅克喜欢身着灰暗朴素的粗布袍，头戴同样质地的睡帽，头下垫一只破敝的枕头，由自己那批装备奢华，英俊威武的王室护卫队抬着自己云游四方。虽然有众多骄奢淫逸的侍从和金碧辉煌的轿子，有英姿飒爽的骏马和孔武体面的随从，但是从雅克的面部还是显现出初出茅庐者的稚嫩和尚未稳固的威严。一个有十足把握痊愈的人无需他人的同情，这一格言对我的启发很大，我从书籍中得到的收获完全在于对这句话的领悟和运用。事实上，我使用书本的机会并不比其他人多，我之用书，正如那些多有积蓄的守财奴一样，用多用少全在自己的意愿，如果我乐意，我可以随时享用它们。不管在和平时期还是在战乱时期，这种与书本的神交都令我心旷神怡，所以无论什么时候我出游或完成使命，书籍都始终伴我左右。不过，把它们带在身边并非意味着自己随时都会拿起来看，我也可能会一连好几个月都不翻开它们。我常常对自己说："不用着急，待会儿再读，等到明天或者什么时候自己想读了再读不迟。"时光如水般流逝，我并不因为自己没有看多少书而悲伤。因为我知道它们就在我的身旁，它们赋予我平淡的生活以深邃睿智、超然安宁的可能性，我无法说清这种想法如何使我在处理一切事务时显得超然冷静、心安理得的，也无法具体地理清它们给我带来的具体帮助。总之，书籍是我人生旅途的最忠实可靠的伴侣，我无法想象倘若自己被剥夺了沉浸在书本里的乐趣时的生活会变成什么样子。

　　在家中，我习惯于一个人躲进清幽的书房，我也在书房里管理一切家中事务。站在自己书房的门口，就可将饲养场、花园、整座房屋的院落、蒙田庄园的林林总总收入自己的眼底。我在书房里也不过随心所欲地随便翻翻，并没有什么严格的阅读计划和目的，一切都是兴之所至、顺其自然。我时而会陷入沉思，时而沉默地来回踱步，时而将自己的思绪梳理成文，时而又将自己的思考结果口授他人整理归类。

　　我居所的第一层是一个小礼拜堂；二楼是一间带卧室的套间，由于那里非常幽静，所以晚间我常常在那里歇息；塔楼的第三层是我书房的位置，以前这里是间藏衣室，也是我家最派不上用场的地方，自改成书房以后，它便变成了我生命中最不可或缺的地方，我在那里度过了自己一天中的大部分时光和一生中最舒心的日子，但我从来不在那里过夜。与书房相连的是一间布置得相当清新雅致的工作间，窗户也相当别致，冬天可以在这里一边生起暖暖的壁炉火，一边阅读自己喜欢的各类书籍。

　　我生性疏懒（这凡事都怕麻烦的性格使我一无所成），又担心花费太大，要不我是完全可以在书房的两侧各接一条百步长、十二步宽的游廊便于阅读劳累后解乏之用的，毕竟任何清幽僻静之所如果缺少散步的地方就不能称其为完美的去处。我的个人习惯是，在思考时两腿必须保持运动状态，这样才能使我的思维和大脑活跃灵光，倘若让我始终在椅子上一动不动，我的思绪就会陷入休眠状态，思想也会变得麻木和僵化。这恐怕也是所有不靠书本做学问的人的惯例。我的书房中除了很少的一段是直的以外，其他的部分都是呈圆形的，那段平直的地方正好可以安放自己的书桌和椅子。我所有的书全部分布在拱形的四壁上的五层书架上，环绕的四壁正好把所有的书籍一览无遗地呈现在我的眼前。蒙田庄园的湖光山色透过书房的三扇高大的窗户将自己的灵性和清幽无私赠送给屋子的主人。我的书房直径为十六步。

顾名思义①，由于我的书房高踞于一座山丘上，而我的书房又是这座塔楼中通风性能最好的一间，所以在隆冬季节我极少在书房里消磨时光。为了远离尘嚣、避开那些不必参与的事务和不必会见的人，我喜欢这里的难以接近和冷清。这里是我自己的王国，我极力地将它置于他人的干扰之外，极力使它成为自己的妻女、亲友无法涉足的一方净土。在别处，我的权威也只是停留在表面和口头上，并没有什么地方和人是在我绝对的掌控之下的，而这里可以成为我心灵的惟一居所和港湾。我很同情那些一生劳碌、一生不得不处于纷纷扰扰的尘务中的人，他们即使在自己的家里也没有一个可以享受清幽和宁静的地方。不过，对于那些一门心思要在政治事务中一展身手的人另当别论：野心家们必须抛头露面，如同那些广场上的雕像，这是他们理所应当的。"祈求高官厚禄者必以自由为代价"②，他们连个僻静的退身之地都没有！我曾在一所修道院里亲眼见到过那些修女们的令人无可奈何的生活方式：朝朝暮暮、岁岁年年她们都只能与自己那些姊妹们过着一种群体生活，要让自己的一切行为都置于姊妹们的监督和审视之下，一切都要透明公开，没有任何私人的空间，与其让我过这样的生活，还不如把我放逐到荒无人烟的蛮荒之地。我个人喜好独处甚于一切浮华的社交。

倘若有人指责我亵渎了缪斯女神的杰作，将博大精深的文学艺术当成玩物和消遣，那么我则要说他不如我一样知道娱乐、消遣和游戏的自足价值！对我而言，读书仅仅是一种消遣，一种打发无聊的手段，至于其他的目的，我都觉得是一种过于自满的虚幻。说句内心话，我仅仅为自己生活，我生活的目的只是使自己过得尽可能地快乐，其他人的眼光对我而言根本就无足轻重。年轻时我读书是为了炫耀，成人时阅读则是为了明哲，如今我读书只是为了消遣，我从不为了利益而去追求知识。过去，我并不把书本当成生活工作的必需，而只把它当

---

① 庄园的名称为"蒙田"（montaigne），在古代法语中，蒙田就是"山"的意思。

② 塞涅卡语。原文为拉丁语。

成门面和摆设，及至今日，这些华而不实的念头早被我抛到九霄云外去了。

如果阅读者善于选择书本，而且愿意在书本上花费精力，那么阅读是可以令人获益良多的。但是读书也如其他的消遣一样，其益处并非是绝对而纯粹的，也不会不夹杂任何负面影响。由于读书时只是头脑在运转，而身体部位则几乎静止不动，所以，如果不注意适时地调节身体的机能的话，身体的功能很可能会萎缩、凋敝，这种危害对已入暮年的我来说应当时时警醒。

以上便是我最喜爱的三种个人交往方式，至于因公共事务而必须进行的社会交往，我在这里就不涉及了。

纯粹的文字游戏无法治疗实质的病症。所以我们不能过分地仰赖于论辩。

论人类行为的变化无常

对于一个习惯于观察人类行为的人而言，最难的莫过于去探寻人类行为的连贯性和一致性。因为人在不同的时间和情境下的表现常常自相矛盾、无法预测，有时候简直判若两人。正如小马略忽而表现得像战神马尔斯的儿子，忽而又表现得像爱神维纳斯的儿子。据说教皇博尼费斯八世在运筹帷幄时如狐狸般机巧，行事时有狮子般的魄力，离世时却像一条无家可归的野狗。谁会相信残暴如尼禄者也会仁慈至此：当有人按照惯例将一份死刑判决书递到他跟前时，他居然沉痛地叹道："上帝啊，我真愿自己从未识字！"判处一个与他素昧平生的人的死刑居然令他痛心至此。

这样截然不同的表现在每个人身上都存在，这类例子实在是不胜枚举，以至于当某些有心人费力地将人类不同表象的碎片拼凑在一起以期对某个对象获得全面的印象时，我总是觉得他们在白费力气。因为优柔寡断乃是人类性格中最普遍、最显而易见的特征，有滑稽诗人普布利厄斯的著名诗句为例：

> 只有歪点子才能一成不变。
>
> ——普布利厄斯

一般而言，当人们评判一个人时常常依据的是他们的日常举止；

但是，我常常觉得，鉴于人们行为的不稳定性和看法的随意性，即使是那些杰出的思想家也难免有摇摆不定的时候。我们的心理机制要坚强不屈、始终如一地坚持某种态度和善举是如此不易。

人们往往习惯于根据某个人的日常行为的林林总总来归纳出他的行为和思维的定式，然后再将之运用于预测此人在未来时的举动，更有甚者会将这个模式当成评判此人的放之四海而皆准的真理来看待：如果此人在具体的某个场合的表现无法用这个模式来自圆其说，他们就会判定这个人在此情境下的表征是一种矫饰和虚伪。奥古斯都的性情中就有复杂的多面性，他的行为和思想总是变化多端、神秘莫测，有时甚至出尔反尔，即使是那些与他过从甚密的人也对他无所适从，不敢轻易从他的言行举止中妄测其行事的内在动机。我一向认为，变化无常乃是人的本性，而高于人类本性的是始终如一，可是这种矢志不渝的坚定则难以见到。因此，设若我们要了解一个人，只能在具体的时间和具体的情境下去理解他，这样往往能够比抽象地赋予他一种莫须有的恒长性格来说更有实践意义。

虽始终如一般坚定乃是一个人是否拥有过人智慧的一种表现形式，但在浩如烟海的史书和资料中也很难找到十个具有这种恒长心性的人物。但是，有人说：如果我们坚守的意愿本身就不公正、不完善，宁愿那些意志不坚决的人都是恶人和蠢人，因为如果他们始终如一的坚持自己的邪恶和愚蠢岂不是比摇摆不定更为可悲吗？有人觉得这种看法失之偏颇，他们认为一个始终如一的恶人和蠢人至少是一个有自我意识的人，而那些整天行善时不知道自己在行善，作恶时也不知道自己在作恶的浑浑噩噩之徒却连一点反省精神可能都没有，他们能做的只是随波逐流、见风使舵。的确，在坚持始终如一之前，我们要审视的是我们的目的和方向是否是光明磊落的，如果意愿和目标无法体现善良、正义和宽容，那么就不可能做到坚定不移。恶行不过是思想的放纵和沉溺，是理性的缺失和残疾，总体上它是否定人类最终的正义目的的，因此也就不可能始终如一。据迪莫斯西尼所言：审慎和好学是一切德行的开端，而恒长有定则是德行的圆满形式。也许我们在思绪中为自己设计了一条可以坚守终身的道路，只是布满荆棘的现实迫使我们偏离了最初的目的。

　　他不跟从自己内心的呼声，却盲从于纷纷扰扰的外物。他摇摆不定、一生不可自决。

——贺拉斯

　　我们的行为如同我们的内心一样毫无定力，任凭情绪的狂风将我们吹得忽左忽右、忽上忽下。我们只有在急需某样东西时才会想到由于自己的漫不经心已经永远失去了它；我们总像变色龙一样，到了什么地方就变成什么颜色。我们一时想这样一时想那样，任何东西也只有临时价值。人的定义就是优柔寡断、反复无常。

　　我们是傀儡，任凭命运的手随意将我们操纵和摆布。

——贺拉斯

　　我们并非在走路，而是在漂流；河水的缓急、潮水的涨落都是我们变化的依据。

　　我们不总是在盲目地寻寻觅觅吗？人根本不知道自己到底在追寻些什么！
　　是否在寻求一方足以使自己善变心性宁静下来的净土？

——卢克莱修

　　每一天都有新鲜事，我们的情绪也随着世事浮动飘摇。

　　人的思想也扶摇不定，宛如天神朱庇特的雷电一样漫无目标。①

---

① 原文为拉丁语。引自名作《奥德赛》。

　　我们的情绪总是阴晴不定；我们的思绪总是变幻游移；我们对任
何事都不肯专注和用心。

　　谁若是能在行为和心性上自始至终、矢志不渝地坚守自己的原则
和立场，那么，他自己就可以成就自己的法。

　　在阿格里贞托人身上这种矛盾性体现得更为突出：他们成日纵情
作乐，那种绝望的劲头好像明天就是他们的死期；可看看他们大兴土
木的场面，又仿佛觉得他们可以永世长存似的。

　　小加图的性格是非常明朗的：你拨动他的一根心弦，总能听到悦
耳和谐、单纯通透的声音，其中绝没有喑哑阴郁的杂音。而我们却不
同，有多少举动，就反映出自我的多少个截然不同的侧面。依我之见，
应当把每一次的行动都放到特定的情境中去理解，而不是固守我们以
往认为的人们行为具有的连续性和一致性，这样可能会更接近一个人
的本质。

　　在一个几乎与世隔绝的村庄里，人们习惯于用纵情的狂欢来打发
无聊寂寞的岁月。村中有一位少女为了不让自己的主人——一位军
官——玷污自己，便毅然从自己所居住的屋顶上面纵身跃下；虽伤势
很重，但没有危及自己的性命，于是她就想继续用一把刀子结束自己
的生命。事后大家得知，那位军官并没有用强力来逼迫她就范，而仅
仅是哀求她，挑逗她，想用小恩小惠打动她。不过她当时的反应证明
了她的端庄、她的贞烈和神圣不可侵犯。可是后来我才知道，其实她
一直不是那种拒人于千里之外的女子，不过她的温婉、柔情与和悦的
性情都只为那个自己心仪的对象而绽放而已。

　　安提柯非常宠爱自己部队里的一位骁勇善战、英勇无畏的士兵，
还命令自己的私人医生为他治疗长期折磨他的病痛。在他将那位士兵
的顽疾治愈后，安提柯发现这位士兵的战斗热情远远不及从前，于是
就问他是什么致使他的性情有了如此巨大的转变。他的回答令安提柯
颇感意外。他说："陛下，怪只怪您治好了我的病！从前，当我日夜
被病痛折磨的时候，我从未在意过战争的残酷。因为与病痛的折磨相
比，生命实在是微不足道的。"卢库卢斯的一位士兵的钱包被敌人抢
走了，为了复仇那位士兵与敌人较上了劲。当他取回自己的失物时，

便对卢库卢斯让他攻击敌人的命令推推诿诿。即使安提柯对他百般诱导、好话说尽，他依旧不肯承担这项光荣的冒险事业。

即使懦夫听了这席话也会勇气倍增。

——贺拉斯

但他回答卢库卢斯说："您还是派一位被敌人掏了钱包的人去吧！"

他粗鲁地回答："让丢了钱包的人到您说的那个地方去吧。"

——贺拉斯

在史书中我们还读到：当土耳其国王穆罕默德二世看到：在自己的部队被匈牙利敌人击溃的当头，近卫军司令沙桑却畏畏缩缩地躲在那些逃兵中时，便狠狠地训斥了他一番。受了刺激的沙桑二话不说，立即调转枪头，单枪匹马地迎头冲进了敌人的先头部队。

昨天你见他视死如归，今天便见他胆小如鼠，我们对这一切都已司空见惯。愤怒、难堪的处境、面子，或是醉酒后的愚勇，抑或是言语的刺激都可以令他蠢蠢欲动、热血沸腾。我们的行为不是由理性主宰，而是随心而动、随性而动，如果我们在不同的环境、不同的时间见到一个人有截然不同的举动也丝毫不必讶异。

有人说我们身上居住着两个互相对立的灵魂，因此我们是那么容易表现出矛盾和变动的特质。另有些人认为有两种截然相反的天性与我们如影随形而又各行其是，一种天性鼓励我们行善，另一种则鼓励我们作恶。倘若人的性情和心性仅是如水般的单纯、明澈，那么人类的行为也就不会如此的变化莫测、神秘玄奥了。

不但突发事件令我烦忧，而且仅仅物理位置的变幻也会令我心境不同。每一个善于观察自己内心的人都会发现，在自己的一生中从来没有两次处于相同的心境。由于观察时间的不同，情境的不同，灵魂变动不居的多面性就会逐一在我们面前展开。羞涩、傲慢、单纯、放纵、深沉、勤劳、文雅、沉郁、机智、愚钝、忧愁、乐观、真诚、博学、无知、慷慨、吝啬、挥霍、忌妒、善良……世上有多少形容人类性格的词语，我们就会体现出多少种不同的面孔，而且每一张面孔都是真实自我的表征。我们的心意也丝毫不比表面稳固：我说不上自己身上有哪一点是纯正的、完整的、坚定的，一切都无法自圆其说。我的逻辑信条中只有"变动不居"，没有"矢志不移"。

我向来主张一定要把好事当成好事，把有可能解释成好事的事情也往好里说。然而人的行为和动机是如此的悖谬：我们可能受罪恶意图的驱使而做了好事。因此，我们也不能纯然从一个表面上好的事件中得到一个确定无疑的结论：隐藏在表面之下的动机也必定是高尚的。正如我们不能因为一个人在战场上表现得英勇就判定那人一定是一个真的勇士。名副其实的勇士应该在任何时间、任何场合都英勇无畏、举止合度。真正的勇士当拥有崇高的德操、镇定从容的勇气、在任何情境都不卑不亢的气度、能驾驭重大场面的远见卓识，而不仅仅是一种表面的愚勇和一时一地的头脑发热似的冲动。这种美德要求一个人在任何场合——不管是在公共领域还是私人空间——内心都要始终如一的坚定。我不敢苟同人们将勇敢分成在庙堂上的勇敢和在战场上的勇敢。在战场上忍受伤痛与在病床上忍受痛苦，在日常生活中忍受琐事的纷扰，在爱情中忍受背弃和煎熬，甚至忍受富足生活的无聊等，无一不是勇敢的表现形式。一个在攻城时勇冠三军，在输掉一场官司时或痛失一个孩子时却如女子般呜呜咽咽的人绝算不上一个真正勇敢的人。

一个人在耻辱中表现怯懦，而能在贫困中表现勇敢；另一个人可以镇定而从容地直面刀光剑影、血雨腥风，却被理发匠的剃刀吓破了胆。表面的善未必真，值得令人尊敬的是那些勇敢的行为而不是勇敢的内心。

西塞罗说，许多希腊人不敢正视敌人，却能忍受疾病。而辛布赖人却与希腊人的性情恰恰相反。"事物不能基于一个坚定的原则上就不可能有恒常和稳定。"①

———————

① 原文为拉丁语。引自西塞罗的著作。

亚历山大的勇敢可谓无人能出其右；但他的勇敢也只不过是一定限度的勇敢而已，这种勇敢并非是任何场合下都能始终如一的勇敢，也不是涵盖社会以及日常生活一切方面的勇敢。尽管他这种勇敢也可谓超凡脱俗、卓尔不群，但其中依旧瑕瑜互见：我们看到，当他开始怀疑自己手下企图谋害自己时，他便表现出一种与平常截然不同的惊慌失措，他内心的怀疑恐惧居然猛烈到了令他尽失平素洒脱风度的地步。为了查清内幕时他使用的那些背信弃义、狠毒冒失的手段简直令人脊背发冷。他在和平时期体现出来的疑神疑鬼，其实是一种色厉内荏的体现。而且从他对自己谋害了克利图斯后过分的自责自赎均表现出他人格的不稳定性以及他的勇气并非一以贯之。

我们的行为是由零星的举动组成的，"它们漠视欢乐，却怕受苦难；它们不慕荣华却耻于身败名裂。"① 我们通常追逐一种浮华虚饰的荣誉，而不是为美德本身而荣誉。如果我们仅仅是戴上美德的面具去谋求名不副实的荣誉，那么荣誉就是世间最无价值之物。美德一旦与灵魂交融，便与它生死相依，倘若失却了美德，灵魂必将遭受重创。所以，倘若我们要判定一个人，我们必须长期地、充满探究心地探寻他的踪迹；如果坚定不移并非是建构他内心的基石（"对于那个已经审察和选择了自己道路的人"②），如果他待人处世的态度随着环境的变化而判若两人，那么他绝不可能是一个人格高尚、性情温和宽容的人。

一位先贤曾说：人的出生完全受命于偶然的命运，所以在我们的行为和心性中体现出如此多的悖谬就不足为怪了。但一个人若在跌宕起伏的命运之舟上不凭借自己能控制的那点理性来为自己设立一个相对持久的目标，那么我们就很难有条不紊地处理日常事务，更不能镇定地应对突发的危机。正如一个头脑里没有整体图形的人，就很难将支离破碎的片段有计划地拼凑在一起组成那个完整的图形。对一个不知道自己想画什么的人而言，给他五光十色又有何益？假如我们暂时无法构建一生的蓝图，那至少应该确立一些阶段性目标。我们搭弓引

---

① 原文为拉丁语。西塞罗语。
② 原文为拉丁语。西塞罗语。

箭，却没有目的。我们之所以无法劝说别人，只是因为我们没能有的放矢。心中没有港口的航船，有风神相助也是枉然。人们认为索福克勒斯不擅长处理家务事，自从读过他的一部悲剧后，我便开始不认同大家对他的看法了。

我同样不赞同佩里伊塞人的推断：他们认为善于处理私事的人也一定善于处理公共事务。佩里伊塞人被派去整顿米利都，当他们到了那里后，碰到田地耕耘得法，农舍整饬有序的户主，他们便将他们的名字记下来，任命他们为新总督和官员。

我们每个人都受到激情和不同动机的控制，身体的每一种知觉都在交互式地对我们的性情和心智产生影响。我们此时此刻与彼时彼刻的自己简直具有天渊之别，有时简直是判若两人。"请想一想，做一个始终如一、矢志不移的人是一件何等的伟业。"① 因为野心可以让人学到勇敢、节制、自由甚至正义；因为贪婪也可以教会那些躲在阴暗角落偷懒的小学徒学会发愤图强；因为背井离乡时的辗转飘零会让人学得小心谨慎；因为爱情也可以给求学的少年以决心和勇气，给尚在闺阁的少女一颗坚强的心。

> 受到维纳斯指引的少女偷偷越过熟睡的看守，独行于暗夜中去与心仪的青年私会。
>
> ——提布勒斯

只从表面来判断人的内心，绝不是聪明审慎的做法；应该深入地探测灵魂深处，检查那些阴森幽暗的所在。但这是一个对任何人而言都异常艰巨的任务。

---

① 原文为拉丁语。塞涅卡语。

一

司法上遵循的一贯准则是杀一儆百。

正如柏拉图所说：人一犯了错误就定罪，这是荒唐之举。因为即便真是罪过，它也早已成为了过往的历史。惩罚的目的只是为了使人不步其后尘，不重蹈覆辙而已。

惩罚不能纠正那些因其深重罪孽而被处死的人，通过极刑只能威慑那些有犯罪动机和企图却没有真正实施犯罪的后人。对我个人而言，我的缺点与生俱来、无可救药，不过，忠诚坚贞的人即便不四处张扬也能够自美其美，我愿意毫不护短地评判自己的行为。

> 你何曾见过阿尔比尤斯之子如何勤俭，
> 巴卢斯如何自制？
> 我们可要继承这万古长青的传统，
> 追随这意味隽永的典范。
>
> ——贺拉斯

如果我能坦然地批驳自身的缺陷，那么我就可以从中汲取教益。我最引以为豪的不是自以为是，而是有自知之明。这正好说明我为什么会恰如其分地检讨自己，而且这种检讨是出自内心成长的要求。不过，我喜欢言简意赅，喜欢直截了当地检讨自己，而不会向人反反复复地谈论自己的缺点，因为，当一切都明了以后，再喋喋不休地谈论自己（即便是谈论自己的缺点），没有不遭人轻慢和蔑视的。自我谴责逐步加深，轻视也就渐渐明朗。

　　我向来习惯从事物的对立面而不是从榜样中、从对恶习的规避中而不是从对善行的追随中得到更多的教益，在这一点上可能有许多人与我有相似的气质。源于大加图的训诫使我从反面教材中获得良多的教益，他说："圣贤得愚人之教甚于愚人得圣贤之教。"① 这句话我深以为然。博萨尼亚斯提及一位古希腊竖琴演奏者的教学方法时谈到：博萨尼亚斯习惯于迫使自己的弟子去听那些蹩脚的竖琴演奏者弹琴。他人的缺陷和过错是自己最好的老师，如果你厌恶走调，讨厌听不和谐悦耳的声音，你就会竭尽全力地避免重蹈他人的覆辙。出于对残忍行为的厌恶而不是出于对品性高尚的圣人们的仰慕使我的胸襟趋向于宽厚；那些马术拙劣的检察官和威尼斯人对我骑马的姿势的纠正甚于那些技巧精湛的骑手；错误的言谈举止对我的警戒作用甚于得体大方的言谈方式；只有退后才能使我们的视域更加广阔；唯有不协调才会使人认识到协调的魅力；正是差异性使人更加珍视统一性；别人的错误愚昧的行为举止时时提醒我不要犯同样的错误，而完美无缺的典范能教给我们的东西却少之又少。我曾在心里下了决心：自己见到的恶行令人厌恶到什么程度，我自己就要与这样的恶行抗争到什么程度；自己见到别人在危机面前软弱到什么程度，我自己在危难面前就要镇定从容到什么程度；看见他人的行为处事有多么粗暴，自己就要显示出同等强度的温柔谦和。我在持之以恒地坚持自己的目标。

二

　　对我而言，与人轻松自如地交谈无疑是磨砺思维的最自然而合理

---

　　① 原文见普鲁塔克的著作：《监察官加图生平》第四章。

的方式，有幸与那些气质优雅、性情直爽、见多识广、温和宽容的人交谈是最令人赏心悦目的事了。如果要我作一个非此即彼的选择，我宁愿失去视觉也不愿失去听觉。那些雅典人，还有罗马人在柏拉图的学院里就曾以保留了语言练习课为荣。在当代，意大利人继承了罗马人的做法，所以要拿我们的智力与他们两相对照，优劣是非常明显的，他们的做法显然使他们呈现出更多的优越性。虽专心致志地研习书本对人的人格的形成也非常有利，不过，与自然而然的倾心交谈相比，苦读书本式的获取智慧容易使自己陷入一种与世隔绝、了无生趣的境地。而心情愉悦的交谈却可以活跃身心，使死气沉沉、固步自封的思想重获鲜活的力量。一旦自己碰到势均力敌的论辩对手或者气质优雅、智慧深邃的谈论对象，对方谈话的每一个细节都可能随时激发出我思维的火花。在论辩中，对那些不敢表白自己的立场和态度的人我一向不屑一顾，我更喜欢那些能直陈自己见解的人，因为他们的意见可以激发我的思考力和判断力，出于对对方的独特见解的回报，我通常也会对他们直抒胸臆、坦陈自己的思考结果。事实上，在交谈中，我从来不重视论辩的结果，我只在意在论辩和交谈中思维得到的训练和磨砺。而且，一旦真理在对方手里，我会毫不犹豫地摒弃自己的想法认同他人的。

同精力充沛而思维敏捷深邃的人交往是人生一大幸事，因为这样的朋友可以使人精神振奋、思想澄澈。相反，与那些思维能力较弱，头脑混乱无序的人交往则会导致智力的衰退。可以说，与那些懵懵懂懂、头脑混乱的人论辩会使人的精神遭受无法估量的摧残，即便是那些传染力极强的病症与之相比也自叹弗如。我喜欢与人交谈，喜欢争论，但我会严格地挑选可以争论和交谈的对象。而且我交谈和论辩的主要目的只是为了活跃自己的思维，只为自己的心灵论辩。我认为，如果我们交谈和论辩的目的只是为了引起某个贵人或者重要人物的重视，只是为了显露自己的锋芒和才华，只是为了炫耀自己思想的深邃，那么，他就算不上一个名副其实的体面人。

说蠢话固然是一种让人难以忍受的恶习，然而，一听到蠢话就动怒、就如芒在背那就显得比说蠢话更令人难受了。我承认自己就存在这样的不良习惯。

　　我与人交谈和争论都喜欢顺其自然、随性而为，因为任何不同意见在我这里都能够找到栖身之地，我对任何意见都抱有宽容之心，任何建议在我这里都能够各得其所，任何不同的信仰都可以享有我的平等对待，即使这种信仰与我的基督教教义是多么地背道而驰。我认为世上没有绝对荒谬的思想，每一种信仰都有其深厚的文化背景，它们只是顺应了不同的文化形态而生的。我们可以有自己各自不同的喜好和理解，但无权主宰他人的思维和习惯，因此，我对待不同的意见和见解时一向能够兼容并包、和而不流。评判那些意见的实质是否合理简直是一项复杂得不可能完成的任务，不如兼容并蓄、和光同尘。如果天平的一端空无一物，不如将有物的一方也放下来的好，因为如此没有终极标准的争论犹如盲人摸象，最后注定会各执一词、不欢而散。我个人喜欢双数胜过喜欢单数，喜欢星期四胜于喜欢星期五，喜欢第十二个位置和第十四个位置而不喜欢第十三个；在旅行的路上我喜欢看到野兔从我的侧面跑过去而不喜欢它们打我面前横穿而过；我穿鞋时喜欢先穿左脚而后穿右脚，我这些找不出任何依据和原因的习惯似乎也会令一些人感到摸不着头脑。所以，我认为，人们为什么要采取这种而不是那种立场有时没有特别的原因，也不一定要有深沉的文化背景，往往只不过是一种与生俱来的习惯。我对自己周围的人的一切谈论都看成是理所当然的，他们的见解很好地见证了生活的丰富多样性，我愿意把它们当成不同生活的表征原封不动地接受，给它们足够的存在空间。

　　因此，听到有人反对我的见解，我并不会感到不悦和恼怒，当然它们更不会动摇我自己的观点和信念。那些与我大相径庭的意见反而能够激发我的思考和判断，反省自己的观点的可行性和合理性，它们会启发我的思维，锻炼我的宽容之心。我们总是对别人的建设性意见心存恐惧，害怕别人会否定和矫正自己的意见，这都是人格不成熟、不健全的表现，只有那些能够勇于面对不同见解的人内心的力量才是强大而有力的。正如世上最感人的温柔恰恰是那种最强大者的温柔，也只有内心强大的人才会有真正的温柔。我们不愿伸出双手来拥抱异议，却举起了自己的拳头来对付它们。我也可以容忍朋友粗暴地对我嚷嚷："你一派胡言，纯粹是一个蠢人。"在温和而优雅的人当中，我也喜欢让大家直陈意见，各抒己见，表达见解时要畅所欲言、无所顾虑，更要求他们对我无所保留、做到推心置腹。为了预防那些阿谀奉承之语的迷惑，我们应该加强对应酬话、恭维辞的识别抵御能力，将自己的耳朵磨砺到完全可以听得出对方的话外之话、弦外之音的程度。在与人交往时，我欣赏那种能够坚守终生的友谊。所以，与朋友优雅得体的交流，或者与他们的思想产生激烈的交锋，都只是增进友谊、巩固友谊的过程，我丝毫不会因为自己的朋友在论辩中提出了一种与自己意见相左的看法就动摇自己的立场，当然也不会因为他们有不同于自己的意见而与他们失欢失和、分道扬镳。相反，我还会为自己拥有这样的朋友而感到欣慰和自豪，就像世间最真挚的爱情便是互相尊重对方独特人格的爱情，最长久的爱情便是两个虽对事物持不同见解却能和而不流的人之间的爱情。

友谊如果只有相敬如宾、客套礼让，那么这样的爱情必定是没有活力和深度的友情。如果友谊中没有剧烈的冲撞、没有激烈的思想交锋，那么这样的友谊绝不可能是强健而丰满的，因此也不可能历久弥新、深沉阔大。

> 没有矛盾就没有争论。
>
> ——西塞罗

当有人提出自己的独特见解时，他不但不会令我恼怒，反倒会吸引我的眼光、令我感到耳目一新。谁站在我的前方，谁反对我的意见并给我教益，我就走向谁。寻求真理应该是辩论双方共同的动因。如果愤怒和偏激已经侵蚀了他的判断力，愚蠢的固执和昏昧已经蒙蔽了他的理性，我们如何还能指望他能心平气和、就事论事地交谈和论辩？

无论谁向我揭示了真理我都会心存感激，无论真理在论辩的哪一方都会令我欣慰，毕竟我参与论辩的最终目的不是为了证明自己已经真理在握，倘若真的如此，我又何须浪费自己的精力和时间来做这种重复无效益的事。不管真理在何人手里，我都会举手欢迎，欣喜地向它靠近，会毫无保留地向真理投降。当我看见真理从远方走过来，我会恭敬地奉上自己的武器，心悦诚服地臣服于它。只要论辩的对手不要过分专横过分盛气凌人，那么他对我的一切批驳我都可以欣然接受。往往我修改自己的作品的动因并不是因为我觉得自己的作品有必要作修正，而是为了向那些对我的作品提出诚恳意见的朋友们表示自己的感谢和敬意。为了鼓励和培养能够直言不讳地评论我作品的人，我通常喜欢在坚持自己的原则立场的基础上向他们显示一定程度的让步。虽然我不得不承认，我绝少认同他们的观点。那些没有勇气对别人说出自己真实想法的人从很大程度上来说也是不能接受他人意见和批评的人，他们说话时总是遮遮掩掩、欲语还休，而这样的人却占绝大多数，所以，在如今的社会里能找到一个在任何情况下都能够实话实说、直陈心曲的人着实不容易。我喜欢论辩的对方能够更多地了解我，更多地向我提出自己的不同意见，可以说，在交往和论辩中除了要求别人对我加深印象和了解，让他们纠正我的见解外我别无所求。我自己在内心深处也一直在自我论辩，因此，让别人指出自己思想的迷误正是我内心的要求，因为我生活的目的之一便是尽可能地完善自我。不过，那些宛然自己早已真理在握、趾高气扬的人却不合我的脾性，因为这样的人容易走极端。如果对方对他的见解有保留意见的话，他们通常就会失去自己最基本的风度；倘若别人反驳他，他便勃然大怒。一个内心坚实、心灵有力的人从不会在异议面前失态，因为世间总是由千奇百怪的人组成，他们的见解南辕北辙就不足为怪了。苏格拉底总是笑眯眯地面对那些反驳他、与他持不同见解的人，他之所以如此豁达，正是源于心灵和人格的力量。风扫庭竹风过而竹不留声，雁度寒潭雁过而潭不留影，什么人从未将别人的攻击放在心上，什么人阅尽世事依然能心怀天真和忠诚，那么他的内心就不会有不快和阴影。最易使人心变得尖刻和敏感的莫过于对方颐指气使、盛气凌人的意见，最易使人心生抵触情绪的莫过于对方的轻辱和蔑视；当然，毫无原则和立场地按对方的意见来修正自己的人，无疑只是那些心智不很成熟的人。我个人认为，与那些对我们佩服得五体投地的人随行，与那些见到我们只知道点头哈腰的人交往是一件极端无趣的事，事实上，我最欢迎的客人是那些可以严厉指责和批驳我而不是那些只知道奉承我的人。安提斯泰纳教导自己的儿女们永远不要感激那些只知赞赏他们的人。在论战激烈交锋时，如果我能克制自己的情绪，屈服于对方论点，那么我必定会对自己勇于克服自己的好胜心和虚荣心的意志力感到由衷的自豪，这种自豪感远胜于自己利用对方的弱点并一举将对方击溃后的自满更令我感到欣慰。

总之，我喜欢那些直率而坦诚的意见，也喜欢那些不隐藏人身攻击的批驳，但我很难接受那些通过拐弯抹角、背后放暗箭似的打击，因为我赞赏那些勇于光明正大与对手交锋的人。他们在自己的见解中渗入了过多的个人恩怨，所提的意见也与我的问题毫无牵连，对我而言，我所想了解的是对方对一件事的看法，至于其他与之无关的事我不感兴趣。倘若我的对手能够与我心平气和地论辩，我就会将如此井然有序的辩论进行到底。而且在论辩中，我也不一定要对方在陈述自己的论点时要思维敏捷、论证有力，我惟一的要求就是他直陈己见，对我无所保留。我们看到，即使在牧童之间、在店铺伙计之间每天都会发生几次的论辩和争吵，但是他们之间那种淳朴而秩序的、就事论事式的辩论在我们这些饱读诗书的人们当中反倒极其少见。假如这些纯朴的劳动者之间的争吵存在着什么毛病的话，那也只是他们的语言毫无雕饰，在我们这些文雅的人眼里显得过于直白，不过他们那种始终围绕着核心主题争吵的劲头是我们无法与之媲美的。如果说他们都等不及对方把话说完就忙不迭地抢过话头的话，他们至少彼此都听见了对方在说什么，不似我们这种文质彬彬的交谈形式，大家几乎都在自言自语、自说自话。在论辩中，倘若别人能听清楚我究竟在探讨什么问题，而他的回答又刚好答到了点子上，那我就会觉得他的回答是好得不能再好的回答了。然而，如果整个论辩过程显得乱七八糟、毫无秩序可言，自己也很可能会无法自控地离开争论的主题，纠缠于那些无足轻重的次要或者根本毫无意义的问题，并陷入一种冥顽不化、蛮横无理的争论方式之中。但是，事后我会为自己的失态和无礼感到遗憾。

三

不可能与蠢人真诚地探讨问题！真正的判断力不会因为暴君的高压而变质，真正的良知也不会因为暴君的专横而堕落。

只要愤激的心态主宰了论辩，那么这样的论辩就会集聚恶意和谬见，因此，口头的罪行也应当如其他罪恶一样受到良知的审判和惩处。如果进入论辩的任何一方心中隐藏着敌视和污蔑，那么在论辩中首当其冲受到攻击的必定是理性，然后才是人格本身。可悲的是：我们学习论辩的目的不是寻求真理而是如何运用华而不实的诡辩术和修辞学来驳倒对手，只是在机巧的论辩术中助长自己的狂妄自大。于是出现了什么样的情况呢？争论的结果不是揭示真理，而是遮蔽和消灭真理。因此，柏拉图在其《理想国》中才要明令禁止那些禀性不高尚的人，那些头脑冥顽不化、人格僵化的人，那些性情不宽厚的人从事论辩活动。

如果对方一无学识，二无教养，三无风度，我们何必要与他一道寻求真理？如果暂无值得探讨的主题，那么什么问题都不算离题，可以通过论辩的过程找到合适探究的问题。我的探讨的最终目标是对参与论辩的人的人格和生活有所助益，因此，我最不习惯那种学院式的讨论方式——总夹杂着那么多不必要的浮夸和虚饰。我欣赏的是自然而然的交谈，在这种交谈中，智慧和真知可以如涓涓细流般润泽谈话者的心田。在论辩中，人们往往迷失了自己的方向，一个人往东，一个人往西，他们往往把那些细枝末节的问题放在事关大局的问题之前。经历了一个小时激烈的争论之后，他们仍不明白自己争论的缘由。通常情况是：我们看到争论的人们各执一词，一个在地上，一个在天上，还有一个跑得没了踪影，他们常常为了一句无关宏旨的话便大动干戈、步步为营。大多数陷入这种感情用事式论辩的人都来不及弄明白别人反驳自己些什么便开始滔滔不绝起来，他的心思不在你身上，他在意的只是争斗本身，只是如何赢得这场不明就里的争斗。那些自身没有坚定的信念，没有镇定从容的气度，没有真正内涵的人总是在诋毁别人中出卖了自己内心的虚弱，不合时宜地引用华而不实的深奥理论来伪装自己惧怕一切的灵魂。他们拒绝一切的意见和建议，一有人驳斥他们，他们便条件反射般地跳起来给对方当头一棒；而有些内心懦弱的人则又反其道而行之：看到人们在那里争论得热火朝天，他们摆出一副泰然自若的神气，用一副高高在上、蔑视一切的超然眼光来隐藏自己的无知和自大。他们喜欢对任何问题都保持沉默，一副深藏不露的样子，冷眼旁观别人的失态，一副事不关己、高高挂起的神情。这个人一出击，他便开始冷然地探究他的得失；那一个一接招，他便字斟句酌地将他的论词好好掂量一番。有些人最擅长的就是发挥自己嗓子和肺部的功能。有些人在作结论时喜欢自己捆自己的嘴；也有人用他那滔滔不绝的前言以及离题万里的正文吵得人耳聋；有些人则利用德国式的争吵和辱骂来镇压那些才高他八斗、技高他几筹的论辩对手；最令人气恼的是，有些人根本无法领悟对方理论的内涵，却要为对方开出疗治的处方，结果当然只是风马牛不相及而已了。

"纯粹的文字游戏无法治疗实质的病症。"① 所以我们不能过分地仰赖于论辩。人们会产生如下的困惑：纯粹的知识是否可以对切实的生活有所助益？谁曾见过有人通过研习逻辑学而提高了智力？谁曾见过逻辑学在日常生活中兑现了自己的承诺？"它既无助于人们更明智地生活，也无助于人们更有效地推理。"② 即使在那些令人深恶痛绝的长舌妇的饶舌中，也未必比在学院式繁复虚伪的论辩里听到的糊涂账要多。我宁愿自己的儿子去小酒馆里学习如何运用语言也比送他去修辞学院要强。你去会一会语言学校的教师并与他聊一聊，就会发现：他除了会口若悬河、夸夸其谈地谈一番大道理外，他何尝领会得了为人处世的真才实学，他那些看似逻辑严密的证词，条分缕析的说理只能唬住那些易于被浮光掠影迷惑的女人和涉世未深的孩子。他如何不能凭借自身品性的光华来光耀我们，而要借助虚饰的言谈？一个智力超群、品性卓越的人怎会借助于粗鲁、侮辱和暴虐来证明自身？倘若

① 塞涅卡语。原文为拉丁语。
② 西塞罗语。原文为拉丁语。

197

让他摘下自己的博士帽，脱掉证明身份的官袍，丢掉拉丁语；让他别再动不动就引用亚里士多德来虚张声势，你会发现在他喋喋不休的长篇大论中几乎没有什么实质性的内涵。除去这些浮光掠影，我们发现他们的观点无一不显得平庸，无一不显得低贱。他们的头脑中充塞的知识越多就越愚蠢和迂腐。

我喜爱知识、敬重知识的程度并不在那些博学多才、满腹经纶者之下。如果知识确实能在生活中发挥作用，那么我觉得在人类的一切目标中，没有比拥有知识更崇高更宏大的目标了。我之对知识深恶痛绝，只是对那些仅仅拿知识来伪装自己、为知识而知识，那些将智力等同于记忆力，那些除了书本对世间的其他事一窍不通，那些动不动就"打着外国的幌子来装模作样"①的人而言的，而且，我对这种知识的厌恶程度与我之厌恶愚蠢相比有过之而无不及。在我的国家，在我处的时代，那些虚饰的知识从很大程度上只改善了人们的经济状况而绝少改善人们的心灵。知识若是遇到那些愚钝而褊狭的心灵，没有不变质成罪恶和贪婪的。知识若遇上聪慧敏锐的心灵，便会随着知识的主人一起净化、升华，使之臻于至纯至净的境界。知识本身无所谓智慧，倘若禀赋卓越、善于驾驭知识的人能够拥有它，则在日常生活和政治生活及其他生活的方方面面都会无往而不利。但是倘若知识落入那些性情乖张、品性拙劣的人手中，要么变成炫耀的资本，要么就会变成罪恶的渊源。真正的知识不是仅仅凭借着饱读诗书就可以获得的，还需要有深厚的阅历和深入的领悟力。知识在一些人手里是可以点石成金的魔法杖，而在小丑手里就蜕变成可笑的人头杖。

不用经过饶舌来告诉你的对手，他不能战胜你，仅仅通过自己温和宽容的举止就让对手心悦诚服才是最稳固的胜利。当你仅仅凭借自己人格的力量就获取他人的信任和臣服，你就会发现自己力量的无坚不摧。若将苏格拉底的著作与色诺芬的著作相比，我发现苏格拉底在论辩中关注论辩者的言行举止胜过关注论辩内容本身，他对厄提代姆斯和普罗达哥拉斯的教育与其说侧重于论辩术还不如说侧重于纠正他

---

① 原文为拉丁文。见塞涅卡的《书简三十三》。

们在论辩中的不良言行举止来得恰当。苏格拉底在论辩中从不会纠缠于那些无关宏旨的细枝末节，他在辩论中最注重的是如何锻炼自己的思维和升华自己的思想，所以，除了揭示和阐明真理外，他决不会为了在论辩中占个上风而逞一时的口舌之强。为了纯正自己的思维，为了获取真知，他可以忍受一切人的挑战和诋毁。人世不过是一所探索生活真谛的学校。在其中蒙骗他人很容易，欺骗自己也不难办到。不过，我一向喜欢向自己的朋友和对手敞开胸怀、直陈己见，我对自己的要求是做一个始终如一、实实在在的人。

我每天都会消遣式地阅读一些作品，在阅读时我并不十分在意这些书本是否提高了我的学识，而是为了每天都能与自己欣赏和崇敬的哲人名士们做精神式的交流。我读书的目的并非为了让古人们的哲学和思想指导我的生活，而是为了多了解一些我在现实生活中无法遇到的、人格高尚的人。

四

当然，真话人人都可以说，也都会说。可是，要说得条分缕析而富有智慧，说得巧妙而不露斧凿的痕迹，则只有极少数人可以办到。因此，倘若只是出于无知而说的假话，我不会放在心上，因为无知只是愚蠢的一种表现形式。我曾多次中断于我有利的交易，只是因为我的谈判对手在提出异议时出言不逊。我可能在长达一年的时间内都不会为那些缺乏智慧、生性愚钝的人的冒失和唐突而气恼，可是，对那些自诩为博学多才、禀赋卓越的人的傲慢和狡辩，却无法控制自己的深恶痛绝之情。他们既然从不在乎别人说了些什么，也不在乎别人为什么要那样说，那么与他们这样傲慢无礼、自以为是的纠缠不清又有何意义呢？这种人不开口则已，一开口就是为了让别人感到灰心丧气。我宁可忍受人们愚不可及的过失，也不肯与那些顽固如牛、愚蠢如驴的人妥协。你真心期待自己能够振奋他们的心志，可是对于一棵腐朽的老树桩，你还能指望从它那里得到什么有价值的回应吗？

那么，在看待事物时我是否也会犯只见外表不涉本质这类错误呢？

很有这种可能，我首先应该自责的是自己在论辩时可能的急躁。毫无疑问，急躁这种缺点对论辩的双方都是有弊无利的，而且，急躁在论辩中就等同于不能忍受他人的不同见解，是专横和乖戾的直接体现。事实上，那些动不动就对别人的无聊论调动气的人才是最粗鲁无礼的，也是过分自我的表现。七贤之一的米松兼有体蒙和德谟克里特的性格，当有人问他为何自个儿发笑时，他回答说："就为这自个儿发笑而发笑。"

对我而言，我不知自己每天说了多少蠢话，又回答了多少蠢话！在别人的眼里，我说过的蠢话还远远不止自己觉得的这些。倘若我为了不说蠢话而缄默，那么人们又会对我有另一番理论。总之，正如花自飘零水自流，我们不可能因为自己可能说蠢话而自愿变成哑巴，最好的一生应该尽可能地活在人群当中。奇怪的是：为什么我们见到一个身材畸形的人不会有任何的不悦反倒会油然而生一种微妙的同情，可是，一旦我们遇到那些精神上有缺陷的人却会如此的尖刻和恼怒？我想，之所以我们会对那些思想混乱、头脑不清的人怒气冲冲，是因为我们将自身性格的缺陷折射到精神上有缺陷的人身上去了，实质上这种厌恶只是一种自我憎恨的体现而已。让我们重温一下柏拉图的这句箴言："莫非是我们自己有缺陷，否则为何我们会从浑然天成的事物中看出缺陷？"我自己不就难辞其咎吗？我对那些说无聊话的人所表现出来的轻慢难道不值得那些真正德操高妙的人的谴责和不屑吗？柏拉图纯净而睿智的箴言应该无时无刻不鞭答自己这易于偏离正道的心。不仅我对那些所谓无聊人的抨击和轻慢，而且自己对论辩对手们的一切指责无不可以反过来对付我自己。这句话说出了令人惊异的真理：

> 人人都不厌恶自己大便的气味。
>
> ——伊斯拉谟

人的眼睛无法关照自身。一天当中我们有多少时光在指责邻居的过失，却对自身更为严重的缺点置若罔闻；我们憎恶别人精神的偏执和残缺，却浑然不知类似的弊端在自己身上更甚一筹。昨天，我亲眼见到一位自诩思想博大精深、性格和蔼可亲的贵人在嘲笑他人的愚蠢。这则轶事非常具有讽刺意味：那位贵人说那个蠢人在对自己家谱和姻亲关系自吹自擂，而实际上，那个人所说的那些高贵的亲戚不过都是自己杜撰出来的故事而已。倘若这位贵人肯退后一步反观一下自己，就会发现自己在言行上比那个自己嘲笑和谴责的人更缺乏节制，因为他在谴责他人时总是不时地向大家炫耀自己家族和妻子家族显赫的家世和无与伦比的特权。妻子显赫的家世和特权竟然养育出丈夫这样的自负！啊，多么令人生厌的自以为是！难道他们奉如下格言为座右铭？

勇敢些！如她还对自己的荒唐感到不尽兴，
何妨再给她的烈火上加薪！

——特伦克

以为只有那些清清白白的人才走进公堂是一种幼稚的看法，恶人先告状在什么时代都不鲜见。不过，倘若一个人指出了我身上的毛病，而这种毛病在他自己身上也有所显现的话，我也不会认为他做了一件不好的事。因为，若没有他的提醒我可能永远也无法通过自己的眼睛来看清自己的这个缺陷。

我们评判事物时首先依据的是感觉，但感觉只能外部去关照事物而很难触及事物的内在本质。如果说我们所见到的大千世界的林林总总都是虚幻的表象，这种看法定会令人感到一种无法排解的虚无。的确，与我们打交道的永远只是人，而每个人的具体状况却千差万别到了令人难以想象的地步。在与人交往的过程中，人的身份、地位、容貌、举止从很大程度上决定了听话者对你的信任度，对于那些普通民众而言，从出身高贵、位高权重者嘴里讲出来的蠢话也好像暗含着天机。至于那些死搬教条的老先生，他们的权威却只能向自己的学生摆一摆而已，没有那些对他毕恭毕敬的学生们的簇拥，他就什么也不是了。一个未被录用的求职者的能力未必比那些趾高气扬、不可一世的主考官相差许多。那些被幸运选中的人，即使是一个装模作样的表情都会令大家赞叹和推崇。倘若上述的这些人肯屈尊俯就，参与到平民大众的探讨中来的话，为着他们那副万人不入他们法眼的气派，没人有理由不对他们的或浅入深出、或故作高深的言论感到由衷的钦佩：他们之所言无不言之成理，他们的举止无不被奉为典范，他们的见识无不令人叹为观止。

五

我憎恨一切的蛮横专断、巧言令色和虚张声势。我坚定不移地将所有的精力用在揭示那些被表象蒙蔽的本质上面。我的心智和判断力不会轻易为感官所欺骗：我把那些自命清高的显贵们还原成我们中的一员来看待，甚至在某些方面他们较常人还有着天然的弱点：

> 志得意满者罕有常识。
>
> ——尤维那尔

也许，尤维那尔的话失之偏颇。不过由于他们招揽的公事太多，抛头露面的几率也太大，以至于他们没有更宁静的心境来反思自己个性的缺陷，没有充裕的时间来反省自己行为的过失，从这个角度来说，先哲尤维那尔的话还是大抵不错的。承担重任者应当有超越于常人的精力和智力！倘若他连常人都不及的话，在公务上难免会走到山穷水尽的地步。在重负之下倒地的人何其多，他们摇摇晃晃的身影令人怜悯，他们羸弱的双肩竟然将重物担负支撑到了这里。有知识的无知者数目甚众，甚至多过了学者的总数，他们本可以从事与自己的天分相称的行业，做一个精明能干的商贩、事无巨细的管家、技艺巧夺天工的手艺人等等不一而足，因为他们的身量是按照这个尺寸裁剪的。他们的心智如此之羸弱，他们的意志力缺乏足够的驾驭能力，在知识的重负下他们的境况着实令人堪忧。这样的重任只适合那些禀赋卓越、天资卓绝的人来担负，而符合这样条件的人何止是凤毛麟角那样少！苏格拉底曾说过："那些没有哲学天赋的人来搞哲学会败坏哲学的尊严。"哲学这门艰深的、极富创造性的学问如落入庸人的手中，就如同天鹅落入了污水池，会尽失一切的高贵和尊严。

> 如同猴子学人样，
> 无法遮掩背后光溜溜的脊背和屁股；
> 形若下贱的婢女扮作高贵的女王，
> 粗鄙的举止出卖了卑微的家世。
>
> ——克洛底安

那些主宰苍生命运的贵人，那些操纵世界的霸主，他们也不过天赋平平，然而他们却还想无孔不入地控制芸芸众生的一切。倘若他们在智力方面没有远远地低于我们，那他们顶多也只与我们扯平。对某些人而言，倘若他们善于运用缄默这个无往不利的武器，知道什么时候应该开口，什么时候沉默会比说话更有魄力，那么在他人眼里，他们的举止就会显得庄重可敬、富有威严，而且他们的沉默是金还会给他们的工作和社交带来事半功倍的效果。如同默伽彼斯去阿培尔的画室拜访阿培尔，起初，他待在画室里一言不发，过不一会儿便开始滔滔不绝地评论起阿培尔的画作了。为此他遭到了阿培尔的严厉苛责："当你保持沉默时，你庄严的外表、你身上的配饰以及你周身的气派让我不由得不尊重你，可是，一旦你放弃缄默的权利开始谈论这些与你的本行风马牛不相及的事物时，你的无知和自负就不得不遭到我的蔑视了。"他华丽的衣着、高贵的身份自然令人对之产生莫名的好感，于是人们对他的学识和常识的期望值自然而然也就非比平常，一旦他暴露了自己形若一介平民般的无知，必然会遭到人们的侮蔑和轻视。

爵位和地位的获得与其说依靠天赋和努力不如说凭借运气和偶然。国王才疏学浅、品性低下却掌控天下，这没有什么好讶异的！

> 君王的第一要务便是了解民情。
>
> ——马提亚尔

　　国王如同常人一般，他不可能透过纷繁复杂、变幻莫测的表象看清一个人的真正气质和真实的性情，也不可能对通过我们在日常生活及公共事务中的庸庸碌碌来推知我们超绝的禀赋、卓越的心智。他只能凭借我们已经显露在外的才华及能力，再综合考虑我们的家族、财富，及在民众中受拥护的程度，并加上很大比重的推测、想象来构建一个我们的整体形象。因为每个人的行为和性格在很大程度上是反复无常的，也具有极大的可塑性，倘若有人胆敢声称自己居然找到了可以依据平等公正、按照理性规则鉴人识人的好法子，那么，就凭借这一卓绝的贡献，他就足以名垂史册了。

　　"嗯！他这事简直办得淋漓尽致。"这话非常有理，但要凭借事情的结果来评判一个人是否足智多谋、是否禀赋卓绝是很虚妄的：天底下有多少超凡脱俗的人被时代和命运埋没了，又有多少坏点子被翻云覆雨的命运女神彻底改变了性质。有条箴言说得好："不可以结果判断主张。"尽管战争的结果已经让那些头目自尝苦果，迦太基人还是要出歪点子惩罚他们。拒绝为一些于己有利的伟大胜利喝彩，这在罗马民众来说绝不是稀松平常的事，出于对自己军队将领的所作所为的不满，他们不愿成为有失公正的命运女神的帮凶。在纷纷扰扰的尘世中，哪一桩没有命运之神率性的插手？她故意挫伤智者、有德操者的优势，打掉他们的傲气，将那些智力和德行处于底端的人扶上云端——这是愚者与智者都无法避免的大命运。命运还格外垂青那些勇于行动者，因为在风云突变的政治风波中、在变幻莫测的战场中最容易让人屈服于她的权威，也更容易看清她的圣迹。在私人事务及公共事务中，我每天都能见到一些才智平平、人格低下的人完成一桩桩奇迹。人们深感不解：为何睿智聪慧、深谋远虑的西拉内斯一办起事来总会遭致接二连三的失败。他回答说："我什么也不能主宰，主宰一切的是命运。"不过，有时对于自助者，命运也会助他一臂之力！

　　命运自有通途。

——维吉尔

结局的完美常常让人忘记了行为的愚蠢。

在我看来，我们对幸运和不幸都身不由己，主宰一切的是至高无上的命运。倘若谁居然认为自己的努力可以扭转自己的命运，认为凭借自己超凡脱俗的智慧可以抗拒命运之神的意志，那他就太自不量力了。谁可以预测事件的结局，谁又可以把握事件的动因？谁可以自始至终地掌控整个事件发生、发展的进程？古往今来的历史无不向我们昭示这样一条亘古不变的规律：人类自鸣得意的所谓深谋远虑在反复无常的命运下总是一筹莫展，一切理性和智慧在起伏跌宕的命运面前无不俯首称臣。

而且，有人以为自己可以控制自己的理性和智慧，觉得理性和智慧是人类惟一可以自由支配的东西，但是，我却认为即使是自己的身体、理智、判断力及其状态都不完全取决于我们自己的意愿，而是带有极大的盲目性和偶然性。就我自己而言，我觉得自己的见解和意愿并非一成不变，它们总是依据不同的时间、不同的情境而修正自己，许多念头自动从心里冒出来而不受我心智的控制。我的理性和心智每天都受到自己内心激情的冲击：

> 内心的情绪变幻无常，
> 此刻这种激情占了上风，
> 下一刻，
> 那种激情又把我冲撞。

——维吉尔

在我们这座偌大的城市中，那些位高权重的人是谁？那些春风得意的人又是谁？绝少例外：他们都不是真正博学多才、禀赋卓越、品行端方的人。历史上不也发生过由一些见识浅薄的妇女、心智不成熟的儿童、精神错乱的疯子共同治理的大国吗？结果臣民们也无不对他们"英明"的领导欢呼雀跃。修昔底德说：在治国者当中，能够统领大局、运筹帷幄、深谋远虑、高瞻远瞩的人实不多见，最常见到的都是些见解粗陋、阅历浅薄、人格低劣的人。遗憾的是，绝大多数人依旧将他们的权势和地位与他们的聪明才智等同起来。

> 只因命运的垂青，
> 他才得以青云直上，这一来
> 谁都夸他是干才。

——普劳图斯

所以，靠事物发展的最终结局来判定一个人的谋略和才干是不充分的，因为错误的主张也会因扶摇不定的局势而变成妙计。

六

任何人的一生都只受制于变幻无常的命运：你碰到一个一无可取之处的人，三天后在重要场合再次相遇，你发现他已经飞黄腾达了。而且，他早先在你心中的那种猥猥琐琐、谦卑低贱的形象转眼就加进了如此多干练、精明和高贵，随着他个人排场和势力的增强，我们不由得不认为他似乎一向就是如此高贵堂皇、风雅博学了。我们评判一个人最经常的依据是他的地位和权势，其次是他的外表和风度，对于其心智、性情和人格则绝少加以考究。不过，命运不会自始至终垂爱于一个人，这些凌空蹈虚的贵人倘若某天从云端的高处坠入人间，人们就会不胜惊讶：是什么原因将这样一个一无是处的人抬得那么高？大家惊呼："这是他吗？"难道他在位时就是这样愚昧平庸？在当代，这样的事也是司空见惯。连身份低贱的戏子们扮演的君王也会令我们肃然起敬。君王们能得到几乎所有臣民们的顶礼膜拜，他们不用花半点心思就可以让他人对他们表示崇敬和爱戴，当然也会招来一大批谄媚者的阿谀奉承，不过，他们从来得不到真正智者的尊敬。理性决定了我自己与一切的卑躬屈膝、俯首帖耳不相容。

有人问梅朗提乌斯，他对德尼的那出悲剧有何见解。他说："我压根就没看过那出戏，铺天盖地的评论早已使它面目全非了。"同理，如果要让我对那些大人物的讲话做一评判的话，我会说："我根本就没有听到他的话，他的庄严神态、高贵举止、威严气质将他的声音完全遮住了。"

有一天，安提斯泰纳向雅典人建议说："驴可以像马一样用于耕作。"对此雅典人有自己的看法：他们认为驴天生就不是用来耕地的。安提斯泰纳反驳说：世事取决于人的安排。既然我们可以将那些一无是处、无德无能之辈放在重要而显赫的位置，而且一旦在其位，他们的政绩也不见得比那些有勇有谋、品格出众的人要差，为什么不能让驴像马一样有用。

至于人们选择什么样的人当自己的君王，很大程度取决于习俗。许多国家的人将自己资质平平的帝王当成圣人一样崇拜，不但给国王至高无上的权力，而且还把他神圣化。墨西哥人在国王行过加冕仪式之后就不敢从正面看他了：自打国王起誓保卫他们宗族的宗教、律法永存于世，人民的自由不受侵犯后，他宛然成了世间的神！当然，国王还要发誓自己将矢志不移地做到英勇、公正及宽厚。让太阳按照朝暮、四季的自然韵律调节自己的能量的强度，让雨水应时而作，让山川长存，让大地供给臣民所需的一切，他才能成为一名合格的神。

如果精明能干、聪慧敏锐给人们带来的只是发财发迹、身居高位和平民大众盲目的崇拜和推崇的话，我就要格外地提防这种精明能干、聪慧敏锐。我们在讲话时，应当选择适当的时机、事机和情机，更要选择可以说话的对象；随意地插话、以权威者的口吻专横地迫使别人改变话题、一见到自己崇敬的人舌头就打结或一碰到反对之词就激动地反驳他人的行为等等，都不是建设性的交谈方式。

一个好运当头、春风得意的人习惯于在酒桌上随意发表自己的见解，而且他常常以这样的话开头："那些与我的见解相左的人不是骗子便是傻子。"

七

值得提醒自己的是：在争论和交谈中，不要企望自己的每一句自认为正确的话都可以为对方所认同。连傻子有时也会说两句漂亮话！

尽管是在不经意间，人们也会突发奇想，说一两句妙语、格言，来一两句妙对。当然，如果一个人的学识、心智和境界没有达到一定的程度，那么所有这些灵光一闪式的妙语都不是建立在坚实的根基上的，它们充其量只是一颗闪亮的流星瞬间便失去了踪影，留下来的夜空将比先前更加黯淡。在论辩中，我们也不可过分固执于自己的见解，因为这样的作茧自缚会给别人平添攻击你的口实。过去，我曾极力强调反击的必要性和紧迫性，最后我见到的是：反击的胜利并未使我的头脑和智慧有什么大的收获。在论辩中，攻击的数量不是最终的决胜因子，起决定用处的是攻击的分量。见到强有力的对手，我习惯于先发制人、以动制静，要让对方还未来得及充分阐明自己的观点，没有来得及充分展开自己的议论时将论辩结束。而对那些明显心中无物的论辩对手，我则可以随意控制论辩的节奏，有时势如破竹，有时后发制人。

　　所有陈词滥调在论辩中都不可能有真正的分量。倘若你必须要引用什么人的格言，你也应当了解该格言的使用范围和使用界限。在生活中，我们见到多少庸碌无为、才疏学浅之辈在装腔作势、附庸风雅。他们拿起一本时髦书籍，向别人指出书中写得高妙的篇章，而选中篇章之平庸恰恰出卖了选择者的浅薄无知。人们习惯于在别人念了一大通维吉尔的诗篇后感叹："写得真美啊！"至于到底好在何处、妙在哪里，他们又说不出个所以然来。书本的光华经过庸人的赞叹就会变得黯然失色。所以，倘若你是一个有自知之明的庸才，如果你一定要对伟大的杰作发表自己的看法的话，请狠狠地诋毁它、作践它，但不要随便赞扬它，因为你的欣赏反倒折射出著作者的愚蠢和趣味之低俗。如果我们希望自己成为一名有见地、有分量的评论者的话，那么你首先要做的便是通读著作的全文，而且要逐字逐句地斟酌其中的内蕴，揣摩作者的真实意图；其次，再从写作形式和技巧上加以推敲！"不仅要研究作者的见解、了解作者持有这种见解的依据，还要潜心探究作者提出见解时的措辞和语气。"倘若能大致做到这些，你才可能做一个实事求是、见解独到而精辟的评论者。每天我都能听到蠢人说聪明话：他们谈论的都是风雅高妙之事。

你这是在帮助他们吗？可是没有人会领你的情，那你又是何苦呢？蠢人听了聪明话通常会变得更蠢。除了自救，良药能医治疾患，但无法医治愚蠢，让他们自生自灭罢！

愚蠢和思想境界的低下不是可以靠三言两语就能纠正的。关于这个方面，我们可以重提居鲁士曾说过的一番话。有人看见战役一触即发，便催促居鲁士利用战前的一点时间鼓舞士气。居鲁士回答说："人们不会因为听了一首悦耳动听的曲子就变成一名禀赋卓异的音乐家，同样，士兵也不会因为听了一番振奋激昂的战前动员就一定会在作战中表现得英勇无畏。"学养和智慧一样，绝不是一蹴而就的，必须经过长期艰苦卓绝的思索方能有所进展。

我不习惯管别人的闲事，对初相识的人以及泛泛之交我都不愿多费口舌。我只把自己的关怀诚心诚意地呈于知心的朋友和亲人面前。即使是在与别人闲聊时，我也很少企图纠正他人的意见；我宁肯独处或让不同的意见在内心深处互搏，也不愿意将自己的意见强加于人。我的性情不适合与那些初出茅庐或者与我相交不深的人交谈，但是，对于别人的意见和见解以及一般性的问题，无论我认为它们是多么的荒谬错误，我都不会横加阻挠或者显示自己的不悦。总之，愚蠢而又沾沾自喜、不自知到荒谬的程度的人是最令我气恼的。

不过，倘若靠着天真和无畏可以过得快快乐乐的时候，凭借着你通透的自省精神以及自知之明反倒不能享受这种福祉，这就不能不算是你思维和性格的又一个大迷误。因为明智居然剥夺了你自由享受快乐的自足生活，过分的审慎反倒令你诚惶诚恐、进退失据，这的确比那些蠢人还要可悲。那些风风光光从战场上归来的人的兴高采烈暴露了他们内心的愚蠢，正如那些在无法明辨是非、对形势缺乏真正了解的人面前摆着自负和高傲脸孔的人一样，其内心总是最虚弱、最卑劣的。固执己见和狂妄自大是愚蠢的最直接的表现形式，世上还有什么物种比驴这种动物更自信、更顽固不化、更敢于蔑视一切？天底下又有什么动物像驴一样一脸庄重、严肃，动不动就摆出一副若有所思的派头？

在交谈中，我们无需总是一副一本正经的样子，我们可以将平常的互相寻开心、互相逗趣、互相嘲讽的聪明机智、活泼机敏都融入谈话中。在闲聊中我们可以亦庄亦谐、充满情趣和友爱地交流思想。我天性的随意和快活使我喜好这种无拘无束、怡然自得的交往方式。吕库古斯认为：虽然随性的交往不如学院式的论辩那样庄重严肃，但它以其妙趣横生、自由通达启发人们的想象力，磨砺人们的洞察力，所以，这样的交谈方式非常有益。就我而言，我在这种随性的交流中享受到了无拘无束的自由和无法言喻的乐趣，我认为这些东西对我心灵的安慰作用大于在那种正式的论辩中获得的智性快乐。无论在学院式的论辩中还是在随性的交流中，我都对别人的异议显示出了无懈可击的忍耐力：只要对方就事论事，只要对方清楚我的立场和观点，而且他们的反驳也刚好切题的话，无论他们在批驳我时显得多么冒失，出言如何不逊，我都会心平气和地与他们周旋到底的。如果别人对我发起的攻击异常的凌厉，而且他的情绪又过分激动的话，或许当时我会放弃与他争论，留待对方心绪平和稳定时再谈。倘若事后他没有再旧事重提，我也不会把他的冒犯放在心上。我让对方自动平复自己的心态，将说服他们的任务留给他们自己、留给缓缓流逝的时光。一旦走入末路穷途，一般人都会惨然变色。如果一味地将就自己的情绪，那时你暴躁的性情、虚弱的内心、浮躁的学识都会暴露无遗，不但不能挽回自己的脸面，而且会让人对你产生侮蔑和轻视之情。在快快乐乐时，即使我们的性情不完美，内心的缺陷也会销声匿迹，可是，一旦心境陷入沉重和阴森，即使智慧也会变成伤人的利剑。

　　我厌恶法国式的打闹，显得粗鄙而蛮横。因为我的皮肤娇嫩而敏感，所以对这种动手动脚的游戏深恶痛绝。我平生亲眼见到两位王公君主毁于这种野蛮的打斗游戏。在玩耍中动真格真是一件令人痛恨的事。

八

　　此外，我评判一个人常常依据的是这个人达到自我满意的标准是什么？也就是他认为自己的谈吐和工作达到什么样的程度才会觉得达到了自己预设的目标。我不希望听到他说：“我干这纯粹是闲得无聊。”

　　　　这活计还在酝酿，
　　　　别人就已将它收入囊中。

——奥维德

　　我在那里待了不到一个小时，他就变换了好几样活计。于是我说：“别管这些应景之作，你还是露一露最能代表你全貌和本质的活计吧，通过它或许我可以对你的能耐加以衡量。”之后，我会问：“在你的这件得意之作里，你认为什么地方最精彩？是这里？是那部分？还是那里？你觉得它雅致吗？是因为它的独特创意还是因为做工精细抑或仅仅是因为质料上乘你便对它偏爱有加？”我发现，由于在评判一部作品时，人们往往无法将自己的喜好和偏见摒除出去，故而情感无时无刻不在左右着他们的鉴赏力和判断力，因此，他们既不能客观地评价别人的作品，也不能客观地评价自己著作的得失。有时我们的想象力受到神灵的启示，会在瞬间超越我们自身的智力和领悟力，获得一种我们平素无法企及的灵性和创造力，使得作品的内涵超越了作者本身的思想高度，这是一个作者的最大福祉。对我而言，当我评判别人的作品时总是显得客观公正，而一面对自己的作品时，我却有些把握不了尺度。就拿我对自己的《随笔》的评价来说吧：我时而觉得它思想深邃，时而又觉得它很一般，总之，我对它的态度一直是扶摇不定。

　　有许多书因其涉及的问题对人们极有助益而广受推崇，但其作者却并未因此得到大家的认可。更有甚者，有些作者还会因为写了一部好书而蒙受屈辱。我希望自己有朝一日可以以一种自然闲适的文体记录我的宴客方式、着装风格，而且写到它们时我会按照它们的本来面目去写，不会将它们写得矫揉造作、华而不实。我也有打算将当今政府颁布的政令、公告、特赦令以及流传到民间的一些王公的书信整理刊行出版。我可能还会改写一本好书（虽然我认为所有好书的改写本无一例外都遭致了完全的失败），而且我已预见到了这个任务必定会砸锅，但我就是愿意做这样一件注定要失败的事。我想，我们的子孙后代可能会从中得到良多的教益，即使我的声誉遭致一些损失又如何呢？大多数恩泽千秋万代的著作都是作者不计个人得失的奉献。

好几年前，我在菲利普·科米内的文章中读到一句意蕴深刻，对我极有教益的话："千万别不问是非曲直就为你的主人鞠躬尽瘁，否则就会妨害到社会的公正和美德。" 我向来敬佩菲利普·科米内的才华横溢，但是，我对这句话的欣赏却出于其独特的创意，而不仅仅是出于对他本人固有的钦佩。因为不久前我在塔西陀的著作里见到另一句话："善事只有在能够得到回报的范围内做起来才令双方愉快；倘若付出一方当时不求回报，或者接受一方事后无力回报，仇恨就会代替感激。"① 而塞涅卡对此也有精辟的论述："那些以有债不还为耻的人宁愿不欠任何人的债。"② 西塞罗则用更平常的语言道出了真谛："谁自认为自己没有偿清你的债，谁就不会成为你真正的朋友。"

我们在一本书中可以发现作者的许多个自我：一个博闻强识的人、一个见闻广博的人、一个思想深邃的人、一个洞察世事的人、一个性情温厚的人、一个明达事理的人等等不一而足。但是，我们不能简单地依据著作的文本判定哪一个自我才是他真实的自我，一个浑然天成、没有假借他人高妙之处的自我。如若需要甄别作者的心灵，则需要对作品做一番细致的考究：在不属于作者的东西里，则主要应该考察书本涉及的题材、布局谋篇、修辞手法、辞藻修饰和语言风格中哪些方面是借鉴和模仿他人的；借鉴别人的素材、格局、修辞、语汇和语言并非是著作的缺陷，倘若能够创造性地使用古人和伟人们的杰作，也会大有作为。只是，我格外地排斥那些鹦鹉学舌、将原作糟蹋得一塌糊涂的人。如今，如果我见到一位崭露头角的年轻诗人身上居然有着那些古代杰出诗人的富有灵性的想象力时，当我与一位思想深刻得足以于那些著名哲学家相媲美时，我不敢对他们的著作和思想妄作评论，除非我对他们的成长和学术背景了然于心。

---

　　① 引自塔西陀的《年鉴》。
　　② 引自塞涅卡的《书简八十一》。

九

我刚才一鼓作气地通读了塔西陀的历史书（我从不习惯这种读书方式，自从二十年前起，我就没有过一连看书超过一小时的习惯了）。我是在一位贵族公子的极力推荐下才拿起这本书的。这位公子的父亲备受国王的推崇，既因为这位贵人自身的修养和学识都卓绝超凡，又因为他的三个儿子个个都德才兼备、器宇轩昂、有胆有识。除了塔西陀以外，我从未见过哪一位作家能像他一样在那些中规中矩的政府文件中融进如此之多的对民风民俗的思考和他个人的兴趣。① 他是如此专注地将自己的精力放在观察和研究与他同时代的帝王们的政治生活与日常生活的方方面面，他用自己极富才气的言说方式将帝王们的为人处世展现在后人面前，其中包括他们瞬间流露出来的温柔宽厚，他们对待民众和敌人的残忍无情，他们在个人情感生活中的执着忠实，总之，在他笔下，那些高高在上的时代风云人物都展现出鲜活的多面性。当然，他也会谈及一些重要的战役和骚乱，然而他没有对之进行浓墨重彩般的渲染，而是蜻蜓点水般一笔带过，仿佛害怕战场上兵戎相见的残忍惊破了读者心中的温情。

在我看来，他的这种写史的方式既有益又使人耳目一新。在塔西陀看来，历史的前进方向取决于偶然性，个人的生命轨迹则取决于命运。与其说这本书在讲述历史，毋宁说他想通过历史阐述自己对一些问题的见解和看法，是一种借题发挥式的写史方式。我们在其中读到的历史叙述的数量竟不及意味隽永的箴言多。对塔西陀的著作绝不应当抱着泛泛而读的态度，而应当用尽全部的心力来探究和研习它。书中处处都是警句格言，其中的见解既有对人极富启发性的，也有些带上了个人偏见的痕迹：那是一个充满伦理道德和政治哲学的苗圃，那些有志于政治沙场上角逐的人们总可以从中找到至理名言。如果他没有充分的证据和强有力的理由，他决不会勉为其难地为别人辩护。一

---

① 指塔西陀的《年鉴》。

且他开始为谁辩护，你就可以在见识到他敏锐的洞察力、尖锐锋利的言辞的同时，欣赏到他独特而干练的文风。而他在书中谈及的那些私欲膨胀、有志于称霸世界的人却无法像他一样眼光澄澈、听觉敏锐、洞察入微。塔西陀的书与塞涅卡的书有得一比，不过塔西陀的书比塞涅卡的书显得蕴味厚重一些，而塞涅卡的书又比塔西陀的书显得情感激烈一些。这本书更适用于战乱频仍的病态国家，要应对我国目前的形势，读读它是颇有教益的：因为我们在书中总可以窥见当今政局的影子，倘若将里面人物的名字换一下，你就会发现书中的人物，书中的故事就发生在我们身边。只有那些心中有鬼的人才会怀疑这本书的忠实性。书中的见解也很端方公正，塔西陀对罗马发生的一切风云变幻的历史故事的记述都自始至终坚守自己的公正原则。大多数情况下，我与他的观点不谋而合，不过，我认为他对庞培的评价过于严苛了：他认为庞培与马略和塞洛毫无共通之处，难道他的言下之意是指庞培的性格更阴森吗？庞培富有政治野心、企图称王称霸；庞培也有很强的报复心，他的朋友们甚至担心他获得胜利后会对以往得罪过他的人不利，但是他们也相信他决不会将自己的报复心放纵到足以威胁到基本理性的地步。纵观庞培的一生，我们还看不到他有任何足以威胁到人们生命的残忍和专横的迹象。我们不能凭借天马行空的揣测就给别人的性格定上一个基调：至少我是不赞同这种方式的。塔西陀的描述朴实、平直而真挚，他有理由以这样的风格写一部可以充分表达自己倾向性的史书。他对历史的评价依据的是个人的立场和自我的倾向性，所以，他的评介或许与同时代的其他人对同一事件的评述都不一致，不过由于他自身学识的渊博以及见解的正确公平，使得他的个人阐述有着一种超个人的公正性和普遍性。如果说他服从了当时的法律，无视真正的宗教而信仰了错误的宗教，他也不必为此感到抱歉，因为那只是时代的错误，而不是他自己的过错。

　　虽然塔西陀的见解我理解得不是很透彻，不过我是由衷地钦佩他的学识和人格的，所以我对他的观点一向非常重视。在他的书中偶尔提及：提比略在风烛残年时曾给罗马元老院提交了一封信，信里有这样几句话："先生们，我该给你们写些什么呢？怎样写？或者在这封信里我该隐瞒些什么？诸神和仙女为我安排的死亡比我曾经设想过的任何死亡方式都要难堪。"我看不出为什么塔西陀要用这席话暴露暮年的提比略内心的挣扎和遭受的良心折磨。我也一直没有执着地想解开这个谜，世上一切我们以为了解的东西最终都证明了我们的不解，那么我又为何非要寻求甚解呢？

在他对自己在罗马执政时期的那段风光岁月作了必要的介绍后，塔西陀又向读者再三强调，他写自己那些春风得意的轶事绝非为了向世人卖弄，对于这一点，我不是很认同他。这一笔在我看来犹如画蛇添足，反倒让我窥见了这个伟人内心怯懦的一面，因为他不敢堂而皇之地谈论真实的自我，过分将读者的态度放在心上了，这恐怕是他人格上的一个缺憾。只有那些谈论自己如同谈论他人一样的人，方可能鞭辟入里、深入透彻地判断人世的一切，那些勇于利用自身的事例，善于利用外界事例的人才可能在论述评价事件时做到高屋建瓴、洞察入微。维护真理和真知需要破釜沉舟的勇气和魄力，需要冲破一切个人和外界的规则和枷锁。对我而言，我不仅敢于谈论自己，而且敢于只谈论自己。我在谈论别人的事务时会经常迷失方向或渐渐脱离主题。我并非对自己的一切照单全收，我也不会对自己的一切自恋到良莠不分的地步，通常，我会像一个局外人一样退后几步来探究和打量自己，审视自己的行为和性格方面的缺陷。认为自己的价值总比别人高，或无法对自己的价值作出客观的评述，这两种失误同样致命。虽然我们对爱知之甚少，可是我们却对之谈得十分尽兴。

塔西陀在自己的书里对自己的情况多有论述：在当时，他是一位正直而英勇的风云人物。当然，他的勇敢不是那种令人产生英雄崇拜的英勇，而是一种高贵旷达的英勇。我们或许会对他的某些事例表示怀疑：比如，他谈到一个在寒风刺骨的冬日背负沉重木材的士兵，他说这位意志力异常坚定的士兵居然任凭自己的双手在寒风中冻僵并坏死，最后从他的手臂上脱落下来。我的心中对这则轶事并无疑虑，因为世界本身就是一本无法阅尽的书，倘若你没有机会见识从古至今的一切人和事，你有什么真凭实据证明世上没有这样的人和事呢？

塔西陀还说韦斯巴芗托色拉比斯神的福，在亚历山大城成了一个奇迹：他把自己的唾沫抹在一个失明的女人的眼睛上，那个女人的眼睛便清明澄澈起来。当然书中还涉及许多其他的奇闻轶事。作者在写自己的史书时也注意借鉴前人的成功之处，在援引别人的史实时也挥洒自如、顺手拈来。在他的史书中我们既可以见识到轰动一时的重大历史和政治事件、领略到那些流传在民间的野史和传说，还能加深自己对当时民风民俗的印象。人们希望史学家能够客观冷静地将历史和史实展现在后世人面前，并不指望他们在精神和伦理上起到拨乱反正的作用，因为精神和伦理上的迷误自有哲学家和神学家们来澄清。不过，塔西陀的同伴，一位与他同样驰名内外的大人物曾说过："实际上，我记录下来的事件比我相信的要多，因为我不能因为自己对某些史实有所疑虑便将它们从史书中驱除出去，也不能随意取消那些历尽时间长河流传至今的轶事。"① 还有一位史学家也说得在理："不必穷究那些事件是否曾经存在……我们应该对待历史的态度除了信任就是信任。"② 在人们渐渐开始对圣迹表示怀疑的时代，塔西陀开始了自己关于圣迹的言说。塔西陀说得太好了：他写《年鉴》决不会根据史料是否符合自己的信仰来取舍它们，也不会因为自己对某些人物和事件的格外推崇而将它们放进史书中名垂千古。但愿我们在描述历史时不是基于感情用事，而是基于真实无虞的史料。我在写作自己的著作时也秉承类似的原则：我绝不将别人对我的看法和评价塞进自己的作品，我的亲身经历和心路历程才是我写作的当之无愧的素材；我从不试图在自己的作品中移植进来一些俏皮话，因为我自己都不相信那些空洞无物的语言躯壳；我也从不尝试使自己的作品显得妙趣横生，因为我的写作目的非常严肃；不过，我在写作时不是非常注意布局谋篇，而是任由自己的思绪流动，将自己毕生所思所想尽量原汁原味、不加雕饰地呈现在大家的面前。而且，我也会任凭自己的作品经历自己该有的命运，在历史的长河中经历自己的磨难。有些人为了使自己的文名永垂不

---

① 引自与塔西陀同时代的历史学家坎特·库尔斯（生活于公元 1 世纪）的著作《亚历山大大帝的故事》。

② 引自迪特·里沃的著作《历史》。

朽,居然在有生之年便开始自顾自地为自己的作品树立威信,而我觉得这种事最好留待后人去评说。人的头脑虽然在形状上相差无几,可是在鉴赏力和审美观上却判然有别。我写作时既会谈到自己的站姿也会谈到自己的坐姿,既描绘自己的前胸也描绘自己的后背;既写自己的左脸又写自己的右脸,而且我所写的一切都是真实无虞的自我。

以上的记述都是建立在我自己的记忆力之上的,随着时光的流逝,许多记忆渐渐地黯淡了,但是我求真的心意始终如一。

对好坏的评价主要取决于我们的主观看法

一条古希腊的箴言说：我们的困扰往往来源于自己对世间万物的看法，而非来源于事物本身。倘若人们能将这句格言当成不折不扣的真理，那么，人类的许多不幸就可以得到缓解。因为，每一个事件只有通过我们的评价，它才会具有褒贬和善恶的色彩。如果我们对之不置一词或者漠然处之，那么就没有任何坏事可以进入我们的生命。假如只凭借我们的主观看法的转变就可以将坏事变成好事或无所谓的事，为什么我们还要为过去发生过的不幸感到懊恼、为自己做过的所谓蠢事而后悔！假如事物本无所谓好坏，它们的发展和消亡完全不受我们控制，为什么我们还要惴惴不安地为未发生的事而担惊受怕？既然所谓的烦恼和痛苦只是庸人自扰，为什么我们不能坦然地面对春荣花谢，世间一切都如花自飘零水自流。

人们不免将死亡、贫困和痛苦看成是我们生活的主要障碍。

死亡在一些人眼里是世间最可怖的事物，然而同样是死亡，在另一些人的眼里就变成了疗治尘世一切痛苦的良方、收留漂泊无依的魂灵的惟一港湾、世间所有不义的当之无愧的终结者、帮助人们摆脱不幸命运的自由女神。有些人心惊胆战地四处躲避它，而另一些人却殚精竭虑地找寻它，有些人生死度外，还有些人面对死比面对生更泰然自若。

有些人抱怨死亡来得过于容易：

死神啊！倘若你能拒绝懦夫，
而只惩罚那些不怕死的人该多好！

——卢卡努

且不谈这些值得推崇的勇气。狄奥多罗斯①面对想置他于死地的利西马科斯②的威胁，回答他说："不费吹灰之力，你就能称心如意……"大多数哲学家要么有目地预防死亡，要么刻意地追逐死亡。

有许多具有坚韧的人格力量的人却能够对死亡处之泰然（即便不是自然的普通的死亡，而是充满着屈辱和羞耻的死亡也如此）。还有些人或出于顽强、或由于天性单纯天真，他们在面对死亡时也能神态自如。即使预知死亡即将来临，他们照样能从容不迫地处理日常事务：或求朋友帮忙、或吟唱说笑、或发布慷慨激昂的演说、或与邻里聊天谈心、或开开玩笑活跃家庭气氛、或为朋友的健康干杯，就如苏格拉底死前一样镇定自如。有一个人在被带往绞刑架时还要求官差不要经过某某街，由于他还有一笔老账未还，他害怕在那条街上遭遇自己的债主。还有一个即将行刑的人则对刽子手说让他不要碰他的喉咙，因为他害怕自己会因为痒痒而笑个不停，妨碍了规定的行刑时间。还有一个死刑犯在听到他的忏悔神父向他保证说：他死的那天，天主将与他共进晚餐。他听后不以为然地说："你还是自己去吧，那天我刚好守斋。"还有一个人在死前向刽子手要水喝，刽子手将一杯自己喝过的水递给他，他就说他不愿在他的后面喝，害怕刽子手将梅毒传染给他。大家兴许对那位庇底卡人的故事不很陌生：当时他已经上了绞刑架，人们把一位身有残疾的姑娘带了上来对他说：如果他肯娶自己面前的这位姑娘为妻的话，便可免他一死（这在我们的律法中是允许

---

① 狄奥多罗斯，公元前 1 世纪古希腊哲学家。

② 利西马科斯（公元前 361—前 281），马其顿将军、总督及国王。亚历山大大帝的继位者之一。

的）。他将那位姑娘仔细打量了一番后说："还是送我上路吧，我可不愿娶瘸子为妻。"据说在丹麦也有类似的例子：有个人犯了杀头之罪，在断头台上，人们也给他带上来一位姑娘，提出同样的赦罪条件，也遭到了死刑犯同样的拒绝。他的理由是那个站在他面前的姑娘脸颊松垂，鼻子太尖。在图卢兹，有位仆人被指控为异教徒，但是他信仰异教的原因不过是他所景仰的主人也信仰那种宗教，而他坚信自己的主人判断的正确性。阿拉斯城发生的故事也与上述的例子具有着异曲同工之妙：当路易十一攻破该城时，很多人宁愿上绞刑架也不愿臣服于他，宁死不愿向他高呼："国王万岁！"

在那森克王国存在着一种沿袭至今的习俗：教士的妻子必须在丈夫去世时为他殉葬，随死者一道被活埋。而这个国家的其他女人都将在丈夫的葬礼上被活活烧死，而且，这些女人在面对死亡时都表现得坚定勇敢，甚至有些还显得欣喜若狂。当这个国家的君主薨逝时，他所有的妻妾、婢幸、文武百官、仆役无不争先恐后地投入火化君王遗体的烈火。对这个国家的民众而言，有幸为国王殉葬是一种无上的光荣。

一些地位卑下的小人物在面临死亡时也能面不改色、谈笑风生。有一个人，当刽子手推他时，他不耐烦地吼道："上路吧！"这是他平素常说的口头禅。有一位病入膏肓的人被放置在壁炉旁的破草席上等死，医生问他：感觉哪儿不舒服？他说："在凳子与火之间。"当前来为他涂圣油的教士找寻他那双因病而萎缩了的小脚时，他回答教士道："它们在我的小腿下方。"有人劝他祈祷上帝保佑他尽早康复时，病人问："谁将去那儿？"那个人只好说："如果上帝愿意，马上就轮到你了。"病人又说："但愿在明天晚上。"那个人继续劝导他道："你还是祈求上帝保佑吧，你马上就要上路了。"他接口道："那还不如我把自己的心愿亲自告诉他的好。"

我们与米兰之间的那场激战非常惨烈，当时处处民生凋敝。平民百姓无法面对这场他们眼里的空前大劫难，所以很多人就决定自戕而死。据父亲说，当时在一周之内就有二十五位绅士因无法直面血腥的现实而结束了生命。在克桑西城也发生了类似的事件，当克桑西城被布鲁图①围困时，全城民众无一试图逃生，一心一意希望自己能够以身殉国。结果，布鲁图花了很大力气才救下了极少部分城民。

任何观念的生命力都很顽强，它们会不顾一切地深入人心，让人们心甘情愿地为了达到它的目的而将自己的生死置之度外。一直到米提亚战争为止，每次出征时或遭遇外敌入侵时，希腊人都要宣誓。从未停止坚持他们从古至今一直坚守的誓言！这一精彩的誓言的头条是："宁愿以生换死，也绝不让波斯人的律法取代希腊人的律法。"在希腊人与土耳其人之间的那场战役中，多少希腊人宁愿直面残酷的死亡也不愿放弃行割礼而改宗行洗礼。

卡斯蒂利昂②王国的君主们曾将犹太人驱逐出自己的国度。当时的葡萄牙国王让二世承诺：只要这些犹太人愿意向他缴纳八个埃居，他便允许他们先逃难到他的国土，然后为他们提供船只前往非洲。他还要求所有逃亡到他国土上的人必须在他规定的那一天全部离开葡萄牙本土，约定的那一天过后没有离开葡萄牙的西班牙犹太人将被视为葡萄牙王的奴隶。可是葡萄牙国王让在规定犹太人离开他的国土那一天使了一点坏：他给西班牙犹太人们派去的船只非常少，犹太人只能分批离开他们在葡萄牙的落脚地。除了船只较少外，船员们对西班牙犹太人的态度也非常粗暴，他们一路上想尽法子折磨这些流亡的犹太人。故意将船开得颠颠簸簸、忽快忽慢，并且在海上逗留了很长的时间，迫使犹太人在离目的地非洲还有很远的路途时就将随身携带的食物吃光了，只好购买船员们早已为他们预备的高价劣质食品。结果，待到他们终于到了非洲，除了一身脏衣服外几乎一文不名。尚未动身离开葡萄牙的犹太人听说了这个情况后，宁可沦为葡萄牙国王的奴隶也不愿遭受船上那种羞辱和暗地里的盘剥，而且在葡萄牙的充满屈辱

---

① 布鲁图（约公元前85—前42），古罗马政治家，与卡西乌斯一道刺杀了独裁者恺撒。

② 卡斯蒂利昂，西班牙一历史地名。历史上的卡斯蒂利昂王国约建于1035年，位于今伊比利亚半岛西部，约占西班牙全国领土的四分之一。

的岁月里，他们始终都没有屈从于外部的压力而改宗。埃马纽埃尔①
继承葡萄牙王位以后，他先说要恢复犹太人的自由，继而反悔，要将
所有的犹太人赶出葡萄牙。为了使这些犹太人在限定的时间离开葡萄
牙，他特意指定了三个港口供他们使用。据近代杰出的拉丁史学家奥
佐里奥大主教所言，由于葡萄牙新国王埃马纽埃尔想了许多软办法都
无法让那些流亡到自己国土的犹太人皈依基督教，于是他便使出最后
的杀手锏，假意要还那些西班牙犹太人流亡者以自由来达到令他们改
宗的目的。他相信这些犹太人一定对上届国王让的那些船只心存余悸，
他也一厢情愿地相信面前滞留在葡萄牙的犹太人不愿像他们那些流落
到非洲的同胞们那样，充满屈辱地忍受海员们为所欲为的虐待和劫掠。
而且这些犹太人在葡萄牙长期享有的富裕安逸的生活也会令他们对异
国他乡产生一种莫名的恐惧。结果犹太人的决定大出葡萄牙国王埃马
纽埃尔的意料：在所有的犹太人之中，没有人愿意为获取外在的自由
而放弃内心的自由，他们并没有中埃马纽埃尔的圈套而背离他们一直
笃信的犹太教，凡是在葡萄牙的犹太人都毫不犹豫地选择了流亡。国
王看到自己的计谋再次落空，恼羞成怒的他便再一次食言：他下令手
下关闭他曾允诺开放三个港口中的两个，希冀流亡路径的拥挤和劳顿
能迫使那些犹太人重新考虑自己的决定，而且一旦他们执迷不悟，将
他们集中在一个港口非常利于灭口，对这些顽固的犹太人，埃马纽埃
尔已经丧失了最后的耐性。即便是屠杀，埃马纽埃尔也不想就此便宜
了那些令他伤透脑筋的犹太人。国王想出了一种惨绝人寰的法子来对
付这些犹太异教徒：他下令手下把那些十四岁以下的犹太儿童从他们
的父母身边夺走，送到一个他们无法与亲生父母接触的地方接受基督
教教育。这一做法造成了极其可怕的后果：出于亲情难以割舍，许多
父母宁愿自刎也不愿忍受骨肉生分的痛苦；再出于那些犹太人对自己
宗教始终如一的忠诚，他们不愿自己的孩子信奉对犹太教苦苦相逼的
基督教，于是他们宁愿溺死自己的骨肉也不愿自己的孩子精神上有所

---

　　① 埃马纽埃尔，葡萄牙王让二世的王位继承者，于 1495—1523 年间统治葡
萄牙。

闪失。总之，埃马纽埃尔始终都没有如愿以偿地看到自己先前预设的场面。除了极个别的犹太人最后屈从埃马纽埃尔皈依了基督教以外，其他的人要么在特赦令规定的期限过后重新沦为了奴隶，要么在特赦令规定的期限内自杀身亡。古训语：苦海无边，回头是岸。而葡萄牙的犹太人则信奉：弹指百年，不需有岸！尽管时间比任何强制的约束力更有威力，但他们的信仰从未被时间的洪流所冲淡。"历史多次印证，宁死不屈的不仅是将领，而且是整个部队。"①

我有一位一心寻死的挚友，经过深思熟虑，想死的念头在他的头脑里已经根深蒂固。任由我如何规劝也无济于事。一旦窥见闪着神圣光环的死神的身影，他便义无反顾地投入它的怀中。

有许多年轻人，一遇到即便是微不足道的挫折便会抛弃自己的生命，这在今天早已不是什么罕见的事。关于死亡，有位古人曾说过：如果死亡成了胆小鬼的避难所，那么我们为何要惧怕和规避连胆小鬼都不害怕的地方呢？在富足安逸、和平安详的时代，我们常常见到无所事事者自戕。在兵荒马乱、贫穷困苦的岁月则四处可见衣食无着者寻死。人们想死的理由可谓千奇百怪：他人口中的美味，自己嘴里的砒霜。有人厌倦生活过于称心如意，有人埋怨世事过于艰辛；有人死于百无聊赖，有人因不堪忍受奔波劳碌而自杀；很少人能不加改造地按照生活本来的样子来接受它，享受它。

让我再为大家讲一个故事。一天，哲学家皮浪②与一伙人在一条船上遭遇了风暴，他见到那些同船的人个个在灾难面前显得惊慌失措，他便建议大家向船上的那头镇定自如、临危不惧的小猪学习。如果我们引以为傲的知觉和理性只能给人类带来苦恼和混乱，那我们还不如那头无知无觉的小猪更能从容地应对突发的灾难。动物们因为不了解每一种变动将会给自己带来什么不利的后果，因此在任何情况下都能

---

① 西塞罗语。原文为拉丁语。

② 皮浪（约公元前365—约前275），古希腊哲学家，怀疑论者。他认为要认识事物的本质是不可能的，因为感觉乃是理性的前提，而感官是极其不可靠的。他不仅认为客观世界是不可认识的，甚至怀疑客观世界的真实存在本身。

安之若素；而人类预设了每一事件的后果，所以才会成日坐卧不安、心神不定。不了解实情，反倒心灵单纯、心境澄明，而了解了真相又有什么用呢？不过是用表面的智慧来收获实质的愚蠢和毁灭而已。人的智慧只有用于让自己在任何情境下都活得更加从容自得才算是真正的智慧。

君
王
的
功
过
应
留
待
后
人
定
论

在我们为死者所做的一切事情中，我认为"君王的功过应留待后人定论"这一做法是最有价值的。即使君王们不是律法的主人，至少也是律法的至高监督和执行者。律法虽很少深入君王们的生命，但它却深刻地影响着君王及其继承者的声誉，大多数人赞同：对身处高位者而言，荣誉和名声比生命更重要。凡是真正有德行的人都能够坦然地直面后人的评论。我们之所以在所有君王面前惟命是从、诚惶诚恐，并非是因为所有的君王都是值得尊敬和爱戴的，我们只不过尽自己作为臣子的职责罢了。不管君王们个人的人格如何，出于统御的目的，我们都可以竭尽全力支持他们行使统治者的职权，帮助他们完成哪怕是最微不足道的心愿，我们也可以最大限度地忍受他们的渎职和难以忍受的恶习，掩饰他们人格和计谋的缺陷。有些忠臣深知君王们的不足，但仍然对他们忠心耿耿、尽己所能地给他们出谋划策、给予他们最睿智的忠告、无所怨尤地辅佐他们，这种人的德操不可谓不高尚。不过，君臣关系一旦不复存在，为了让公正原则留驻于世，他们便有理由客观地评价君王的得失错漏。如果世上没有这样的人，人们就会缺少可以效仿的榜样。提图斯·李维①所言极是：王权统治下的人们无不用充满炫耀和伪饰的谄媚之辞无限夸张地建构君王们的不朽丰碑，

----

① 提图斯·李维（公元前64—前10），古罗马历史学家。

能超越虚饰者的确需要极大的人格力量。至于那些为了获取一己私利而对政绩平平、无所作为的君王歌功颂德的人，无疑是与正义和理性背道而驰的。

或许我们可能会谴责尼禄①对那两位胆敢当面顶撞他的士兵不够宽宏大量。因为当被问及为何要试图暗杀他时，其中一位士兵说："我一度非常崇拜你，因为那时的你的确值得臣民爱戴；不过自从你杀死了你的亲生母亲，你这个十足的马车夫、戏子、纵火犯，我就恨透你了，因为现在的你只配人恨。"另一位则这样回答他："除了让你死，我不知道怎样才能更快地制止你继续做坏事。"尼禄死后，他的荒淫无耻及专横跋扈立即成为千夫所指，这是符合理性原则的。

从某种程度上而言，斯巴达城邦的治理方式是极其单纯的。不过，我较不喜欢他们的礼仪的虚假：不管他们的君王在世时的政绩如何微不足道，人格如何卑劣扭曲，一旦他们入了土，在所有盟友和邻国嘴里，在所有国民、奴隶及亲朋好友的祷文中，他们立即涅槃成了明君。所以，有人说斯巴达君王的人生顶峰都是在死时才达到的。梭洛②说过：那些声名狼藉、世所唾弃的人在生前决不可能幸福，只有经过了惨淡的流年并经历了最后的死亡，他们才有一线为世人谅解的可能。当拥有生命时，我们应当尽量做令自己感到幸福的事。因为，对一个已经离世的人而言，他已经与我们的世界失去了联系，所有的毁誉真的与他再无瓜葛，因此，我们的评价只是为我们而存在，它根本无法也不应成为左右君王们的行动指南，既然后人的谅解与否并不关乎他们在世时的幸福与否，他们又为何要迎合我们而违逆自己追求快乐的本性。故此，梭洛应当知道：人活着时没有幸福可言，人死了也不可能有什么幸福，死生二者皆是虚妄。

---

①　尼禄（公元 37—68），古罗马皇帝。以暴虐、放荡著称于世。他弑母杀妻，并被疑为公元 64 年罗马大火灾的纵火犯，常喜在马戏团的表演中客串马车夫。

②　梭洛（约公元前 638—约前 550），古希腊政治改革家和诗人，为古希腊"七贤"之一。

谁都不愿相信自己即刻就会死去，

谁都对身后寄予厚望；

舍不得移开凝视在自己渐渐冷却的身躯上的

眷恋目光。

——卢克莱修

在围攻位于奥福涅的布伊城附近的朗贡城堡时，法国陆军元帅贝特朗·迪·盖克兰在被围者投降前的很短一段时间不幸阵亡，后来，人们只好把城堡的钥匙放到死者的遗体上。

威尼斯城邦的杰出将领巴泰勒密·达勒维亚在布雷西亚战役中殉国，他的遗体只有通过帝国领土一个叫维罗纳的地方方可辗转返回故土。当时威尼斯军队中的绝大部分人都主张向敌人申请过境通行许可证，但是泰奥多尔·特里福斯却主张即使决一死战也要使用武力强行过境。他陈述的理由仅仅是："将军生前在敌人面前英勇无畏，难道死后却要在敌人面前示弱吗？"

实际上，希腊人也有诸多律法与上述相近：谁要是想主动放弃胜利，谁便向敌人索取自己战友的遗体予以安葬，一旦如此便再也无权过问和争论自己的战绩。由于被要求交出尸体的一方自然获得了胜利的荣誉，尼基亚斯①便失掉了对科林斯②的大好军机。相反，阿格西劳斯二世③却因克制和坚忍扭转了不利局面，最终获取了意想不到的大胜利。

因为人们总希望将自己的存在延续到我们生命之后的漫长岁月，也一厢情愿地相信上苍的恩泽能够荫及我们死后的灵魂，与我们日渐腐朽的躯体同在，所以上述的种种行为便不足为奇了。历史上这样的例子简直是不胜枚举，我们无需再对前面的例子做进一步的发挥。曾

---

① 尼基亚斯，雅典军事家及政治家，卒于公元前413年。

② 科林斯，希腊南部城邦。在公元前5世纪，该城邦称雄一时，伯罗奔尼撒战争后逐步衰落。

③ 阿格西劳斯二世（公元前444—前360），斯巴达城邦君主。

经与爱尔兰国王罗伯特进行了长期战争的英格兰国王爱德华一世是个政绩卓绝的常胜君王，当他在弥留之际却向自己的儿子们提出这样的要求：他嘱咐儿子们将自己的遗体煮熟后把骨肉分离并将肉埋葬；至于骨头，他命令他们好好珍藏，以便当英格兰与爱尔兰发生战事时将它们带在身边激励士气，就好像他的骨头对战争的结局有必然的控制力似的。

让·齐斯卡①因其为威克利夫②的荒谬辩护而闻名于波希米亚。他要同党在他死后剥下自己身上的皮，做成长筒大鼓的鼓面。他相信如果自己的部队带着这面大鼓，他的灵魂就能在死后返回世间亲自督战，鼓舞自己的士兵获取胜利。人是何等狂妄，幻想着死后依然能主宰活人的命运！当与西班牙人作战时，有些也会因为想沾上已故的酋长们的好运及智慧而带上他们的骸骨。在这个千奇百怪的世间，看到某个出于自我激励或祈求好运的人拖着阵亡的勇士上战场你也不必讶异。

上述的例子只涉及到如何将自己已经取得的声誉延续到死后，下面要谈及的是那些一以贯之地将自己的英名维持到生命的最后一刻的事例。首先，让我们看看巴亚尔③将军的故事。有一次，巴亚尔将军在战场上被敌方的火枪击中，伤势随时危及生命，有人劝他暂时撤离战场。可是他却说：他是绝不可能在自己生命的最后时刻背朝敌人的。他的行动比他的语言更有说服力：尽管生命垂危、力不从心的他依然坚持与敌人斡旋。最后终因体力不支摔下马后，他还命令伙夫长将自己搀扶起来面对敌人倚在一棵树下。就这样，他面朝着敌人离开了人世，一如他生前一样。

下面这个例子与上述例子相比丝毫也不会显得逊色。西班牙国王腓力二世的曾祖父马克西米连一世不仅人格高尚、英明果敢，而且相貌英俊。他有一个与其他的西班牙君王不太相似的个人习惯：他不会

---

① 让·齐斯卡（1360—1424），胡斯党人的首领。胡斯是 15 世纪捷克宗教改革家，深受威克利夫思想的影响。后以"异端"的罪名被处以火刑。

② 威克利夫（约公元 1320—1384），英国国籍。欧洲宗教改革运动的先驱。

③ 巴亚尔（1475—1524），法国贵族，拥有"完美无畏的骑士"的美誉。

如那些君王一样，一旦碰到紧急的公务，就不拘小节地将便桶当成自己的御座来使用。相反，对于自己的私处，就像那些未出阁的处女不愿向医生或他人暴露自己的隐秘部位一样，他将它看成是一块别人无法入侵的禁地。所以，即便是上厕所他也禁止别人窥探。我本人虽说话坦率，但却生性害羞。除非是迫不得已或是受了强烈的感官诱惑，我从来不在别人面前暴露那些应该隐蔽的部位。我之所以这样，是觉得这样的约束与我的本性及所从事的职业相宜。不过，马克西米连一世在这个方面似乎走得太远：他竟然在遗嘱中特意叮嘱人们在他死后要为他穿上衬裤。据说，他还在遗嘱中追加了一条特别说明：要求为他穿衬裤的人必须将自己的双眼蒙起来。居鲁士大帝①也曾对自己的子女作出相似的叮嘱：他要求除了自己指定的人选外，自己的子女及任何人都不许目睹或接触自己的身体。之所以这样，我愿意相信他是由于笃信宗教的缘故。因为他在有生之年对自己信奉的宗教总是一以贯之的虔敬和忠诚，我以为这是他身上最值得称道的品格。

　　一位亲王曾经向我讲述了一则涉及到我的姻亲的、令我闻后颇为不悦的故事。其实我的那位姻亲无论在战争还是在和平时期都是一个风云人物，只是到了临终前的几年才不得不忍受结石病的折磨。这个人也是异常地在意自己死后的遗体的告别仪式和处理方式，他把自己生命的最后时光都用在精心安排自己的殡葬仪式上了。为了将自己的葬礼办得体面而隆重，他请求所有在他生前前来探望他的王公贵族、社会名流统统都必须来参加自己的葬礼。他还举出种种理由证明自己得到他们如此的礼遇纯属理所应当，而且在对方没有允诺他前来参加他的葬礼之前，绝不肯安然地与世长辞。我很少见到如此顽固的虚荣心。

　　不过，世间存在着更多与上述的故事大异其趣的例子，这些人似乎也丝毫不比我的姻亲更有理性。这种人热衷于对葬礼锱铢必较，连一个下人和一盏宫灯都要精打细算。这种例子仿佛也更加常见。甚至

---

　　① 居鲁士大帝（约公元前590—前529），波斯政治家，阿契美尼德王朝创立者。

有人非常赞赏这种行为，他们欣赏李必达禁止其继承者按照他的官阶为他操办丧事。连微不足道的花费和合乎常情的愿望也要禁止，难道俭朴和节制是以这样的面目出现的吗？从本质上讲，吝啬和挥霍都不应是智者所为。哲学家卢贡曾经明智地叮嘱自己的亲友，把他的遗体按照他们认为合适的方式安葬在他们认为适宜的地方。至于葬礼的花费，我主张既不过分奢侈，也不要做作地过分节俭。对这桩我们自己无法亲自料理的事情，应当完全听凭习俗，我相信传统的方式是比较明智的处理办法。西塞罗说："在这件事上，我们自己应该放开，倒是要考虑我们亲属的感受。"圣奥古斯丁①诚挚地对一位信徒说："葬礼的操劳和排场，墓地的讲究，与其说是为了死者的福祉，不如说是对在世者的安慰。"当克里托询问临终的苏格拉底对自己的葬礼有何吩咐时，苏格拉底只说："悉听尊便。"如果我必须为我自己的身后事考虑的话，我觉得比较洒脱的做法应当是仿效那些与自己的地位和家境相当的人惯常享有的葬礼级别和排场来办理即可，我愿意作为一个旁观者来漠然观望自己死后的一切。如果自己死后依然像活着时一样冷漠地享受并尽力取悦自己的感官，岂不是件赏心乐事。

雅典将领曾在阿基努塞群岛一带的一场海战中战胜了斯巴达人。这场战役是希腊人所经历的所有海战中最富争议性的漂亮仗了。不过，由于那些指挥战斗的将领为了利用一切可能利用的优势夺取胜利，没有停下来收拾和埋葬阵亡将士的尸体，而是严格按照战争的法则推进战斗进程。战后，雅典人民便不顾他们曾在战争中出生入死地保卫过他们的利益这个事实，甚至连他们的一句辩护词都不愿听就把他们毫不留情地处决了。每想到这则轶事，我就会对雅典人所谓的民主产生怀疑，尽管在人们的心中雅典一直被人们视为最民主的地方，民主被认为是处事的至高法则。品格高贵的狄奥莫东的无辜处决无疑加深了我对这一事件的憎恶之情。狄奥莫东作为被处决的将领之一在政治和军事上都具有他人望尘莫及的崇高威望，当他平静地听完了雅典民众

---

　　① 圣奥古斯丁（354—430），基督教哲学家，著有《忏悔录》等宗教哲学著作。

的判词后便代表那些即将被处决的将领们上台讲话。那一刻，整个会场异常安静，可是狄奥莫东并没有利用这个大好机会为自己和与自己同命运的人开脱罪责，也没有质疑这一宣判的不公和残忍，而是顺从命运的安排，真诚地维护法官们的宣判；接着他还坦诚地将他与伙伴们为感谢维持世间公平与秩序的命运女神的眷顾而许的愿公诸于众，希望雅典人为他们还愿，以免因命运女神埋怨他们失约而将错将罪责转加在他们的身上。说完简短的几句话，狄奥莫东便从容地走上了刑台。几年过后，雅典人民便遭遇了命运女神的报复：当时雅典海军统帅加布利亚斯在那克索斯岛上同斯巴达海军上将波利斯进行遭遇战，但他为了避免遭受狄奥莫东那样的不公，竟全然不顾自己有利的战机而停下来收拾和埋葬阵亡将士的尸体，结果将几乎到手的胜利拱手让给了波利斯；为了不抛弃漂浮在海水中的战友的尸体，他们便让敌人轻松地从海上逃离。

> 你想知道自己死后往何处去吗？
> 就你未出生时所在的地方。
>
> ——塞涅卡

下面的一句话可以使一个失却了灵魂的躯体恢复宁静：

> 愿摆脱生命和痛苦的躯体，
> 脱离坟墓和栖息地的桎梏。
>
> ——西塞罗

有时我们会有一种感觉，某些失却了生命的东西似乎还能通过某种神秘的方式与我们发生联系。据说，地窖中的酒是随着季节的变化而改变味道的，腌在缸里的野味也能与活着时的伙伴通灵。